目次

《江戸》
金龍山浅草寺
東本願寺
上野
不忍池
五鈴屋江戸店
(田原町)
隅田川(大川)
浅草御蔵
神田川
浅草御門
元飯田町
俎橋
神田
両国橋
御城
(江戸城)
江戸橋
堺町
新大橋
日本橋
日本橋
近江屋江戸店
(坂本町)
楓川
永代橋
掛川
日坂
東海道
沼津
箱根
小田原
川崎
品川
日本橋

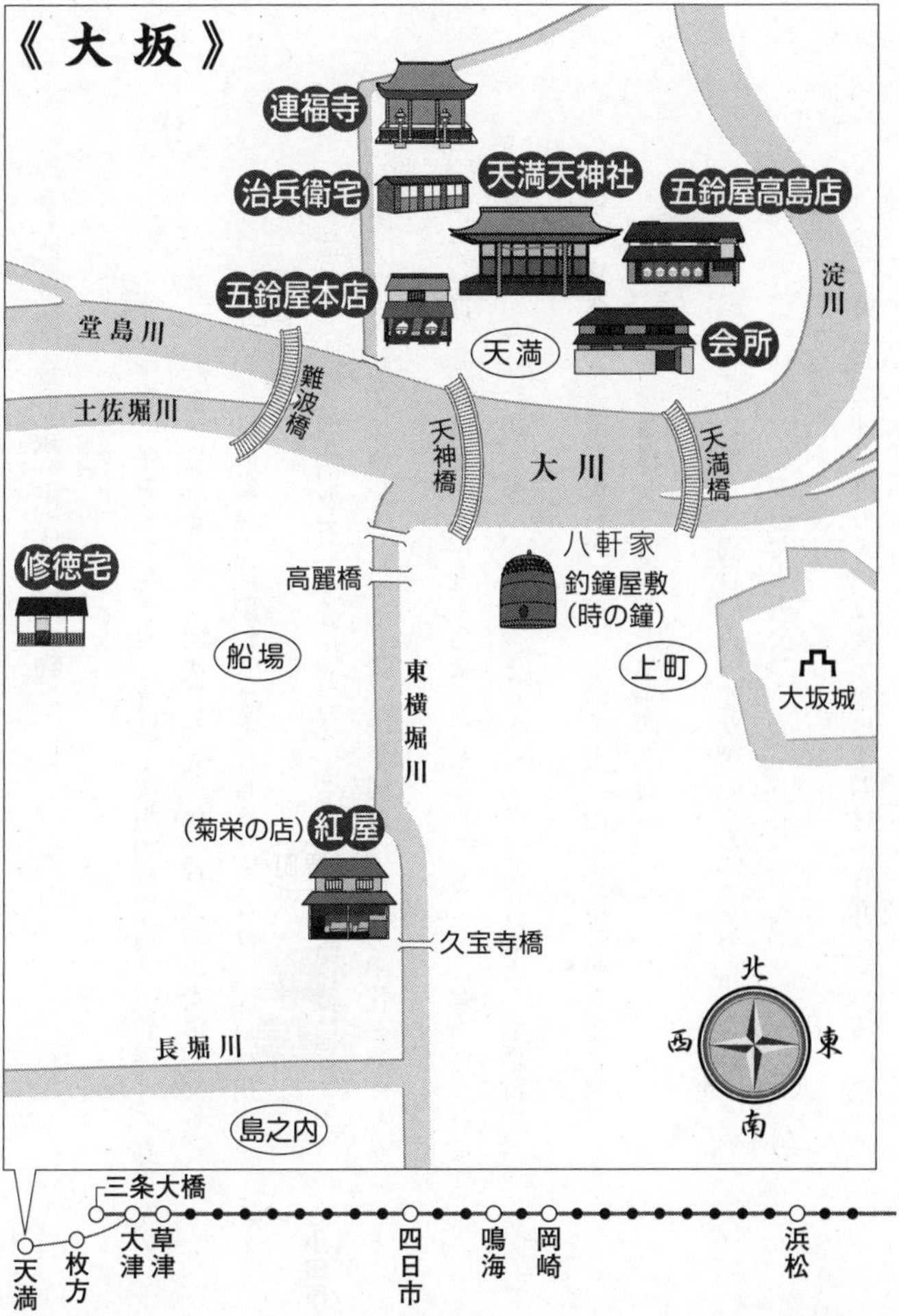

《大坂》
連福寺
治兵衛宅
天満天神社
五鈴屋高島店
五鈴屋本店
淀川
堂島川
天満
会所
土佐堀川
難波橋
天神橋
大川
天満橋
八軒家
修徳宅
高麗橋
釣鐘屋敷
(時の鐘)
船場
上町
大坂城
東横堀川
(菊栄の店)紅屋
久宝寺橋
北
西
東
南
長堀川
島之内
三条大橋
天満
枚方
大津
草津
四日市
鳴海
岡崎
浜松

地図・河合理佳

「あきない世傳 金と銀」主な登場人物

幸《さち》　学者の子として生まれ、九歳で大坂の呉服商「五鈴屋《いすずや》」に女衆奉公。
商才を見込まれて、四代目から三代に亘っての女房となる。
六代目の没後、期限付きで七代目店主となり、江戸へ出る。

治兵衛《じへえ》　「五鈴屋の要石」と呼ばれた、もと番頭。卒中風に倒れるも、
順調に回復中。ひとり息子の賢輔《けんすけ》は江戸店の手代を務める。

お竹《たけ》　五鈴屋で四十年近く女衆奉公をしたのち、幸に強く望まれて
江戸店へ移り、小頭役となる。七代目の片腕として活躍中。

惣次《そうじ》　五鈴屋五代目店主で、幸の前夫。商才に富むが人望に欠け、
幸を離縁して隠居、消息不明となる。

智蔵《ともぞう》　惣次の弟で六代目店主。恋女房の幸を守るべく心を砕くも、
持病の急変のため逝去。

結《ゆい》　幸の妹。母の房《ふさ》の没後、郷里津門村から五鈴屋へ移り住む。

あきない世傳《せいでん》 金と銀

八

瀑《ばく》布《ふ》篇

ただ金銀が町人の氏系図になるぞかし

井原西鶴著『日本永代蔵』より

第一章　追い風

踏み固められた土に、小糠雨《こぬかあめ》がほどよい湿り気を施して、道端の片喰《かたばみ》や大葉子《おおばこ》もほっと一息ついている。否、野草ばかりではない、浅草《あさくさ》の街全体が、喧騒《けんそう》のあとに訪れた静謐《せいひつ》に、随分と安らいで見えた。

傘を差す者、差さぬ者、きっぱりと分かれるのは、身に纏《まと》う物が絹織か否かによるのだろう。水気を厭《いと》う絹にとっては災難だが、今日の雨は傘を鳴らす力もなく、至極《しごく》、優しい。

松福寺《しょうふくじ》を出て、前を歩いていた富五郎《とみごろう》が、傘を傾《かし》げて幸《さち》を振り返った。

「数日前の賑《にぎ》わいが嘘《うそ》のようですねぇ」

「ええ」

幸もまた、傘を持つ手をずらして応じる。

「四万六千日《しまんろくせんにち》よりも人の出が多くて、本当に驚きました」

江戸っ子は祭好きだが、浅草に暮らす者たちが何よりも楽しみにしているのが、隔年の弥生《やよい》十七日と十八日に開催される三社祭《さんじゃまつり》だった。浅草浦から観音菩薩《かんのんぼさつ》像を引き上げた漁師ら三人を祀《まつ》る三社権現《ごんげん》社のお祭ゆえ三社祭、江戸っ子たちは「三社さま」と呼んで親しむ。二年前の水無月《みなづき》に江戸へ移り住んだ幸にとって、酉《とり》年の今年、初めて経験する「三社さま」であった。

船渡御《ふなとぎょ》など大坂の天神祭《てんじんまつり》を彷彿《ほうふつ》とさせるが、江戸っ子の祭らしく、山車《だし》が出れば押すな押すなの大騒動で、喧嘩《けんか》でもしているのかと思うほどに血気盛んなものだ。

幸が店主を務める五鈴屋《いすずや》の江戸店《えどだな》は田原《たわら》町三丁目にあり、浅草寺《せんそうじ》にほど近い。店の表はまさに山車の通り道ゆえ、祭の両日ともに暖簾《のれん》を出すのを見合わせた。

「よもや、お祭を理由に商いを休むことになるとは、思いもしませんでした」

開いた傘の下で微笑《ほほえ》む七代目店主に、富五郎もまた、

「そこが『店前現銀売り《たなさきげんぎんうり》』の難しいところでしょうね」

と、穏やかに応じた。

屋敷売りや見世物《みせもの》商いのように店の者がお客のもとへと足を運ぶのとは異なり、店前現銀売りでは何よりも来店するお客の身を考えねばならない。

「五鈴屋の小紋染めが、まさに世に出ようという時の二日は、如何《いか》にも惜しいでしょ

うに」

慰める富五郎に、幸は黙したまま、目もとを一層、和らげた。

屋号に因《ちな》んだ、鈴紋の小紋染め。五鈴屋が苦労の末に生みだし、世に送りだしてまだ間もない。これから、という時の二日間の休業ゆえ、富五郎の懸念は尤《もっと》もだった。

左に折れれば、広小路《ひろこうじ》へと続く通りに出る。そこから一町《いっちょう》と離れていない場所に、五鈴屋江戸店はある。その店前あたりに、何やら人溜《ひとだ》まりが出来ていた。

ああ、あれは、と富五郎は足を止める。

幾挺《いくちょう》もの駕籠《かご》が並び、駕籠かきが手持ち無沙汰《ぶさた》に道端に屈《かが》む。あるいはまた、小僧や小女、手代といった風情《ふぜい》の奉公人らが人待ち顔で控えていた。おそらくは、中で買い物をする誰《だれ》かを待ってのことだろう。もとより人通りの多いところではあるが、五鈴屋の表だけ、ことさらに賑わって見える。

当代きっての歌舞伎《かぶき》役者は、事情を察して破顔《はがん》した。

「杞憂《きゆう》でしたね」

「富五郎さまに花道を作って頂きましたから」

その節は本当にありがとうございました、と幸は幾度目かの謝意《しゃい》を口にする。

中村座《なかむらざ》で「娘道成寺《むすめどうじょうじ》」の主役を演じる富五郎が、披露目《ひろめ》を兼ねてのお練《ね》りで、五鈴屋の江戸紫の小紋染めを纏《まと》った。その鮮やかで高貴な出で立《いた》ちは、この国一の歌舞伎役者をひと目見ようと集まっていた江戸っ子たちを歓喜させた。人気役者と揃《そろ》いの反物を手に入れたいと熱望する者たちで、五鈴屋はあの通りの大盛況なのだ。

伊勢《いせ》の型彫師《かたほりし》の梅松《うめまつ》、江戸の型付師《かたつけし》の力造《りきぞう》、それに五鈴屋。縁を繋《つな》いで、皆が持てる限りの力を振り絞って仕上げた小紋染めに、富五郎が最高の花道を用意してくれた。幸にしてみれば、どれほど感謝しても足りない。

「どうか、もう」

もうそのことは、という体《てい》で富五郎は頭《かぶり》を振り、傘を持つ手を握り直した。

「今日は無理を申しました。心静かにお参りさせてもらえて、ありがたかった」

ひとが亡くなると、月日の経《た》つのは早いものです、との声に寂寥《せきりよう》が滲《にじ》んでいる。卯月朔日《うづきついたち》は、五鈴屋六代目店主、智蔵《ともぞう》の祥月命日《しようつき》にあたる。まだ八日ほど先ではあるが、富五郎の願いを聞き届け、江戸での供養を頼んでいる松福寺へと、ともに参った幸だった。

本堂に座し、供養のための読経《どきよう》に耳を傾けていた、富五郎。少し背を丸め、物思いに耽《ふけ》っていたその姿を、幸は切なく見守った。

――もがき続けた若い日の、短くて熱い数年の交わりでした幸の夫、智蔵との関《かか》わりをそんな風に評していた。

片《かた》や、九年の苦闘《くとう》のあと夢破れて家業を継ぎ、片や、夢を叶《かな》えて名実ともに歌舞伎役者の頂点に立った。人形遣いの亀三《かめぞう》を含む三人の思い出話を聞かせてほしい、と願ったものの、たとえ女房であっても立ち入るべきではない、と思い直したのだ。

「私は智やんの……ご亭主のひとつ年下のはずが、もう追い抜いてしまいました」

亡夫《ぼうふ》の友はそう言って、天を仰いだ。

亡くなったひとは歳《とし》を取らない。三十三で逝った夫の齢《よわい》を、幸自身もいずれ超える日がくるだろう。哀切《あいせつ》がひたひたと足もとに押し寄せて、幸は唇を結んで耐えた。

抉《えぐ》られるような痛みから、身体《からだ》が透けていくような寂しさへ、大切なひとを喪《うしな》った悲しみは、歳月とともに色合いや深さを変える。

「あの店、えらく繁盛だねぇ」

不意打ちのように届けられた声に、ふたりは我に返る。

「五鈴屋だろ?　小紋染めとかいうのが評判らしいぜ。まぁ、俺《おれ》たちには一生、縁もないだろうがな」

「そりゃ間違いないねぇ」

夫婦らしい男女が声高に話しながら、幸たちの傍らを通り過ぎていく。継ぎだらけの木綿の綿入れは、雨を吸って色を深めていた。

「では、私はここで」

富五郎は丁寧《ていねい》にお辞儀をすると、広小路の方へと歩きだす。鈍色《にびいろ》の紬《つむぎ》に黒紅の帯、濃紺の傘を差すその後ろ姿までが、神々しいまでに美しい。素顔ゆえに誰も名優と気づかぬまでも、通りを行く者は自然と道を譲った。

一刻《とき》（約二時間）ほどを富五郎と過ごし、随分と慰められたことを知る。悲しみの跡を残さず、颯爽《さっそう》と歩いていく夫の友人の背中を見送って、幸はきゅっと両の脇《わき》を締めた。

さぁ、と自身に気合を入れたその時、明るく懇篤《こんとく》な声が響いた。

「おおきに、ありがとうさんでございます」

声の主はと見れば、五鈴屋江戸店の手代、賢輔《けんすけ》だった。

暖簾を捲《まく》った賢輔に送られているのは、細工珊瑚《さんご》の簪《かんざし》を前挿しにした、美しい娘だ。胸に抱いた風呂敷《ふろしき》包みに頬《ほお》を寄せ、恍惚《こうこつ》とした表情で駕籠に乗り込む。中身はおそらく、富五郎と揃いの江戸紫の小紋染めに違いなかった。

幸は駕籠の傍《そば》に移ると、身を屈め、「ありがとうございます」とお客に深々と頭を下げた。

小紋染めは、その名の通り、型紙を用いて小さな紋様を反物一面に染め抜いたものだ。糊《のり》の置かれた部分だけ染め残され、白抜きの紋様となって現れる。遠目には無地に見えるが、近寄って瞳《ひとみ》を凝らせば、菱《ひし》や鮫《さめ》などの小さな柄が浮かび上がる。地味ながら粋で、いかにも江戸っ子好みの染物だった。

これまで、江戸で小紋染めと言えば、武家の定小紋《さだめこもん》。家ごとに決められた紋様があり、裃《かみしも》を見れば何処《どこ》の家中かがわかる。それらは留紋《とめもん》で、他の者が使用するのは許されない。即ち、小紋染めはあくまで武士のものに過ぎなかったのだ。

留紋を避け、心躍る新たな紋様を用いて、小紋染めを武家の手から町人のものへと移してはどうか――そう考え付いたのが、幸たち五鈴屋江戸店だった。

「江戸紫の小紋染めが五十反、浜羽二重が十反、友禅染《ゆうぜんぞ》め、それに帯地、と」

店を閉めたあと、表座敷で幸は帳簿を検《あらた》めつつ、算盤珠《そろばんだま》を弾《はじ》く。行灯《あんどん》の明かりのもと、支配人の佐助《さすけ》、手代の賢輔、小頭役《こがしらやく》のお竹《たけ》、それに妹の結《ゆい》が、店主の様子をじっと見守っていた。

「江戸紫の小紋染めは大変な人気ね。ありがたいこと」

七代目の言葉に、四人はほっとした表情で互いを見合う。

日本橋《にほんばし》の大店《おおだな》ならばさほど驚く数字ではないだろうが、二年前にここ田原町でこぢんまりした商いを始めた五鈴屋江戸店にとっては、努力が報《むく》われる売り上げだった。

「江戸紫いう色は、役者が着てこそ映える色で、江戸のおひとは眺めるだけで満足しはるんやないか、と一抹の不安もおました。江戸っ子は本来、地味好みだすよって」

江戸店の支配人、佐助は安堵《あんど》の吐息を洩《も》らす。

「よもや、ここへ来て江戸っ子の祭好き、歌舞伎好きが味方してくれるとは思いもしませんでした」

支配人の言葉に、手代と小頭役がこくこくと頭を上下に強く振っている。

来たる皐月《さつき》二十八日に、中村座が日頃《ひごろ》の愛顧《あいこ》に感謝して「曽我祭《そがまつり》」なる初めての試みを行うという。富五郎のお練りのあと、曽我祭の開催が発表され、以来、江戸紫の小紋染めを着て祭に出かけたい、と願う者たちが五鈴屋へと詰めかけたのだ。

「皐月二十八日って、曽我兄弟が親の仇《かたき》を討った日なんでしょう？　忠臣蔵《ちゅうしんぐら》といい、曽我兄弟といい、皆、討ち入りが好きなんやねぇ」

くすくすと笑ったあと、結は夢見心地に両の指を組んで、胸にあてがう。

「曽我祭には、人気の歌舞伎役者らが勢揃いするそうやし、富五郎さん目当てで仰山《ぎょうさん》、ひとが集まるんと違うかしら。お練りの時と同じ着物を纏って、富五郎さんの傍へ行きたい、と思う気持ち、私にはようわかります。何て言うても、天下の中村富五郎ですもん」

まだまだ続きそうな結の話を、お竹が咳払《せきばら》いで止めた。

曽我祭まで、まだ二月ほどある。追い風を受けて、江戸紫の小紋染めはこの先も売れ続けることが見込まれる。一番の懸念は、在庫の確保だった。

「あとは、反物を切らさぬようにしないと」

店主の台詞《せりふ》に、そのことだすが、と支配人が軽く身を乗りだした。

最初に型買いした鈴紋の伊勢型紙は、全部で六枚。だが、美濃紙《みのがみ》を重ねた型紙は、大切に手入れしながら使ったとしても、永遠に使い続けられるわけではない。それを見越して、予《あらかじ》め同じ図案の型紙を梅松に発注し、受領済みであった。力造はそれを無駄にせぬよう、染物師仲間に声をかけて全《すべ》ての型を用いて糊を置き、染めや水元《みずもと》の作業も手分けして助けてもらった。

この江戸には、腕はあっても仕事のままならない染物師が沢山いたことが、大きく幸いしていた。お練りの装束が決まった時から、江戸紫の小紋染めの売りだしに備え、入念に用意をしてきた。田原町の小商いの呉服商としては充分過ぎるほどの小紋染めが、今、蔵に在る。

「力造さんが以前、自分の代わりに、と薦《すす》めてくれはった型付師三人も、よう気張ってくれはります。そのほかにも染物師仲間の皆さんの分業も、うまいこと回ってますよって、暫《しばら》くは問題おまへん」

引き札も撒《ま》かず、役者に口上《こうじょう》を頼むこともしていない。店のある場所は、江戸の中心からは離れている。そうしたことも相俟《あいま》って、大賑わいとはいえども、今はまだ対応できている。しかし、この先、日本橋の大店ほどにお客が殺到したらどうか。

言葉を選びながら店主に告げたあと、支配人は一気にこう続けた。

「ご寮《りょん》さん、否、七代目、ここは本店に頼んで、京室町《むろまち》の巴屋《ともえや》さんに動いてもろたら、どないだすやろか」

染めに使う縮緬《ちりめん》生地は、巴屋から仕入れている。いっそ、型染めまで任せてしまってはどうか。伊勢と京はそう遠くないから、伊勢型紙の入手も容易《たやす》い。巴屋ならば、地元の型付師に頼んで、より大量に鈴紋の小紋染めを用意することが出来るだろう——そんな佐助の言い分は、尤もではあった。

「先々、本店や高島《たかしま》店でも鈴紋の小紋染めを扱う時には、そうするつもりです。ただ、今は江戸での染めに拘《こだわ》ろうと思います。無理をして大量の在庫を抱えることもないでしょう」

「必ず売れる品だす」

珍しく、佐助が食い下がった。

「在庫として長いこと蔵に留《とど》まるわけやおまへん、仕入れる傍から売れていく品だす。ほかが真似《まね》する前に、売れる時に売っておかんと……」

五鈴屋が帯地に力を入れた時、「帯地は売れる」と踏んだ呉服商が真似た。ことに真澄屋《ますみや》という店には、苦汁を飲まされた経験もある。

苦々しい記憶が蘇《よみがえ》って、座敷は重苦しい雰囲気に包まれた。

佐助の言う通り、売れる時に売る、というのは商いの基《もとい》だと幸自身も思う。しかし、もっと大切にしなければならないことがある。

「江戸好みの微妙な色合いを、遠く離れた京の職人に伝えるのは、難しいでしょう」

江戸紫を染めるのに必要な紫草の入手や、染技の伝授なども、困難を極める。克服する手はあるだろうが、そうなれば値に反映されることになる。

「何よりも、町人のための小紋染めを、この江戸に根付かせたいのです。一気に売れて、すぐに廃《すた》れてしまうようなものではなく、大事に、息長く好まれ続ける品に育て上げたい。江戸で作ることに拘りたいと思います」

縁あって、界隈《かいわい》に染物師の多く暮らす土地に江戸店を構えた。江戸っ子に好まれる小紋染めを、江戸の染物師たちとともに作り上げていきたい――七代目のそうした想《おも》いは、支配人にもしっかりと伝わったのだろう。へぇ、と佐助は静かに頷《うなず》いた。

幸は今一度、帳簿を指でなぞりながら検める。五鈴屋江戸店の扱う、江戸紫の鈴紋の呉服は、一反、銀百匁《もんめ》。

極上の縮緬生地に、特別に彫ってもらった伊勢型紙を用いた小紋染め。決して安くはない。ただ、商いである以上、損は出さないが、上乗せする利はぎりぎりまで抑え、お客にとっての「ほど良い贅沢《ぜいたく》」「手が届く贅沢」という視点で、よくよく考えて付けた値であった。

――俺たちには一生、縁もないだろうがな

五鈴屋の繁盛に目を留めた、通りすがりの男の声が耳の奥にまだ残っている。

「これまでうちで扱った小紋のうち、一番よく出たものは、五十匁前後。その倍近くになってしまったわね」

店主の呟《つぶや》きに、それまで控えていた賢輔が遠慮がちに応じる。

「日本橋あたりなら、二百匁、あるいはもっと高い値ぇを付けるかと思います」

七十年ほど昔の奢侈《しゃし》禁止令で、反物の値段の上限が銀二百匁と定められたことがあった。その当時でさえ、およそ守られていたとは思えないが、公方《くぼう》さまのお膝《ひざ》もとで商う呉服商にとって、二百匁というのは、表向き守るべき一線ではあった。

中村富五郎が披露目をした江戸紫の小紋染めは、まだ世の中に出回っておらず、売れることが確かな品だ。賢輔の言う通り、日本橋の大店なら強気の値段をつけるに違いない。

賢輔の言い分に、せやねぇ、と結はいち早く賛意《さんい》を示す。

「贔屓《ひいき》の役者と同じ品を手に入れられるなら金銀も惜しぃない、て思うんが女心。買う方が多少の無理は覚悟の上やから、売る方も高い値ぇをつけるんやないの？」

確かに、とお竹も首肯《しゅこう》して、こう続けた。

「売り初めの頃、お客さんの殆《ほと》んどが、値ぇを確かめて拍子抜けしてはりました」

いずれも日本橋あたりの大店呉服商の常客なのだろう、銀三百匁ほどの出費は覚悟していたように見受けられたという。

「ありがたいことに目ぇの肥えたかたばかりやさかい、品物の値打ちをようわかってくれはって、随分とお誉《ほ》め頂いています」

お竹は言って、心持ち胸を反らせた。

値付けは塩梅《あんばい》が大切で、あまりに安い値がついてしまえば、ものづくりに関わった中で立場の弱い者が、皺寄《しわよ》せを受けることになってしまう。銀百匁というのは、そうした意味ではほど良い値だった。その証《あかし》に、お客の方でも二反、三反、と買い足す者もいるほどだ。

「小紋染めは江戸紫に限る、そんな風に思い込まれてしまっては勿体《もったい》ないわ。江戸っ子好みの渋い染め色のものを、曽我祭のあとで売り伸ばしていきましょう」

店主の提案に、支配人は熱の入った声で、

「今月のうちに、力造さんから新たな色見本が届く予定だす」

と、応じた。

愉《たの》しみだすなぁ、とお竹が言い、賢輔が前のめりになりそうなほど頷いた。

五鈴屋の小紋染めが、町人のための小紋染めが、今、まさに追い風を受けて世に広まろうとしている。その確かな手応《てごた》えを、主従は得ていた。


「確かに、お預かりいたしました」

本両替商、蔵前屋《くらまえや》の手代は、持ち重りのする包みを腰に括《くく》り付け、容易に解《ほど》けないように、ぎゅっと固く結ぶ。結び目を脇へずらすと、夏羽織を纏った。

「こちらが預かり証でございます」

「へぇ、頂戴《ちょうだい》します」

差し出された証文を、佐助は両手で受け取った。手もとが暗くなり始めたため、お竹が行灯に火を入れて、傍らに置く。佐助は証文を検めてから、店主へと渡す。預かり証に目を通して、幸は、

「日を置かずに足を運んで頂いて、助かりました」

と、手代を労《ねぎら》った。とんでもない、と言わんばかりに相手は強く頭《かぶり》を振った。

「毎日でも寄せて頂きます。これほどまでに小紋染めが売れても、変わらずに私どもをご贔屓頂き、本当にありがたいことです」

蔵前屋の手代は言って、深々と頭《こうべ》を垂れた。

お竹が相手の姿をしげしげと眺めて、頬を緩めている。

「胴巻きした上に羽織やて、どないに腕のええ掏摸《すり》でも敵《かな》いまへんなぁ」

「大事なお宝をお預かりするのですからね。念には念を入れないと」

律儀に応える手代の額に、うっすらと汗が浮いている。卯月のうちとはいえ、胴巻きに羽織は暑いだろう。幸はお竹にお茶を用意するよう命じた。

勧められるまま、板の間の上り口に腰を下ろして、手代は運ばれてきた冷茶に手を伸ばす。よほど喉《のど》が渇いていたのか、ごくごくと音を立てて中身を干すと、緩んだ息を吐く。お竹はすぐさまお代わりを用意して戻った。

少し前まで、表座敷からはお客の相手をする賢輔の声がしていたはずが、じきに暖簾を終《しま》うとあって、今はしんと静まっている。金銀の受け渡しも無事に終わり、板の間の四人は束の間《つかのま》、ほっと和んでいた。

二杯目をゆっくりと味わって飲んでいた手代が、あのぅ、と茶碗《ちゃわん》から口を外す。

「こんなことをお尋ねしても、と思うのですが」

男の視線は、壁の方へと向けられたままだ。五鈴屋の三人はつられて振り返った。殺風景な板の間には、柱暦《はしらごよみ》のほか、掛け軸が飾ってある。

本両替商の手代の眼《め》が、明らかに掛け軸を捉《とら》えているのを認めて、幸は、

「何でしょうか」

と、問いを促した。

手代は湯飲みを脇へ置くと、少し恥ずかしそうに打ち明ける。

「出入りさせて頂くようになってから、ずっと気になっていたのですが、あのお軸には何と書かれているのでしょうか？　どうにも達筆過ぎて読めないものですから」

途端、五鈴屋の主従は一斉に噴きだした。

幸は慌てて手の甲を口にあてがって笑いを封じ、お竹はお竹でお盆で顔を隠したものの肩が激しく揺れている。佐助など、目に涙を浮かべて腹を押さえていた。

主従の対応に、相手は戸惑い、狼狽《うろた》えているのが見て取れた。

ごめんなさいね、と幸は笑みを含んだ声で答える。

「私たちも読めないの。大坂を発《た》つ時に餞別《せんべつ》に頂戴したもので、もう二年ほど毎日眺めているのに、全然、読み解けないのですよ」

「えっ」

幸の返答に、手代は呆気《あっけ》に取られている。

その様子が堪《たま》らなく笑壺《えつぼ》に入ったのだろう、お竹はお盆で顔を隠したまま、「失礼します」とくぐもった声で断り、板の間を出ていった。

五鈴屋江戸店一階は、通りに面した店の間、次の間、板の間、奥座敷と続く。店の間と次の間は商いのためのもの、奥座敷は主筋の寝間として用いられる。残る板の間は、台所に近いこともあり、大坂本店の板敷と同様、食事を始め、暮らしの場として使われていた。

蔵前屋の手代のひと言をきっかけに、夕餉《ゆうげ》のあと、主従は掛け軸の前に集まった。

「最後のこの字ぃ、『中』にしか見えへんのだすが」

十文字ほどの漢字と思《おぼ》しきものが書かれた掛け軸、佐助はその一番画数の少ない一文字を指し示した。

せやろか、と結が小首を傾げる。

「丸々した字やさかい、私には、平仮名の『ゆ』に見えます」

五鈴屋本店の常客の医師、修徳《しゅうとく》が幸に餞別として贈った掛け軸は、これまで散々、五鈴屋の面々を悩ませてきた。達筆か、はたまた悪筆か、ともかく判読できない。

「賢輔どん、どない思う？」

結に促されて、賢輔は思案顔で応える。

「十文字とも漢字やないかと。五文字と五文字の間が少し離れてるよって、漢詩《かんし》と呼ばれるものやないだすやろか。漢詩やったら、ご寮さんがお詳しいのやないかて思います」

幸の父親の重辰《しげたつ》は学者で、専《もっぱ》ら朱子《しゅし》学《がく》と漢詩を教えていた。以前話したことを賢輔が覚えていたと知り、幸は柔らかに目もとを緩めた。

「父から漢詩を教えてもらったことはないのだけれど、確かに五文字とか、七文字の句を並べたものが多かったように思うわ」

漢詩というのは遠い昔に海の向こうで生まれた歌だと聞いて、お竹は首を傾げる。

「私は修徳先生いわはるおかたを存じ上げへんのだすが、皆から色々聞いてます。何でも、えらい世智弁《せちべん》（狭量）で居丈高《いたけだか》なおひとやそうだすてなぁ。歌やて、そない風情のあるもんを書かはりますやろか」

どうかしら、と幸は癇癪《かんしやく》持ちの修徳を懐かしく思い出していた。

注文は細かくて口煩《くちうるさ》く、気に入らねば幾度でもやり直しを命じる。周囲から誤解をされ易《やす》いが、幸にとっての修徳は、気骨があって筋の通った好ましい人物に違いなかった。

「江戸店に飾って戒めとせよ――修徳先生はそう仰《おつしや》っていたので、おそらく教訓が書かれているのだと思います」

二文字目を指して、幸は続ける。

「この一番画数の多そうな字は、颯爽の『颯』ではないかしら」

ああ、と佐助と賢輔が同時に納得の声を発した。だが、結局はそこまでしかわからない。

「ここまで読まれん字ぃ書くおかたも珍しおますなぁ」

「もう魔除《まよ》けの札の代わりの扱いで、ええのんと違うかしら」

お竹と結の遣《や》り取りに、皆が笑って、この話は終《しま》いとなった。

曽我祭まで、ひと月を切った。着物に仕立てることを考えれば、江戸紫の小紋染めの売り上げも、あと半月ほどで落ち着いていくだろう。

「もうひと踏ん張りだすなぁ。明日も気張りまひょ」

店主の気持ちを汲《く》んで、佐助は賢輔たちに声をかける。へぇ、と賢輔とお竹は声を揃《そろ》え、結はにこにこと笑みを零《こぼ》した。


江戸っ子好みの、四十八茶百鼠《ねずみ》。

少し彩《いろどり》を加えるなら、春は青藤《あおふじ》、夏は若竹《わかたけ》、秋は栗皮《くりかわ》、冬には千歳緑《せんざい》あたりか。否、春夏も、薄い色よりも少し濃い色の方が、小紋が生きるのではないだろうか。

小紋染めが江戸紫だけだと思い込まれるのは、あまりに勿体ない。曽我祭が終われば、もっと色々な提案をしてみたい。力造にまとめてもらっているが、染師たちとも話をしておきたい。それに、そろそろ、奉公人を増やすことも考えよう。

深夜、月影の射《さ》す天井を眺めて、幸はあれこれと思案を重ねていた。

戒めとせよ。

ふと、修徳の言葉が思い返される。

何か忘れ物をしているような気がして、幸は半身を起こした。商いが順調な今、大切なことを忘れていまいか。

結が話していた通り、ひとびとは討ち入りを好む。曽我祭が曽我兄弟の討ち入りの日に行われるように、五鈴屋も忠臣蔵に倣い、赤穂義士《あこうぎし》が仇討ちを果たした師走《しわす》十四日に江戸店を開いたのは、二年前のこと。

恨みを晴らしたり、命を奪いに行くためではない。江戸という商いの戦場へ「買《こ》うての幸い、売っての幸せ」を掲げて、知恵を武器に討ち入る心意気だった。

あの日、四十七匁の値札のついた臙脂《えんじ》色の蝶《ちょう》紋の小紋染めに見入っていた、赤子を負ぶった若い母親の姿は、今なお幸の胸を去らなかった。

――娘のために、いつか、あんな反物で晴れ着を仕立ててやりたい。そんな夢は、夢だけは見ていたいんです

下瞼《したまぶた》に涙を溜めて、切々と訴えるその声を忘れたことはない。

幸たちが今、店を挙げて売り伸ばそうとしている小紋染めは、一反が銀百匁。曽我祭に招かれて歌舞伎役者と親しめるのは、懐《ふところ》の豊かな者に限られる。そうしたお客には、何でもない値段だろう。だが、果たして百匁の値の付いた反物を、あのひとが躊躇《ためら》いなく買える日はくるのだろうか。

あのひとばかりではない。口にするお米を減らしたり、縫物などの手間賃を溜めたりして、何とか工面して太物《ふともの》を買い求めるおかみさんたちはどうか。

暖かな夜なのに、背筋が冷えるように思って、幸はぎゅっと首を竦《すく》める。

この地で店を開いた時から、支えてくれたのは、紛れもなく近辺のおかみさんたちだった。帯結び指南に通い、五鈴屋の名を広め、縁を繋いでくれた。そうしたおかみさんたちの足が遠のくことがあってはならない。

曽我祭という追い風を得て、江戸紫の小紋染めを売り伸ばしていく。だが、それのみで暖簾を保つのではない。太物や手頃な紬《つむぎ》類にも力を入れて、誰もが足を運べる店でありたい。居心地よく、買い物できる店でありたい。そのために、まだまだ絞れる知恵があるはずだ。

知らず知らず、幸は右の手を拳《こぶし》に握って、額に押し当てていた。

「これは男はんの帯だすが、女帯でも、仕立て直したらこないな幅になるんは、ようあることだす」

皐月十四日、次の間に集まったおかみさんたちに、お竹は茶の縞《しま》帯を示した。女たちは持参した帯を前に、熱心にお竹の話に耳を傾けている。

時をかけて幅広になった女帯に対して、男用の帯の幅は狭い。多少の流行《はや》り廃《すた》りはあるが、昔と今とで際立った違いがあるわけではなかった。また、結び方にしても、女帯ほど凝ったりはしない。

「今日は男帯でも女帯でも、どっちにも使える結び方を、伝授させて頂きまひょ」

「これからお祭の季節やし、今日の結び方で出かけたら粋ですよ」

見本役を務める結が、単衣《ひとえ》に腰紐《こしひも》を結んだ姿で、師匠の言葉を朗らかに補った。

月に一度、十四日に江戸店の次の間で帯の結び方指南を始めて、もう一年以上が過ぎた。只《ただ》であることを貫いて、買い物など無理強いをしない。その揺るぎ無い姿勢は充分に認知されて、帯指南の日には次の間に入りきらないほどの女たちで溢《あふ》れる。初めての者は前へ、幾度も通う者は土間の方へ下がって見学する、という決まりも自然と出来ていた。

懐豊かな女房も居れば、如何にも裏店《うらだな》暮らしと思しき女房も居る。浪士の娘、手習いの師匠、老いも若きも様々だ。そうした女たちが集い、同じ帯結びを学ぶさまは何とも好ましかった。

「帯をこないして胴に巻きつけて、この先を帯下に潜《くぐ》らせるんだす」

お竹は結の胴に帯を巻いて器用に結び、最後に見場《みば》良く整えて仕上げた。

「大坂やと帯の巻く向きが違いますよって、仕上がりも逆向きになるんだすが、江戸ではこの形が見本になります」

平らかな結び目から帯の両端が覗《のぞ》いている様子は、砂出しをしている貝の姿に似る。

忽《たちま》ち周囲から、ああ、との声が上がった。

「この結び方はよく見るよ。簡単に結べそうだねぇ」

「うちは職人だからこんな風には結ばないけれど、商人や奉公人には多いよ」

早速と真似するも、容易そうに見えて、きちんと美しく仕上げることは難しい。勝手が違い、誰もが難儀しつつ汗だくになった。

「この結び方は案外、崩れ易いんだす。せやさかい、前掛けをするひとらに人気がおます」

前掛けの絎紐《くけひも》でぎゅっと押さえ込むのだ、とのお竹の説明を聞いて、おかみさんたちは、

「去年、この店で教わった結び方もそうだったね。あたしゃ今も湯屋《ゆや》へ行く時はあの結び方だよ」

「ひとの考えることは似るんだねぇ」

と、喧《かまびす》しい。

一刻ほどの帯指南を終える頃には、皆、互いにすっかり打ち解けていた。

「実はね、ちょっとほっとしてるんですよ。富五郎御用達《ごようたし》の店として知られるように

なって、江戸紫の反物が売れに売れて、私の知ってる五鈴屋さんじゃあ無くなってしまうように思ってたんです。世の中には、懐豊かな者しか相手にしない呉服商もありますからねぇ。ここも、そうなってしまうんじゃないかって」

誰かが言えば、誰かが頷いて応える。

「日本橋の、田所屋《たどころや》って言ったかねぇ、まさにそんな風だと聞いてるよ。だから、この店の前に駕籠がずらりと並んだ日にゃあ、私みたいな貧乏人が暖簾を潜るのは無理だ、と思ったのさ。けど、只の帯指南も続いてるし、子ども用の切り売りにも気持ちよく応じてくれる」

さらに別の誰かが、

「店開きの時からここを知ってるけど、どんな客にも丁寧で親切なのは少しも変わらない。この先もきっとそうだよ」

と、言い添える。

皆の遣り取りを耳にして、五鈴屋の女三人は、柔らかな視線を絡め合った。そんな風に思ってもらえることは無上の喜びだった。

表座敷は、今日も小紋染めを求めるお客で賑わっている。そんな店の間の殷賑《いんしん》を横目に、土間伝いに生徒たちは帰っていく。

暖簾を捲って表に出た女たちを認めて、店の前で入ろうかどうしようか、逡巡《しゅんじゅん》していた者たちが軽く目を見張る。噂《うわさ》を聞きつけて、五鈴屋を訪ねてきたのだろう。

「どうぞお入りくださいませ」

「覗いていっておくれやす」

幸とお竹が暖簾に手をかけて呼びかけるが、気後《きおく》れがするのか、下駄《げた》が地面に食い込んだように動かない。

「この店はねぇ、見るだけだって、嫌な顔ひとつしやしませんよ」

「手頃な太物もありますからね」

同じ形に帯を結んだおかみさんたちが軽やかに言って散っていく。その言葉に背中を押されて、ひとり、またひとり、と店の中へと吸い込まれていった。

第二章　修徳からの伝言

薄縹《うすはなだ》、藍鼠《あいねず》、利休鼠《りきゅう》、丁子《ちょうじ》、海老茶《えびちゃ》。

敷布の上に、何反もの反物が少し開いて置かれている。いずれも、江戸っ子好みの、地味ながら美しい色合いだ。地は涼し気な絽《ろ》、柄は鈴紋のほか、茄子《なす》紋、千鳥紋等々。

「見事です、本当に素晴らしい」

一反、一反、慎重に取り上げて検《あらた》めたあと、丁寧に戻して、幸は居住まいを正した。

「色見本でよくよく知ってはおりましたが、ここまで綺麗《きれい》な色合いに染まるだなんて。本当にどれほど感謝しても足りません」

この通りです、と畳に両の手を置いて頭を下げる。傍《そば》に控えていた佐助もまた、店主を真似《まね》た。

「顔を上げておくんなさい、七代目、それに佐助さんも」

安堵《あんど》の色を滲《にじ》ませて、型付師《かたつけし》は頼み込む。

「小紋染めってのは、水元《みずもと》を終えるまで、どんな風に染め上がってるのかわからねぇんでさぁ。勘だけが頼りなもんで。それに、縮緬《ちりめん》と違って絽は染めにくい。気に入ってもらえて、こっちこそ嬉《うれ》しいですぜ」

がっしりと大きな身体《からだ》はさして変わりはないが、頬《ほお》がこけている。

力造には新たな小紋染めに取り組んでもらっている。無理をさせている自覚もあり、幸はもう一度、頭を下げた。

「女将《おかみ》さん、もうそのくらいにしてくださいな」

土間伝いに、女房のお才《さい》がひょいと顔を出した。杓文字《しゃもじ》を手にしているところを見れば、昼餉《ひるげ》の仕度の最中なのだろう。

「こうして小紋染めに戻して頂いたんですよ、女将さんにそれ以上、頭を下げられると、うちのひと、どうして良いか、わからなくなっちまいますから」

それだけを言い残して、女房は去った。ほどなく、染め場の方から「手の空いたひとからお昼にしてくださいな」と誘うお才の声と、それに応じる幾つもの野太い声が届いた。仲間に声をかけ、腕の立つ型付師たちに染め場へ入ってもらっているのだ。

ここの染め場は四台の長板を置く余裕しかなかった。ほかに、力造の推す三人の型付師の染め場に助けてもらっている。

「梅雨《つゆ》が明けたら、盛夏。時が過ぎるのは早いですから、袷《あわせ》や綿入れに合う小紋染めにも取りかかって頂くとして、手は足りますでしょうか」

幸の問いかけを受けて、力造は首を振った。

「今は型付、染め、水元、と分けて三十人ほどが関《かか》わっていますが、先々のことを考えたら、染め場をもう一か所、増やした方が良いかと思うんでさぁ」

親父《おやじ》の代からの知り合いに声をかけてみる、と力造は提案した。

細かな取り決めをして、五鈴屋の主従は暇《いとま》を乞《こ》う。見送りを断ったにも拘《かか》わらず、力造は大川沿いを幸と並んで歩いた。

「五鈴屋さんから充分過ぎるほどの染め代を頂いているお陰で、私たち染物師は息がつける。皆、暮らしの目途《めど》が立ち、女房子どもにそれこそ新しい着物の一枚も作ってやれるんでさぁ」

ありがたいことです、と力造はつくづくと言った。

それだけの値打ちがあるのだから、と口にしかけて、幸はふと、白子《しろこ》の型彫師たちのことを思い出す。

貴重な伊勢型紙、緻密《ちみつ》で美しい紋様を生みだす型彫師たちの技。技を駆使し、時をかけて彫られた型紙の売値が、一枚銀二匁《もんめ》ほど。型彫師の手間賃はその半分、否、もっと安いかも知れない。型売りたちは、おかみから何かと重んじられるのに比して、型彫師たちに光が当たることはなかろう。それを思うと、何とも暗澹《あんたん》とした思いに駆られる。

ものを作り、運び、売る。その工程で多くのひとが携わりながら、富が僅《わず》か一握りの者に集中するとしたなら、どうか。真っ当な仕事が評価されなければ、良いものを我が手から送りだそうと努めることが虚《むな》しくなりはしないか。

少なくとも、そうした遣《や》り方では、百年続く商いになりようがない。

幸は立ち止まり、大川の流れに目を遣った。

あれは確か、今年の初観音《はつかんのん》の日だ。やはり力造の家からの帰り道、同じ場所に佇《たたず》んで、反物に仕上げられるまでに注がれる、全《すべ》てのひとの手を想《おも》った。全ての手を敬《うやま》い、その働きを決して無駄にしない――そう誓った。

今、その想いを新たにする。

少し遅れて歩いていた佐助が、幸たちに追いついた。

「じきに川開きだすなぁ」

川下の両国橋《りょうごくばし》の方を、佐助は眩《まぶ》しそうに眺めている。

江戸の梅雨明けは、皐月《さつき》二十八日に行われる両国の川開きがひとつの目安とされる。

大川一面に船が浮かび、両国橋は老若男女で埋まる。夜空に打ち上げられる花火を目にして、江戸っ子たちは夏の到来を喜ぶ。近くに住んでいることもあり、幸たちも、一度は見物に行きたいと思うものの、果たせぬままだった。

「そうですかぃ、七代目も佐助さんも、まだご覧になってないんですかぃ。そいつぁ勿体《もったい》ないですぜ」

五鈴屋の主従から話を聞いて、力造はしきりに惜しがる。とりわけ、川開き初日の打ち上げ花火は見事なのだという。

「もともとは、亡くなったひとを慰めるための花火も、今じゃあ、江戸っ子の楽しみのひとつなんで。今年は是非とも、見ておくんなさい。何せ、花火を打ち上げるために、名だたる大店が気前よく、ぽん、と金銀を出すんですからね。まぁ、商いの勢いを誇る、良い機会でもあるんだろうが」

花火一発が金一両、と聞いて、幸も佐助も目を丸くする。神社仏閣の水場に置いて回った手拭《てぬぐ》いなら、参拝客に長く使ってもらえる。だが、一瞬だけ夜空に輝いて、跡形もなく散ってしまう花火に一両、躊躇《ためら》いなく出せるのが、江戸の大店なのか、と。

主従の戸惑いには気づかず、力造は両の眼《め》を細めて大川を愛《め》でる。

「去年の川開きは、孫が麻疹《はしか》に罹《かか》っちまって、生きるか死ぬかって大騒動だった。今年は皆で花火を見ることを楽しみにしてるんでさぁ」

　待ち遠しいことですぜ、と伸びやかに、型付師は笑った。

　川開きと曽我祭が同日だったため、何かと気忙《きぜわ》しい。せっかくの力造の勧めも空しく、やはり今年も、花火を見る余裕を持てないままだった。

　翌、二十九日。幸は重苦しい気分で坂本町《さかもと》を歩いていた。

　傍らを流れる楓川《もみじ》は、真っ青な夏空と湧《わ》き立つ雲を映して、音もなく流れている。水面《みなも》に目を留《と》めて、幸はひとつ、息を吐いた。あまりに大きな溜息《ためいき》に自身で驚いて、苦く笑う。呉服仲間の寄合に顔を出した帰り道、どうにも気が晴れなかった。

　田原町には、そもそも呉服を商う店が五鈴屋以外にはなく、伝手《つて》を頼って坂本町の呉服仲間に加えてもらっていた。同業の者で作る仲間は、間違いのない品を売っているか、法外な値を付けていないか等々、互いを律し合い、商いそのものを守るためのものだ。ただし、近年一大消費地として急激に成長した江戸と、商都として古くから栄えてきた大坂とでは、仲間の結束の強さにも随分と隔たりがあった。

　大坂の仲間は仕来《しきた》りを大事にし、商家の婚姻や縁組、相続など店の行く末に関わることの全てについて、仲間全員の承認を要する。だが、江戸ではそうしたこともなく、極めてさっぱりしていた。月に一度、ここ坂本町で開かれる呉服仲間の寄合でも、新参者の小商いの店主として隅の方に大人しく座っていれば、事足りていたはずだった。少なくとも先々月までは。

「五鈴屋さん」

大きな声で呼ばれて、幸ははっと顔を上げた。

すぐ傍に、近江屋《おうみや》の屋号入りの半纏《はんてん》を纏《まと》った壮年《そうねん》の男が立っている。近江屋江戸店の支配人だった。

「どないしはりました？ 何遍《なんべん》もお呼びしたんですが」

馴染《なじ》みの支配人に問われて、相済みません、と幸は軽く頭を下げる。

「考え事をしていたものですから」

曽我祭も無事に済んで肩の荷を下ろしたはずの七代目が、支配人の眼にはそうは映らなかったのだろう。思案顔のあと、

「そうでした、そうでした、今日は呉服仲間の寄合の日でしたね」

と、何かを察したように、両の手をぽん、と打ち合わせた。

ほかに伝手を持たない五鈴屋江戸店《だな》を慮《おもんぱか》り、坂本町の呉服仲間へ繋《つな》いでくれたのは、この支配人だった。

てんやぁ、ところぉてん

ところぉてん、てんやぁ

何処《どこ》からか心太《ところてん》売りの良い声がしている。いきなりの酷暑を払う、涼しげな声だ。

「七代目、どうぞ、うちで一息入れていっておくれやす」

支配人は幸にそう言うと、後ろを振り返った。丁度、近江屋の小僧がふたり、店の前を竹箒《たけぼうき》でせっせと掃き清めている。

「どっちでもええ、心太売りを呼んできなさい」

支配人に命じられて、年長の小僧が箒《ほうき》を手放して駆けだした。幼い小僧は長暖簾《ながのれん》を捲《まく》って、支配人とお客とを迎え入れる。

江戸で最も商いが盛んなのは、日本橋界隈《かいわい》だった。白木屋《しろきや》や越後屋《えちごや》を始め、名だたる大店が並び、終日、買い物客で活況を呈している。大坂から移り住んだ者にとって、高麗橋《こうらい》辺りを彷彿《ほうふつ》とさせる場所でもあった。

坂本町は、楓川を隔てて日本橋と接しているが、その雰囲気は随分と異なる。

三方を武家屋敷で囲われ、山王御旅所《さんのうおたびしょ》にも近いため、松の緑が目を引く。植木屋も多く、仮植え中の樹々《きぎ》が彩《いろどり》を添えており、落ち着いて清閑《せいかん》な街であった。今の時期は、熟れた梅の実の芳香が漂っていた。

近江屋の奥座敷にも、風に乗って甘い香りが届いている。

「江戸の心太《ところてん》は、醤油《しょうゆ》と、それにたっぷりの辛子を、このように」

透き通った心太の入った二つの器に、支配人は醤油を回し入れて、匙《さじ》で辛子を足す。ひとつをお盆に移し、冷茶を添えて幸の方へと押しやった。

「醤油に辛子を溶かし、お好みで酢も足して、よう混ぜて、冷たいうちにどうぞ。江戸っ子は一本箸ですが、やはり、箸《はし》は二本の方が食べ易いですから」

手本を見せられて、幸は器を手に取る。助言通りに箸でよく混ぜて口へ運んだ。細く長いものが、つるり、ひやりと喉《のど》を通るのが何とも嬉しく、辛子の効いた味わいも好ましい。一瞬、身体の中を涼風が吹き抜けていく。

「美味《おい》しいです」

刹那《せつな》、相手は「良かった」と顔をくしゃくしゃにして笑った。

「京坂では心太には黒蜜《くろみつ》をかけるそうですが、何せ、私ら商家の奉公人は『商人は口が奢《おご》ったらあかん』て言われてましたよって。心太も黒蜜も何も知らんままでした」

江戸へ出て、食の違いに驚いた。味の好みだけではない、ささやかながらも煮豆なり、切り干しなり、庶民の食膳に必ずお菜が載ることにまず仰天したという。

「よくわかります」

箸を置き、幸は首を縦に振ってみせた。

大坂ではご飯を炊くのは昼だけ、夜は冷や飯でお茶漬け、翌朝は茶粥《ちゃがゆ》。女衆《おなごし》だった頃《ころ》はもちろん、ご寮《りょん》さんの立場になっても日々変わらず、食に関しては極めて慎ましい。甘いものの記憶は、菊栄《きくえ》の飴玉《あめだま》と亡くなった富久《ふく》の好んだ「あもや」の酒饅頭《さかまんじゅう》くらいだろうか。

「贅沢《ぜいたく》に慣れるんは恐《こわ》いようにも思いますが、食べることは大事です。江戸で暮らすようになって、ほんに骨身に沁《し》みました」

年配者の意見に、幸は大きく頷《うなず》く。幸自身も同じことを思い、本店と高島店の食事の見直しを進めているところだった。

気づけば、手にした器は空になっている。初めて口にした江戸風味の心太が、萎《しお》れた心を、文字通り太くしてくれたように思った。

ちゅるる、と音を立てて最後のひと口を食べると、支配人は器を放した。

「近江屋は古手商ですが、あちこちの呉服商ともご縁がありますよって、色々な話が耳に入ります」

富五郎のお練《ね》り以降、五鈴屋の名を聞かない日はない。あの衣裳《いしょう》を目にした呉服商で、肝を潰《つぶ》さない者などひとりとして居なかった。

侍だけのもの、と決めてかかっていた小紋染めは、まさに江戸っ子好みの粋な染物だった。その事実を突きつけられた者たちは、『何故《なぜ》、今まで気づかなかったのか』と切歯扼腕《せっしやくわん》していたという。

「あの鈴紋の小紋染めを見た時、私は悟りました。ああ、七代目の考えはったことや、と。私から聞きだした僅かな話を糸口に、知恵の糸を引き出さはったんや、と」

決して誰《だれ》にでも出来ることやない、と支配人は頭を振ったあと、ただ、と僅かに眉《まゆ》根《ね》を寄せた。

「小紋染めを武家から町人のものに、と思いつき、実際に小紋染めを世の中に送りださはったんは、間違いなく五鈴屋さんの手柄です。けれど、何せ生き馬の眼を抜く江戸ですよって、儲《もう》けになりそうなものは、あっという間に真似されてしまう」

江戸の呉服商はいずれも、何とかしてあれに似た小紋染めを作ろうと躍起《やっき》になっている。だが、伊勢の白子に型紙を注文したところで、すぐには手に入らない。おまけに、型商の集まりは今、おかみに株仲間として認めてもらえるか否かの瀬戸際で、色々と思うに任せない。己の力不足を棚に上げ、五鈴屋への憎悪を募らせる店も現れるだろう。

「昔から『出る杭《くい》は打たれる』て言いますよって、さぞかし呉服仲間からの突き上げも大きいことでしょう」

支配人は畳に手を置くと、幸の方へ身を傾けて懇篤に言った。

「けんど、負けんでください、七代目」

近江屋本店から江戸店の支配人として移り住み、奉公人を束ねて、古手商として名の通った店に育て上げた。その苦労は人並みではなかっただろう。

白子の型彫師を紹介しろ。型紙を分けろ。利を独り占めするとは何事か。呉服仲間にもそれなりの便宜《べんぎ》を図《はか》れ。

先ほどの寄合で、良い齢《とし》をした呉服商の店主たちが、筋の通らぬ要求を口にして幸に詰め寄った。そんな事情も、支配人は見通しているに違いない。

顧みれば、五鈴屋の屋号を入れた傘を配った時、あるいは、草紙に「五節季の五鈴屋」の文字を入れた時、早々に真似られた。帯地に力を入れた時も、五《い》鈴帯《すずおび》を考案した時も然《しか》り。波村《はむら》で浜羽二重を復活させ、五鈴屋一手で売りだした時など、盗品の疑いをかけられもした。五代目の惣次《そうじ》、六代目の智蔵、ふたりともそうした憂き目に遭《あ》っているのだ。

お練りから曽我祭にかけて、江戸の呉服商いは五鈴屋の話題で持ち切りだった。坂本町の呉服仲間の反応を見れば、小紋染めはこの先、もっと大きなうねりとなって江戸中を呑《の》み込むことになるだろう。同業者からの横槍《よこやり》も激しさを増すに違いない。五鈴屋にとって、まさにこれからが正念場となる。

――笑いなはれ、盛大に笑いなはれ

五鈴屋の要石《かなめいし》だった治兵衛《じへえ》、その餞《はなむけ》の言葉が笑顔とともに思い浮かぶ。

「負けません」

近江屋の支配人の双眸《そうぼう》を見つめて、幸は思いを込めて応《こた》えた。

笑って、勝ちに行く。心のうちに誓い、幸は晴れやかに笑ってみせた。

近江屋の支配人は一瞬、胸を突かれた表情になったあと、「ええ笑顔ですなぁ」と目を瞬《しばた》いた。

「梅鼠《うめねず》のを見せておくれな」

「ちょいと、私の方が先だよ、先《せん》から薄縹のを、と言ってるじゃないか」

五鈴屋の店前がどうにも騒々しい。

少しお待ちを、と口々に応えつつ、五鈴屋の主従は座敷と次の間と蔵を行きつ戻りつしている。届いたばかりの小紋染めが次々と撞木《しゅもく》に掛けられ、涼しげな小紋染めを着込んだ結は、見本よろしくお客の間で重宝されている。
盛夏を迎えて五鈴屋が売りだした夏用の小紋が、売れに売れているのだ。紹の生地が風を通して涼しい、それに何より色が好ましい。そんな風に思っていた女小紋染めを手に入れた
いけれど、江戸紫はどうにも華やか過ぎて気後《きおく》れがする——そんな風に思っていた女
たちが如何《いか》に多かったかと、痛切に思う。
五人では手が足りず、近江屋からも壮太《そうた》と長次《ちょうじ》という手代に、助っ人に来てもらっ
ていた。何せ、屋敷売りとは異なり、お客の方から店へ足を運んでくれるので、勢い
がまるで違う。
「大事な虎《とら》の子だけどね、どうしても娘の嫁入りに持たせてやりたいのさ」
「母親に着せてやろうと思って」
食うや食わず、というわけでも、日々の暮らしに途方もなく難儀するわけでもない。
けれども、曽我祭の時のように、銀百匁を躊躇いなくぽんと出せるわけでもない。そ
んな懐《ふところ》具合のお客たちが、自分のためというより、誰かのために、あれこれ工面し
て用意した銀百匁と引き換えに、反物を買い求める。
「女将さん、手伝いますよ」
力造から言われたのだろう、お才が現れて、お客の案内を買って出た。それでも、

目の回る忙しさに変わりはなかった。

「そろそろ新しいひとを入れた方が良いんじゃないですかねぇ」

お客を見送って戻ったお才の額に、玉の汗が浮いている。ええ、と答えて、幸は袂《たもと》から手拭いを抜き、相手に差し出した。

「近江屋さんを通じて、今、探してもらっています」

口入屋《くちいれや》を通すのも手だが、やはり身許《みもと》がはっきりとしている方が望ましい。

「その方が良いですよ。新しいひとが入ると、馴染むまで大変ですけどねぇ」

うちも十四の子が弟子入りしましてね、と朗らかに言って、お才は汗を拭う。

「女将さん、言い難《にく》いことなんだけれど、やっぱり言っておかないと」

店の間を覗《のぞ》いて、少し落ち着いたことを確かめると、お才は幸の袖《そで》を捉《とら》えて、その耳もとに唇を寄せた。

「江戸中の呉服商が『五鈴屋に追いつけ』とばかりに、躍起《やっき》になって小紋染めを手掛けようとしてるんですよ。中でも一軒、目に余る遣り様の店があって……。日本橋にあるその店は、小紋の伊勢型紙を白子から大量に買い付けて、型付師という型付師に、片《かた》っ端《ぱし》から声をかけてるんです」

うちにも来たのさ、とお才は眉間《みけん》に深い皺《しわ》を刻む。

力造のところだけではない、五鈴屋の小紋染めに関わる全ての染物師を、引き抜きにかかったのだという。

「染め場も持ってて、賃銀も弾《はず》むから、と口説いたそうです。力造の見込んだひとたちですからね、寝返る職人は、ひとりもいませんよ。ただ、あまり日を置かずに、新しい小紋染めが他所《よそ》の店からも沢山出回ることになるだろう、ってうちのひとが」

あたしゃもう、腹が立って腹が立って、と型付師の女房は声を震わせる。

愉《たの》しみです、と幸は柔らかに応えた。

「えっ？」

聞き間違いではないか、と思ったのだろう、お才は開いた掌《てのひら》を耳の後ろにあてがう。

「女将さん、今、何て？」

「愉しみにしているんです。新しい小紋染めがどんなものか、見てみたい」

錐《きり》や小刀を使って、自在に紋様を彫り出す白子の型彫師たち。五鈴屋でも、梅松という職人に、鈴紋のほか、千鳥や熨斗《のし》などの様々な柄を彫ってもらっている。日本橋の呉服商が、どのような図案を頼んだのか、とても興味があった。

「……」

幸の返事に、お才は零《こぼ》れんばかりに両の眼を見開き、声を失している。

「お才さん、うちのご寮さんは、こないなお方だすのや」

通りかかったお竹が、薄々、事情を察したのだろう、ほろりと苦く笑った。

「『小紋染めを、この江戸に根付かせたい。一気に売れて、すぐに廃《すた》れてしまうようなものではなく、江戸の人たちに息長く好まれ続ける品となるよう、大事に育て上げたい』て、言うてはりました」

台詞《せりふ》の意味するところを測りかねたのか、お才は息を詰めて俯《うつむ》いている。

おオさん、と幸は相手を柔らかに呼ぶ。

「友禅《ゆうぜん》染めが生まれたのは、元禄《げんろく》の頃と聞きました。それが今日まで残り、ここまで広まったのは、職人が育ち、あらゆる呉服商が扱ったからでしょう。小紋染めも、五鈴屋だけが抱え込んでいては、広まることにも残ることにも限りがあります」

無論、こちらから進んで便宜を図ることはしない。だが、他の店が切磋琢磨《せっさたくま》して小紋染めを扱い育てることを、拒むつもりもない。

伊勢型紙を用いて、この江戸で多くの職人と小売とに関わってもらえば良い。

「ちょっと待っておくんなさいよ」

悲鳴に近い声を、お才は上げた。

「女将さん、ちょいとお人好《ひとよ》しが過ぎやしませんか。それじゃあ、日本橋の大店に、根こそぎ客を盗《と》られちまう」

詰め寄るお才に、幸は黙って着物の袖を広げて示す。

力造に染めてもらった、小鴨《こがも》色の小紋染め。柄は屋号に因《ちな》んだ鈴紋である。その仕草ひとつで、五鈴屋の店主としてどれほど力造の腕を買い、信用を置いているかを幸は伝える。

どの店が参入し、どんな小紋染めを売りだしたとしても、決して負けない。

幸の隣りで、お竹もまた、我が胸もとにぽんと掌を置き、深く頷いてみせた。


日中の熱気が、まだ残っている。

風を招き入れるために障子を少し開けてあるのだが、僅かな涼も得ることが出来なかった。

五鈴屋の主従は先刻から板の間に集い、敷布を囲むように座っていた。ほかの部屋から持ち寄った行灯《あんどん》で、室内は明るい。賢輔が反物を敷布の上に一反ずつ置いて、順に少し開いていく。いずれも、遠目には無地に見える小紋染めだった。

貝、麻の葉、兎《うさぎ》、雀《すずめ》、と中々に面白い柄が揃《そろ》っている。だが、五鈴屋の屋号に因んだ柄を真似たものはない。

「賢輔どんと一緒に、何遍も確かめたけど、鈴紋はなかったんよ」

ねぇ、賢輔どん、と結は傍らの賢輔に確かめた。

近江屋の支配人や、力造お才夫婦が案じていた通り、日本橋の田所屋なる店が、他に先んじて大々的に小紋染めを売りだした。噂《うわさ》を耳にして、それがどのような小紋染めかを知るべく、幸はその日のうちに賢輔と結とを田所屋へ行かせて、反物を買って来させたのだ。

「それぞれ、売値は如何ほどでしょう」

「へぇ、一反、銀百匁から百五十匁ほどだす」

店主からの問いに、手代は反物を指し示して、より正確な値を告げた。

はて、と佐助は首を捻《ひね》っている。

「田所屋いうたら、お大尽相手の派手な呉服商いで知られる店のはずだすで。もっと強気の値ぇをつけるかと思うてました。うちが銀百匁で売りだしたよって、揃えはったんだすやろか」

いつぞや、帯結び指南の際に、おかみさんたちが「懐豊かな者しか相手にしない」と噂していた店だった。そうした田所屋の日頃の商い、それに日本橋に在る呉服商の値付けにしては、確かに随分と安い。

ただ、値下げで挑まれなかったことに、幸はひとまずほっとする。

「売れ行きは、どうでしたか？」

それは、と賢輔は僅かに躊躇ったあと、幸をしっかりと見据えた。

「飛ぶように、まさに飛ぶように売れてました」

日本橋の中ではさほど大きくはないが、五鈴屋の三倍近い間口の店に、入り切れないほどのお客。その賑《にぎ》わいは五鈴屋の比ではない。

「常は高価な品しか扱わん店が、思いのほか求め易《やす》い値で売りだした、いうのもあったんやないか、と。けんど、充分な在庫が用意できてなかったようで、私らのあとで品切れになる物もおました」

「そらまた、不細工な」

眉根を寄せて、佐助は呻《うめ》いた。

「同じ日本橋の店でも、白木屋さんや越後屋さんなら、もうちょっと賢い売り方をしはりますやろに。下手したら、あの真似衆《まねし》（よく真似をする人）の真澄屋より頭が悪いんと違うやろか」

支配人の指摘に、どないだすやろか、と手代は思案顔になった。

「田所屋さんは、日本橋で真っ先に小紋染めを売りだすことだけを狙《ねろ》うてたんやと思います。ただの話題作りやないか、と。おそらく、ほかの店は今、もっと綿密な根回しをして、売りだしに備えてることだすやろ」

日本橋という立地で、ふんだんに在庫を用意し、大々的に売りだされたなら一体どうなるのか……。

結は、顔を歪《ゆが》めて姉に取り縋《すが》る。

「姉さん、ほんまにこれでええのん？　このまま行ったら、小紋染めをほかの店に乗っ取られてしまうのんと違う？」

佐助と賢輔の表情にも、不安が色濃く滲む。

これまで、店主としての考えを伝えてきたつもりではあったが、いざ小紋染めが他店で売られるとなると、心は千々《ちぢ》に乱れるのだろう。

「そんなことにはなりません」

妹の腕を優しく解《ほど》いて、幸は毅然《きぜん》と告げる。

「ほかの店と売り上げだけを競うような商いはしません」

日本橋の大店と、浅草田原町の小さな店。

仮に売り上げ高だけを競うなら、勝敗の行方は火を見るより明らかだ。しかし、五鈴屋が目指す商いは「買《こ》うての幸い、売っての幸せ」。そのために出来ることは沢山ある。他店には真似の出来ない品揃え、帯との取り合わせや着こなしの提案、等々。

「他店を恐れるよりも、どうすればお客の心を摑《つか》んで放さずにいられるか、より深く考えることが大事です」

言いながら、幸の眼はお竹を捉えた。

先刻より、小頭役《こがしらやく》は少しも会話に加わらず、顎《あご》を引き、両の手を揃えて姿勢よく座っている。ただ、その視線は、敷布の上の小紋染めにじっと注がれていた。

「お竹どん、何か気づいたことがあれば、教えて頂戴《ちょうだい》な」

幸に促されて、へぇ、とお竹は初めて唇を解き、店主の方へと視線を移す。

「小紋の柄のことだす。五鈴屋でも千鳥や熨斗、松葉を扱うてますが、この雀や兎の可愛《かわい》らしいこと」

小頭役の台詞に、残る四人は反物に顔を寄せ、紋様を検める。

耳の尖《とが》った兎、丸々とした雀、確かに、目を凝らしてその模様が判明した時、胸が躍るに違いなかった。

「こういう、見るからに可愛らしい紋は、きっと喜ばれますさかい、五鈴屋でも取り入れたらどないだすやろか。例えば朝顔や折鶴の柄など、どないだすか」

小頭役の意見を聞いて、幸はぱん、と両の手を打った。

「朝顔」

結が呟《つぶや》き、

「朝顔」

と、佐助と賢輔が繰り返す。

皆の脳裡《のうり》に、朝顔の花が全面に散る小紋柄が浮かぶ。ついつい「地味」に重きを置きがちだが、小紋の柄でまだまだ出来ることはある。主従は、その大切なことに漸《ようや》く気づいた。

「ご寮さん、それやったら、蝙蝠《こうもり》はどないだすやろか」

賢輔が軽く身を乗りだしている。

「蝙蝠は『幸守り』『福を招く』と聞いたことがおます。図案によっては可愛らしいに仕上げられると思います。梅松さんなら、そない仕上げてくれますやろ」

「賢輔どん、一遍、絵ぇにして姉さんに見てもろたらどない?」

萎れていたことも忘れて、結は浮き浮きと提案する。

主従は夜の更けるのも忘れて、柄についての考えを、活き活きと語り合う。皆の熱い想いが、板の間に溢《あふ》れていた。

今夏は雨が少なく、酷暑が身に応える。

突き刺さるような陽射《ひざ》しに、からからに乾いて白茶けた道。陽炎《かげろう》が立つ情景の中、涼しげな絽の小紋染めを纏って歩く。そうした姿が、江戸の街のあちこちで見受けられるようになった。田所屋に続いて、日本橋の名だたる呉服商たちが、次々に小紋染めを売りだすようになったがゆえだった。

遠目には無地に見え、色味も抑えてある。奢侈《しゃし》禁止令をきちんと守っているから、誰に咎《とが》められることもない。小紋染めは着る者の背筋を伸ばさせ、周りからの羨望《せんぼう》を集めさせた。

若い娘から総白髪の老女に至るまで、着る者を選ばず、幅広く好まれる。それに、五鈴屋が初めに銀百匁で売りだしたことが功を奏し、法外な値が付くことも稀《まれ》で、或《あ》る程度、暮らし向きにゆとりがあれば手が伸びた。

日本橋で買えば、その日のうちに仕立ててくれて便利だ、という者あり。富五郎と揃いの鈴紋は浅草田原町の五鈴屋だけだ、という者あり。

ここ田原町三丁目の五鈴屋江戸店では、夏用の小紋染めの売りだし当初ほどではないにせよ、充分過ぎるほどの売り上げを弾《はじ》きだしていた。

「ご寮さん、申し訳ございません」

外から戻ったばかりの佐助が、板の間に顔を出すなり詫《わ》びる。近江屋に頼んでいた奉公人の話が、流れてしまったのだという。

「今少し、お待ちください、とのことだした。手が足りん時はまた、壮太はんと長次はんを手伝いにいかせます、て」

呉服太物の知識があり手代としてすぐに役に立つ人物、五鈴屋に相応《ふさわ》しい人物を、と近江屋の支配人は慎重を期しているに違いなかった。

「商いの方も落ち着いてきましたから、近江屋さんにお任せしましょう」

幸の言葉が終わるか終わらないかのうちに、お竹が「どうぞこちらへ」と、ふたりの男を土間伝いに案内してきた。

袴《はかま》姿、二本差しの侍を、総髪の学者風の男が抱えるようにして支えている。支えられる方は若く、支える方は五十を二つ三つ出ているように見えた。何事か、と幸と佐助は慌てて土間へと下り立った。

「申し訳ない、連れが暑気あたりのようで。休ませてもらえますやろか」

総髪の男は、僅かに訛《なま》りの残る言葉遣いで言って、頭を下げる。

板の間の上り口に腰を掛けるように勧めて、幸は病人の顔を覗き込んだ。血の気は失《う》せて、たらたらと汗が滴り落ちている。

「これをお使いくださいませ」

真新しい手拭いを侍に差し出すと、幸はお竹に水を用意するように命じた。

「相済まぬ」

男は震える手で湯飲み茶碗《ぢやわん》を受け取って、ごくごくと飲み干す。喉を潤し、汗を拭ったところで少し落ち着いた様子だった。

「医者をお呼びしましょうか」

「いや、それには及ばぬ。大事ない」

立ち上がろうとする若侍を、年配の連れが止める。

「無理をせん方が宜《よろ》しい。医者までは要らずとも、今しばらく、そこで横にならせてもらいなさい」

強く言われて、観念したのか、侍は板の間にごろりと身を横たえた。男の袴には菊《きく》菱《びし》の紋様の小紋染めが用いられている。それが或る藩の定小紋《さだめこもん》と気づいたが、幸は一切、表情に表さなかった。

佐助は店の間へ戻り、お竹は年配の男のためにお茶を運んできた。

「ご面倒をおかけして、申し訳ない。この通りです」

軽く寝息を立て始めた連れを見て、総髪の男は幸たちに深く頭を下げる。酷暑の中、昌平橋《しょうへいばし》からここまで歩いてきたところで、連れの具合が悪くなったという。

「こちらのかたが見かねてお声をかけてくださらなかったら、えらい難儀するところでした」

初老の男は改めてお竹に礼を言い、冷茶を口にする。

江戸の言葉とは違う、大坂の言葉とも少し異なる、訛りや話し方の抑揚に、幸は不思議な懐かしさを覚えていた。

暫《しば》し会話は途切れ、男は冷茶を干すと、控えめに部屋を見回した。視線が止まり、すっと短く息を吸う音が聞こえた。男が身を乗りだしそうになっているのを認めて、幸とお竹はその眼差《まなざ》しの先を確かめる。

そこにあるのは、壁の掛け軸、件《くだん》の、修徳の筆によるものだった。

「これは……」

物事に動じない雰囲気を保っていた男が、上ずった声を発している。

「明《みん》の書の一文が、何故ここにあるのやろうか」

「お読みになれるのですか？」

驚いたのは、幸の方だった。よもや、解読できる者が現れるとは思いもよらない。

読めるも何も、と学者風情《ふぜい》の男は、瞠目《どうもく》したまま幸を見た。

「これは、まだ和刻本《わこくぼん》になっておらぬ、海の向こうのものです」

「今、紙と筆を持って参りますよって」

口早に言って、お竹が土間伝いに店の方へ飛んでいった。

衰颯的景象

就在盛満中

たっぷりと墨を使い、二枚の紙に几帳面《きちょうめん》な筆で書き上げる。修徳の書と異なり、とても読みやすい字だ。

一文字、一文字、明らかになるにつれ、お竹が「ほぅ」と声を洩《も》らす。

「『衰颯《すいさつ》の景象《けいしょう》は、すなわち盛満《せいまん》の中に在り』と私は読んでいます。衰えていく兆《きざ》しというのは、実はもっとも盛りの時に在る、というほどの意味です」

なるほど、と幸は心のうちで唸《うな》った。

――江戸店に飾って、戒めとしなはれ

掛け軸を手渡された時の、修徳の言葉がありありと思い起こされる。

商いが隆盛《りゅうせい》を極めても、油断をしてはならない。衰退の種は既にある、そのことをゆめゆめ忘れず、心して取り組め。

「修徳先生らしおますなぁ」

　お竹が感嘆の声を洩らした。

　それにしても解せない、と男は首を傾《かし》げている。

「私は儒学を専《もっぱ》らとしており、ある藩の蔵書を見せてもらった際に、明の時代に書かれた本を見つけ、一読して感銘を受けたのです。この国にそう何冊もあるとは思えない。その修徳というお方は、どのような手立てでこの一文を知ったのでしょうか」

　幸たちにも答えようのない問いかけだった。

　事情を察したのだろう、男は頭を振り、穏やかに告げる。

「私のほかにも心を動かされた者がいる、というのがわかっただけでも、良しとしましょう」

　折しも、休んでいた病人が大きく伸びをして半身を起こした。

　二人を送って表へ出れば、陽が傾いて道端に陰を作っていた。暑気あたりの身には少しは楽だろう、と幸は若侍を見やった。もうすっかり元気を取り戻している。

「色々と世話になった。礼はまた、改めさせてくれ」

「どうぞお気遣いなさいませんように。お気をつけてお帰りくださいまし」

　幸は若侍に丁重に頭を下げると、儒学者に向き直った。

「失礼をお許しくださいませ。もしや、里は摂津国《せっつ》でいらっしゃいますか？」

「やはり言葉でわかりますか。上がり下がりが違いますよってなぁ」

摂津国の何処かは告げず、儒学者は大らかに笑う。

「家は代々、酒蔵を営んでおりましたが、私は学を志して、馬齢《ばれい》を重ねました。今、郷里に学び舎《や》を建てようとしております」

暫《しばら》くは江戸におりますので、また立ち寄らせて頂きましょう、との言葉を残して、学者は連れとともに広小路の方へと歩いていく。

海の向こうの書物に心を引かれたひと。

名も知らぬ、その後ろ姿を見送りながら、幸は思う。

兄が生きていれば。

兄の雅由《まさよし》が生きていれば、あのひとと話が合ったことだろう、と。

第三章　凪《なぎ》

その兆しが認められたのは、実は卯月《うづき》の半ばだったことを、江戸に暮らす者たちは文月《ふみづき》になってから思い知った。

ひとは、いずれ世を去る。ことに、病に抗《あらが》う力のない子どもは、呆気《あっけ》なく落命する。初夏、枇杷《びわ》の実が色づき始めた頃《ころ》から、江戸のあちこちで麻疹《はしか》に罹《かか》る子どもの噂《うわさ》を耳にしていた。

麻疹自身、「命定め」と呼ばれるほどに恐ろしい病ではあるが、その一方で誰《だれ》しもが一生に一度は患う大厄《たいやく》であり、十日ほどを持ちこたえたなら自然と治ることも知られている。およそ二十年に一度の割合で、麻疹は大流行を繰り返し、その度に人々を試練に晒《さら》した。

前回、江戸の街に麻疹が蔓延《まんえん》したのは、今から二十三年前。その時にまだ生まれていなかった者や、罹患《りかん》を免れた者たちが、今回、次々と麻疹禍《ましんか》に倒れていった。落命する者は、月を追うごとに増え、ことに子どもについては、文月に入ると歯止めが利かなくなった。

陽《ひ》が落ちて暗くなった道を、人目を忍ぶように行列が通る。戸板が運ばれるのを認めて、通りかかった者たちは道を譲り、合掌する。戸板に掛けてあるのは絹織りだったり、継ぎだらけの木綿だったり、筵《むしろ》だったりするが、いずれもその下に亡骸《なきがら》が隠れていた。

明日は七夕《たなばた》、という夜のことだ。

暖簾《のれん》を終《しま》ったあと、湯屋《ゆや》に行こうと表へ出た幸とお竹は、「忌」の文字の入った灯《ひ》がこちらへ向かってくるのを認めた。葬列と気づいて、両の手を合わせて頭《こうべ》を垂れる。

「ああ、また……」

姉たちのあとを追ってきた結が、低く呻《うめ》いた。

葬送の様子を見れば、新仏が大人なのか子どもなのかはわかる。五鈴屋の前を通って火屋《ひや》のある千住《せんじゅ》の方へと向かう葬列は、軽そうな戸板を老いた男二人で担いでいた。戸板に縋《すが》って泣き伏すのは、おそらく両親なのだろう。今月に入ってから、このような葬列を幾度も見かけた。

「麻疹は命定め、て言いますよってになぁ」

悲しみの群れが遠のいていくのを目で追って、辛《つら》そうにお竹は呟《つぶや》いた。

風が、各家の屋根に掲げられた七夕飾りを、しゃらしゃらと優しく撫《な》でていく。短冊に書かれた願い事の多くは「赤もがさ退《たい》さん」「病封じ」等々、麻疹に纏《まつ》わるものだと思われた。

三人とも押し黙って、広小路を抜けて花川戸《はなかわど》へと向かう。

常ならばこの時季、大川端で夕涼みをする者も多く、納涼船や屋台見世《みせ》で賑《にぎ》わうはずが、どうにも人出が少なく、活気もない。親子連れ、ことに元気一杯に走り回る子どもの姿が消えてしまった。

「ああ、五鈴屋さん」

湯屋の脱衣場で帯を解いていた時、背後から呼びかける者が居た。振り向けば、見覚えのある女が、帯を整える手を止めて、こちらを見ている。

相手を認めて、幸も微笑《ほほえ》んだ。

先月、利休鼠《りきゆうねず》の小紋染めを一反、買い求めたお客に違いなかった。姑《しゆうとめ》のために、と散々迷い、幸とお竹に幾度も幾度も相談を繰り返したひとだ。漸《ようや》く選んだ反物を嬉《うれ》しそうに抱えて帰る、その様子が心に残っていた。

「その節は、お買い上げ頂き、ありがとうございました」

如何《いかが》でしたか、と店主に水を向けられたが、中年女は少し口ごもった。

「絽《ろ》だから涼しいだろうし、夏のうちに仕立てようと思ってたんですがねぇ。仕立てるどころか、仕舞い込んで、まだ見せてもいないんですよ」

気まずさからか早口で告げたあと、女は周囲を憚《はばか》って、声を低める。

「遠縁の子ども二人が、麻疹で立て続けに亡くなりましてね。そんな時に、姑に買い物の話をするのは何だか間が悪いようで」

それじゃあお先に、との言葉を残して、女は湯屋を出ていった。

「間が悪い、ってどういう意味ですのん」

湯船に身を委《ゆだ》ねながら、結が傍らのお竹に邪気もなく尋ねる。

常は混み合うはずが、今、五鈴屋のほかには二人のお客が湯あみしているだけだった。他のお客を気遣い、お竹は小声で答える。

「着道楽の金持ちは別として、反物買《こ》うて仕立てるんは、大抵、慶《よろこ》び事の時だすやろ。周りが悲しみに暮れてるのに、晴れ着を拵《こしら》えるんは、どないしても浮ついてるように受け取られてしまいますよって」

お竹の言葉に、確かにそうかも知れない、と幸は思う。

ひとは、周囲が悲しみに沈んでいる時に、装《よそお》いたい、とは思わない。

それに、麻疹で大勢の人々が亡くなった時に着物を新調しては、それを見る度、纏《まと》う度に思い出しかねない。

仄《ほの》暗い湯船が、ふっと闇《やみ》に包まれる。

熱い湯で温まっていた身体《からだ》が、急に冷え始めて、幸はぞくりと身を震わせた。


文月十日は、観音さまの功徳日とされる四万六千日《しまんろくせんにち》。この日に浅草寺に参ると、四万六千日回、参詣《さんけい》したのと同じ功徳になる、と信じられている。

麻疹で命を落とす子どもは増え続け、止《とど》まるところを知らない。

流行《はや》り病を遠ざけ、子どもを守るべく、ありとあらゆる方法が試されたが、最後の寄る辺は神仏であった。ともかくも観音さまのご慈悲《じひ》に縋《すが》ろうと、今年の四万六千日には、例年よりもさらに多くの参詣客が浅草寺を訪れた。

そして、この日を境に、五鈴屋江戸店《だな》の客足は、ぴたりと止《や》んだ。

否、五鈴屋のみではない、日本橋でも何処《どこ》でも、呉服がまるで売れなくなっていたのだ。


「五鈴屋さん、ちょいとお邪魔しますよ」

夕暮れ時、お才が風呂敷《ふろしき》包みを手に下げ、五鈴屋の長暖簾を捲《まく》って現れた。表座敷をさっと見回して、お才の眉《まゆ》が僅《わず》かに曇る。店の間にお客の姿はなかった。

「お才さん、いらっしゃいませ」

迎えようとする奉公人たちを、さり気なく制し、幸自ら土間へと移って、お才を招き入れた。

「ここに置かせてもらいますよ」

挨拶《あいさつ》も早々に、お才は次の間の上り口に風呂敷包みを置くと、結び目を解いた。

「何ですのん、お才さん」

結が姉の傍らから、覗《のぞ》き込んでいる。

三段重ねの、真新しい黒塗りの重箱。お才の手でその蓋《ふた》が開けられると、中から細く刻まれた艶《つや》やかな麺《めん》が現れた。

「蕎麦切《そばき》りなんですよ」

風呂敷を畳みながら、お才は少し躊躇《ためら》ったあと、

「嫌じゃなきゃあ、夕餉《ゆうげ》にでも食べてもらえないかねぇ」

と、言った。

お蕎麦、と結が戸惑ったように呟く。

「ありがとうございます」

幸は重箱を受け取り、皆で頂戴《ちょうだい》します、とにこにこと告げた。

お茶を運んできたお竹が、

「助かります。今日は私が夕餉を拵えるつもりだしたが、楽が出来ますよって」

と、お才のことを軽く拝んでみせた。

良かった、とお才は安らいだ息を吐く。

「麻疹に良くない、って理由で、皆が蕎麦を食べなくなっちまったからねぇ。迷惑がられても仕方ない、と思っていたんですよ」

蕎麦は麻疹の治療に悪い、食べてはならない、というのは一体、誰が言いだしたことなのか、よくわからない。

だが、そうした考えはあっという間に広まって、蕎麦は避けられてしまった。蕎麦屋の多くが店を閉じ、広小路でも必ず見かけた屋台見世は姿を消してしまっている。

「うちの近くに、二代目がやってる蕎麦屋があるんだけど、もう全然売れてなくて。そこの蕎麦切りなんですよ、間違いなく、美味《おい》しいから」

見かねて買い切ったのだろう、力造とお才らしい、と幸は温かな心地になる。あとを皆に頼んで、お才を送るべく、一緒に店を出た。

西の空を朱に焼いて陽が沈もうとしていた。東天の低い位置に丸い月が顔を覗かせ、夜の訪れが近いことを告げる。街のあちこちで、小さな橙《だいだい》色の火がちろちろと揺れていた。盂蘭盆会《うらぼんえ》に戻ってきた亡きひとを、あの世へ帰す送り火だった。折って積み上げられた苧殻《おがら》は、火が入ると勢いよく燃える。白く淡い煙が天に向けて真《ま》っ直《す》ぐに上っていく。

「力造さんには、勝手なことばかりで」

申し訳ありません、と幸は型付師《かたつけし》の女房に頭を下げた。在庫がまるで動かないので、染める量を減らしてもらっているのだ。

「とんでもない、ずっと働きづめでしたからね、皆、『骨休めが出来る』って言ってますよ。力を蓄えて、また良い仕事をさせてもらいます」

お才はからりと応じて、女将《おかみ》さん、と口調を改めた。

「一昨日《おととい》の帯指南、ひとは集まりましたか？」

いいえ、と幸は小さく頭を振る。

集まったのは二人だけ。しかもその二人ともが、ほかに誰も来ないのを気にかけ、

「そりゃそうだね、そんな場合じゃないよね」と恥じ入って、帰ってしまったのだ。

「無理もありません、事情が事情ですから」

答えながら、幸は修徳から贈られた言葉を思い出していた。

衰颯《すいさつ》の景象《けいしょう》は、すなわち盛満《せいまん》の中に在り。

麻疹の蔓延が商いの衰えだとしたら、何と酷《むご》いことか。

いや、違う、と自身の脳裡《のうり》に浮かんだ考えを、幸は即座に打ち消した。

商いは、いずれ再び盛り返すことが出来る。けれども、奪われてしまった命は、取り戻したり出来ない。

「こんなことがずっと続くわけないですよ。ええ、ないですとも」

悲しみと怒りとを、お才は滲《にじ》ませる。

「どんなに悪いことでも、必ず底はありますからね」

ご神仏だってこれ以上、子どもの命を取ったりしやしない、しないともさ、とお才は声を震わせる。

風が生まれたのか、送り火から立つ煙が、すっと浅草寺の方へと流れていった。

江戸を襲った麻疹の嵐《あらし》は、文月を過ぎ、葉月《はづき》を終える頃になっても、収まる気配を見せない。

火屋から煙が上がらぬ日はなく、誰もが息を詰めるように暮らすしかなかった。

麻疹の治療に障《さわ》る、あるいは症状を重くするから、との理由で蕎麦や里芋が遠ざけられる。麻疹に効くお守りがある、と聞けば、どれほど遠くとも駆け付ける。麻疹から身を守り、生き抜くことだけが、江戸っ子たちの目標となった。

生きることにじかに関《かか》わらない商い、小間物や呉服太物などを扱う店は、いずれも火が消えたようになってしまった。五鈴屋とて例外ではない。晒しや羽二重など見舞いに使われる品はぽつり、ぽつり、と売れるものの、それ以外はまるで動かなかった。数か月前の勢いが夢かと思うほどだ。

「明日は六代目の月忌《がっき》、着物も単衣《ひとえ》から袷《あわせ》になりますな」

主従のほか、お客の姿のない表座敷で、佐助が吐息交じりに指を折っている。

「ひぃ、ふぅ、みぃ、よぅ……麻疹が流行り始めて四か月にもなるんだすなぁ」

もうそないに、と撞木《しゅもく》の反物を掛け直していた結が、ふぅ、と溜息《ためいき》を洩《も》らした。

「最初の頃は、こないに大事になるて思うてなかったわ。麻疹って、確かに怖いけど、誰かてなる病のはずやのに」

あとに続く重い静寂を破って、ぴー、ぴー、と悲鳴にも似た高い音が響く。さいはらいにするため、お竹と賢輔とが土間にしゃがみ込んで古い絹を裂いているのだ。黙り込む小頭役《こがしらやく》と手代の胸中を代弁するような、絹の音だった。

幸は柱暦《はしらごよみ》に目を遣《や》り、長月《ながつき》の帯指南も休むことになるだろうか、と思案していた。

ふと、絹布を裂く音がひとつ止んだ。どうしたのか、と土間の方を見る。

外にひとの気配があったらしく、賢輔はさっと立ち上がり、暖簾を捲って表へ出た。

気になって、幸も座敷から土間へ下りる。お客ではないのだろう、ぼそぼそと話し声がするばかりで、中に入ってくる様子はない。

「何ぞおましたんかいな」

お竹も気にして、腰を伸ばした。見て参ります、というお竹を制して、幸は暖簾に手を掛ける。

「賢輔どん、どうかしたの？」

外へ出て見れば、賢輔は五人ほどの女たちに取り囲まれていた。二十代から四十代、いずれも洗い晒して色の抜けた木綿の単衣に、古びた帯を巻いている。

「ご寮さん」

振り向いた賢輔は、ひどく困惑した表情をしていた。

「あんたが、この店の女将さんかい」

一番年嵩《としかさ》らしい女が、詰まった声で幸を呼んだ。

「お願いだからさ、江戸紫の反物を切り売りしておくれでないかねぇ」

あの富五郎の江戸紫だよ、と女は泣きそうな顔で懇願《こんがん》する。

切り売りならば何時《いつ》も応じているのに、と内心怪訝《けげん》に思いつつ、

「店の方でお話を伺わせて頂きます」

と、暖簾を捲って中を示した。


「富五郎さんがお練《ね》りの衣裳《いしょう》に使わはったんと同じ江戸紫の小紋染めはこれだす」

撞木に掛けた反物を示して、佐助が伝える。

五人は畳に両手をつき、身を乗りだして小紋染めに見入った。

「何て綺麗《きれい》な江戸紫だろう」

「ああ、それに噂の通り、鈴紋だよ。ほら、御覧な、鈴がこんなに沢山ある」

間近に見るのは初めてなのだろう、吐く息がかからぬよう、それぞれに横を向いて溜息を洩らす。

「切り売りもさせて頂きますよって。お子のために仕立てはるんだすやろか」

女たちの年齢からすれば、乳飲み子というわけではなかろう。佐助はそう踏んだらしく、にこやかに問うた。

「半反ずつ、切らせて頂きまひょか」

佐助の提案に、おかみさんたちは、一斉に首を左右に振る。

「ほな、三分の一ずつではどないだす？」

さらなる提示に、また一斉に頭を振る。

どうもおかしい。子ども用なら一つ身までのはず。それより小さくしては着物に仕立てられない。

幸と同じ疑問を、佐助も抱いた様子だ。

「前掛けにしはるんだすか？　ほな、鯨尺《くじらじゃく》で二尺半（約九十五センチメートル）から三尺（約百十四センチメートル）だすやろか」

気まずそうな様子の女たちに、支配人は「ほな、二尺（約七十六センチメートル）だすか」と少しずつ数字を小さくしていく。一尺まで下げたところで、全員が俯《うつむ》いてしまった。

言い難《にく》いんだけどさ、と年配の女が上目遣いに支配人を見て、親指と人差し指をぴんと伸ばして反物にあてがってみせる。

「こればかり、切り売りしてもらえないだろうか」

四寸（約十五センチメートル）ほどか。

「それは……」

動揺を隠して、佐助は相手から視線を外す。

ものが古手《ふるて》で、端切《はぎ》れ売りなり、みつもの屋なりで買うのなら、何も問題はない。だが、呉服太物の看板を掲げる店で、そこまでの切り売りに応じる所があるとも思えなかった。

お竹と賢輔、それに結も、先ほどから黙考《もっこう》を続けている。

一体、何に使うのだろう、と幸は自分も同じ幅に指を開いて考え込んだ。

小さな巾着《きんちゃく》か、下駄の鼻緒、あるいは手絡《てがら》だろうか。

誰も口を利かず、店の間は何とも重苦しい雰囲気に包まれていた。

主従の沈黙を「否」と受け止めたのだろう、おかみさんたちは萎《しお》れた顔つきで互いを見る。

「こんな話を持ち込んだ私らが悪かった。お手間を取らせて御免なさいよ」

年配の女は諦《あきら》めた体《てい》で言って、腰を浮かせた。

さぁ、と促されて、連れの女たちも、未練たっぷりに江戸紫の反物を振り返り、振り返りして出ていこうとした。いずれの女たちも、相当に気落ちしてみえる。

「待っとくなはれ」

見かねて、お竹が声をかける。

「一体、何でその寸法なんだす？　揃《そろ》いの鼻緒でも作らはるんだすか？」

「そんな悠長な話じゃないよ」

一番年下と思《おぼ》しき女が悲痛な声を上げた。

「子どもの……皆、我が子のためさ」

子どもの、と賢輔が繰り返し、佐助やお竹たちが視線を絡めている。

五鈴屋の主従は台詞《せりふ》の続きを待ち、女たちは女たちで、事情を打ち明けたものか否か、迷っているようだった。だが、年配の女がさっと頭を振り、

「もう構わないどくれ。反物を見せてもらって、私らがどれほど無茶なことを言ったか、よくわかったから」

と、皆の迷いを断ち切った。

五人は肩を落とし、しおしおと下駄に足を入れる。

「お力になれませんで、申し訳ございません」

佐助が詫《わ》び、賢輔たちはお客たちを送るべく、土間へ下りた。

幸はといえば、先刻より、腿《もも》に載せた右手に目を落とし、思案に暮れている。精一杯に伸ばした親指と人差し指。この四寸の丈に、反物の幅は九寸五分（約三十六センチメートル）。四角い布を何に使うのだろうか。

そのままではなかろうから、どこをどう縫い閉じるのか。幅と丈、どちらを生かすのか。幅が倍に出来れば、使い道も増える。二つ折り、四つ折り、あまりに細かく折り過ぎれば、紐《ひも》になってしまう。

紐、違う、そこまで細くはなくて、子どものために用いるもの。一体、何だろうか。

――紫草には、熱や痛みを取る力があるんですよ。だから、江戸紫に染めた反物は、病気見舞いによく使われるんです

ふいに、お才の声が耳の奥で響く。

そう、あれは染め色を「江戸紫」に決めた帰り、ふたりで話していた時のこと。お才に、江戸紫の人気の理由について教わったのだ。見た目の華やかさばかりではない、鉢巻きにすれば、熱や痛みを取る、と。

「お待ちくださいませ」

身体ごと向き直って、幸は毅然《きぜん》と声を張る。

「すぐにご用意させて頂きます」

五人の動きが一斉に止まった。

本当かい、と掠《かす》れた声で言って、先の若い女が幸に取り縋る。

「本当に、本当に売ってくれるのかい」

「お子さん用の鉢巻きを作り易《やす》い長さで、お切りいたしましょう」

幸の発した「鉢巻き」という言葉に、五鈴屋の四人は、はっと息を呑《の》んだ。

麻疹は初め、風邪《かぜ》の振りをしてやってくる。咳《せき》やくしゃみのあと、高熱が出て、身体中が麻の実に似た発疹《ほっしん》で覆われる。十日ほどでやり過ごせるか、重くなって命を落とすか。「効く」と噂になれば、ありとあらゆるものが試される。その中に、江戸紫の鉢巻きがあった。

何処の誰が言い出したのか、真新しい絹地のものでなければ、効能はないという。専《もっぱ》らそれを商う者が現れたが、質の悪い絹織りの鉢巻き一本、銀三匁《もんめ》。医師に診てもらえば薬礼は銀五分、そのおよそ六倍に当たる。それでも飛ぶように売れているという。

夕餉のあと、主従はそのまま板の間で各々の手仕事に励みつつ、今日のお客との遣《や》り取りに思いを馳《は》せていた。江戸紫の鉢巻きが法外な値で売りだされているのを思い出したのだろう、裁ち包丁の手入れをしていたお竹が、ふいに吐き捨てた。

「そないな商いが、まかり通るとは」

よほど怒っていると見えて、首に筋が浮いている。

けど、と結が小首を傾《かし》げる。

「そんな理由があるなら、何で端《はな》から『鉢巻き作ります』て言うてくれへんかったんやろねぇ。わかるように話してくれたら、あんな回りくどいことには、ならなかったんやないのかしら」

結の疑問に、佐助は文《ふみ》を認《したた》める手を止めて、

「おそらくだすが」

と、思案しつつ口を開く。

「江戸っ子なりの見栄《みえ》もおましたやろ。それに何より、『鉢巻き作るため』て打ち明けたら、きっと断られる、と思わはったんやないかと」

近江屋江戸店に暮らしていた頃《ころ》、色々な呉服商を見てきた。主従ともに気位の高い店になれば、「呉服は着物や羽織に仕立てるためのもの。鉢巻きを作るなど、とんでもない」等と言いだしかねない。

支配人の話を聞き終えて、お竹は呻《うめ》き声を洩らす。

「切り売りは手ぇかかりますし、考え違いしてる店やと『鉢巻きなら鉢巻き屋で買え』てなこと、言いかねへんのだすやろ。ほんまに、世も末だす」

「五鈴屋はそないなこと、口が裂けても言いまへんのに」

幾分、悔《くや》しさを滲《にじ》ませて、賢輔が糊《のり》を練る手に力を込めた。

皆の遣り取りを耳にしながら、幸は、手にした江戸紫の端切れを愛《め》でている。切り売りしたのと同じ寸法のものだった。

江戸紫の鈴紋。熱や痛みを取る江戸紫に、魔除《まよ》けになる鈴の紋様。麻疹から我が子を守りたい、と願う母たちに望まれる品。

「この色、それにこの柄に決めた時は、よもや、こうしたことになるとは思いもしなかったわ」

幸の呟きに、へぇ、と佐助は筆を置いて、応《こた》える。

「一反分をその大きさで切り売りするとなると、仰山《ぎようさん》のかたにお使い頂けます」

価、銀一匁半。味噌《みそ》なら一貫目ほど買える。

倹《つま》しい暮らし向きならば、決して安い買い物ではない。売り手にしても、手間を考えれば、割りの良い商いとは言えない。

だが、互いに「それでも買いたい」「ならば、何としても応えたい」と思い、商いが成り立つのは、何とありがたいことだろうか。一反銀百匁の小紋染めが飛ぶように売れるのとはまた違う、温かな慶びが確かに在った。

裁ち包丁を箱に戻して、お竹がふと洩らす。

「五鈴屋の屋号は、『五十鈴川《いすずがわ》』に因《ちな》んだもの。上がりを意味する『十』はお伊勢さんにお返しして、残る『五鈴』で神仏に恥じることのない正直な商いを――亡《の》うなったお家《え》さんが、口癖のように言うてはりました」

初代のお志が生きた商いになりますなぁ、と小頭役はしんみりと結んだ。

着物に裏を付けたと思ったら、もう綿を挟む季節が巡ってきた。

初雁《はつかり》はまだ見ないが、早朝、大川には霧が薄《うっす》らと立ち込め、銀穂を露珠《つゆだま》で飾った薄《すすき》が河原で揺れている。

じきに神田祭《かんだまつり》が開かれるというのに、常のような高揚は見られない。夏からの麻疹の流行に、江戸中が疲弊しきっていた。

大店が建ち並び、商いの中心地でもある日本橋では、呉服や小間物などの商いが冷え込む一方だった。夏物の小紋染めが売れに売れていたことがまるで夢だったのかと思われるほど、商いの風はぱたりと止み、ただただ凪《なぎ》の光景が広がるばかりだ。

だが、そこから少し離れた浅草田原町に、一軒だけ、客の途切れない店がある。

熱や痛みを取る江戸紫、それに魔除けの鈴紋。地は極上の縮緬《ちりめん》で、かの中村富五郎がお練りの衣裳に選んだものだ。

本来ならとても手が出ない。ところが、その店は嫌な顔ひとつ見せず、切り売りに応じてくれる。鉢巻きにして子どもの頭に巻いてやれば、きっと病から子どもを守ってくれる——そんな噂とともに、五鈴屋の名を聞かない日はなかった。

「どんなに売れたところで、一日に一反分に届くか届かぬか。ご苦労なことだ」

店前の様子を眺めて、そうした皮肉を口にする者も少なくない。

鉢巻きで本当に救える命があるのかどうか、誰にもわからない。縋る思いの買い手に対し、売る方も病平癒《やまいへいゆ》の願いを込めた。これ以上、病で奪われる命が無いように、との切なる祈りは、買い手と売り手の心を引き寄せあう。

そうした商いは、売り手の知らぬ間に、「いつか、あの店で、切り売りではなく反物を買いたい」との憧憬《しょうけい》を買い手たちに抱かせるまでになっていた。

蛤《はまぐり》にも似たふっくらとした優しい月が、東の空の低い位置で煌々《こうこう》と輝いている。意外なほど明るく、提灯《ちょうちん》要らずの夜だ。

「綺麗《きれい》な月ねぇ」

湯屋からの帰り道、月を見上げて、幸はほっと温《ぬく》もった息を吐いた。

「今年は十五夜も十三夜も、どちらも眺められなかったわね」

長湯で芯《しん》から温まったせいか、寒々しい夜風も気にならない。結とお竹も同じなのか、ゆっくりした足取りになった。

「特に十五夜は、お月見どころと違いましたよってなぁ」

「せやったねぇ」

四万六千日から客足はぱたりと止み、先月の末近くまで、長い長い凪が続いた。ただ、凪なればこそ、見えてくるものもあった。

雷門《かみなりもん》の前で、三人は揃って足を止める。両の掌《てのひら》を合わせて、頭を垂れ、祈る。長月もあと九日を残すのみ。多くの人命を奪い去った麻疹に、もうこれ以上、居座ってほしくはなかった。観音さまの加護を祈っていた時、

「ご寮さん、ご寮さん」

と、幸を呼ぶ大きな声が聞こえた。

何事か、と三人がそちらを見れば、月影の中、賢輔がこちらへと駆けてくる。

「賢輔どん、どないしたん？　何かあったのん？」

いち早く、結が手代に駆け寄って尋ねた。

少し手前で立ち止まると、賢輔は荒い息を整える間も惜しんで応じる。

「大叔父の茂作《もさく》が、先ほど店へ」

茂作という名を聞いた途端、幸の脳裡に、面差しが賢輔によく似た六十過ぎの男の顔が浮かんだ。

「長浜《ながはま》の茂作さんが、お見えになったのですか」

賢輔が頷《うなず》くのを見るや否や、幸は強く土を蹴《け》って駆けだした。

茂作は、賢輔の母、お染《そめ》の叔父にあたる。浜羽二重を行商して五鈴屋を支えてくれるばかりではなく、幸とお竹が大坂から江戸へ移り住む際、鉄助《てつすけ》とともに同行してくれた恩人でもあった。江戸店が無事に開店したら、ゆっくり様子を見に寄せてもらう、と話していたが、中々その機会は訪れなかったのだ。

「姉さん、待って」

結に呼ばれても振り返ることもせず、七代目は恩人の待つ店を目指して、走りに走った。

「千住宿で泊まるつもりが、ここまで来たらいっそ、と足を延ばしてしもたんです」

こないに夜遅うに済まんことや、と茂作は詫《わ》びた。

二年ぶりの再会だったが、六十五という齢《よわい》を思わせない。小柄ながら行商で鍛えた頑丈な体軀《たいく》と、賢輔によく似た面差しは、以前と何ら変わらなかった。

「顔を見るまでは色々と心配で……。けど、皆さん、お元気そうで安心しました」

嚙《か》み締める口調で言うと、茂作はほっと緩んだ笑みを見せた。

病禍が半年続いているのを案じていたのだろう。それに、苦労人の茂作のことだ、呉服太物商いが苦境に立たされていることも気づいているはずだった。

「ありがとうございます」

大丈夫です、との思いを込めて、幸は穏やかな笑みを湛《たた》えた。

「粕壁宿《かすかべ》からやったら、八里半（約三十三キロメートル）ほどだすやろか。歩き慣れてはるとはいえ、お疲れだしたやろ」

佐助に労《いた》わられて、何の何の、と茂作は軽く首を振った。

幸に命じられて賢輔は酒を買い求めに行き、結とお竹は茂作のために夜食の雑炊《ぞうすい》を作っている。

「お湯に浸《つ》かって旅の疲れを落として頂きたいのですが、あいにく、湯屋は五つ（午後八時）までなんです」

内風呂のないことを詫びる幸に、いやいや、とばかりに茂作は手を振ってみせる。

「ご寮さん、お気遣いには及びませんで。足を濯《すす》がせてもろて、小ざっぱりしましたよって、今夜はもう」

「では、夜食とお酒で暖を取って、早めにお休みくださいませ」

二階に床をのべますから、と幸は温かに言い添えた。

溶き玉子と、細かく刻んだ根深葱《ねぶかねぎ》を加えて、仕上げに火取《ひど》った海苔《のり》を揉《も》み解《ほぐ》して散らした雑炊は、よほど口に合ったのだろう。行平鍋《ゆきひらなべ》の底を掻《か》いて最後のひと口を平らげると、茂作は上機嫌で二階へと引き上げる。

台所で後片付けをしている時に、ふいに結がくすくすと肩を揺らせて笑いだした。

「どうかしたの？　結」

「堪忍《かんにん》して、姉さん。茂作さんがあんまり賢輔どんに似てはったさかい、あと四十年くらいしたら、賢輔どんもあんなお年寄りになるのかしら、て思うて」

明るい笑いは徐々に消えて、結は茶碗《ちゃわん》を拭《ぬぐ》う手を止める。

「賢輔どんは、どないなひとと添うて、どないな生き方をするんやろねぇ」

寂しそうな、どうにも切なそうな声音だった。

夏の初めには四台並んでいた長板が、今は一台だけ。

そのせいか、力造の染め場は広く見える。底冷えのする染め場に、先刻から湯気がもうもうと上がっていた。

染物師の邪魔にならぬよう、片隅で茂作はじっと力造の手もとを注視する。幸はおすとともに染め場の外から、中の様子を見守っていた。

昨日一晩、賢輔の隣りで、手足を伸ばしてゆっくり休んだ茂作は、今朝、開口一番に力造の染め場を見たい、と幸に頼み込んだ。賢輔から小紋染めの話を聞いて、是非に、と思ったのだそうな。

長板に張った反物に型紙を用いて糊を置き、糊が乾いたら、地染めをする。そのあと、蒸して色を留め、水で洗い流せば、糊を置いた部分だけが白く抜ける——前以《まえもっ》てそう聞いてはいても、目の前で繰り広げられる技に、茂作は息を呑んでいた。

弟子の小吉《こきち》に手伝わせて、木製の蒸し箱から重そうな反物を取り出すと、竿《さお》ごと枠木に掛ける。反物からぬくぬくと湯気が立つ情景は、幸も初めてだった。

「今のうちなら、何でも聞いてもらってかまいませんぜ、茂作さん」

額に浮いた玉のような汗を手拭いで押さえて、染師は茂作に懇篤に言った。

ただもう感心するばかりだった茂作は、おおきに、と恐縮している。

「物知らずなもんやさかい、布を染めるんは、染料の入った甕《かめ》に、どぼんと浸けるもんやとばかり思うてました」

茂作の台詞に、ああ、それは、と力造は手拭いから顔を外した。

「染めには色んな遣《や》り方があるんでさぁ。例えば、茂作さんの仰《おつしや》るような、布を丸ごと染料に浸けて染めるのは『浸け染め』で、反物をぴんと張って刷毛《はけ》で染めるのは『引き染め』、小紋のような柄物を染めるには『浸け染め』は不向きなんですよ。柄がぼやけちまうんで」

なるほど、と茂作は感心しきりだ。

「浸け染めよりも、引き染めの方が遥《はる》かに難しそうですなぁ」

「さて、そいつはどうだろうか」

小吉に濡《ぬ》れた手拭いを渡すと、力造は頭を振る。

「私は親父《おやじ》から教わった染め方をしてますがね。染物師によって染める遣り方は違うんですよ。どの染め方が容易《たやす》いとか、難しいとか、簡単に言えるもんじゃあねぇんです。染めってのは季節とか天気とかに左右されるし、勘が頼りのところもあるし。ただ……」

小紋を浸け染めで染められるようになりゃあ、それはそれで面白いかも知れない、と力造は付け加えた。

そのあとも、小紋染めに興味津々の茂作のために、力造は水元《みずもと》や地直しなどの工程も具《つぶさ》に見せた。

「茂作さんは奥州《おうしゅう》の方まで行商に行きなさる、と聞きましたが、小紋染めも商いなさるおつもりですかい。もしそうなら、小紋見本帖《ちょう》を持っていきなさると良い」

染物師の申し出を、しかし、茂作は丁重に断った。

「私が商いをさせてもろてる東北では、小紋染めいうんは、浜羽二重ほどは求められへんと思います。その土地土地で、好まれるものは違うてますよって」

そうですかい、と力造は少しばかり残念そうだ。

「私は生まれ育ったのが江戸で、ここ以外を知らないんでさぁ。五鈴屋さんに出入りするようになって、京坂と江戸とでは人気の色や柄も違うって知ったばかりで」

東北ってとこは、どんなものが人気なんですかねぇ、と水を向けられて、茂作は何の躊躇いもなく、

「そらぁ古手です。何と言うても、古手が一番人気です」

と、答えた。

ことに京坂の古手は、びっくりするほど高値で売れるという。

「そういう商いは競う相手も多いよって、私は手ぇ出しませんけどな、古手、ことに木綿の古手はほんまによう売れる」

「木綿？」

奇《く》しくも、幸と力造の声が揃った。

同じ古手なら、木綿よりも絹織りの方に人気が集まるもの、と思っていた。江戸の小売の店主と染物師、二人の考えを読み取ったのか、茂作はほのぼのと笑う。

「何せ東北は寒い、ほんまに寒いんです。ただ、桑《くわ》も育つし、蚕《かいこ》も育つよって、絹は取れます。あと、麻も仰山とれる。せやさかい、着物は大抵麻なんです」

けれど、麻は冬には寒すぎる。その点、木綿は格段に温かく、手入れも楽だ。

「綿は暖かい土地でないと、よう育たへん。せやさかい、北の国の者にとっては、木綿は憧《あこが》れの織物なんですよ」

知らなかった。

東北では麻は育つが綿は育たず、木綿がそれほどまでに尊ばれるとは、知らなかった。郷里津門《つと》村で綿に親しんで育った身、初めて知る事実に、幸は少なからず驚いていた。同時に、茂作と知り合って七年ほどになるのに、そうした話を今まで聞き出せなかった自分に落胆する。

「この齢《とし》まで生きてきたが、世の中には、知らないことが多すぎるぜ」

力造がぼそりと零《こぼ》すのを聞いて、茂作は笑いを弾《はじ》けさせた。

「あんさんより二十近く年上だすが、その私かて、知らんことばっかりや。せやさかい、機会があれば色んなことを教わるようにしてますのや」

そうやって身につけた知識に、行商の先々で随分と助けられてます、と茂作は真顔で言った。

お才に引き留められて、遅い昼餉《ひるげ》をご馳走《ちそう》になったあと、力造の仕事を多分に邪魔したことを詫びて、二人は暇《いとま》を告げる。外に出ると、陽は随分と傾いていた。

「どうぞ、お気をつけて」

弟子の小吉が膝小僧《ひざこぞう》に額がつきそうなほど、深くお辞儀をして見送っている。何処となく、昔の賢輔の姿と重なって、幸は頬《ほお》を緩めた。

「何や、賢輔の子どもの頃を思い出しますなぁ」

後ろを振り返って、茂作も笑った。

明朝にはもう江戸を発《た》つ、という茂作との刻《とき》を惜しむように、幸はゆっくりと並んで歩く。彼方《かなた》、上野《うえの》山の樹々《きぎ》が錦《にしき》の装束を纏い始めていた。

「お耳に入れるべきかどうか、迷ったんですが」

まだ迷いの抜けきらぬ口調で、茂作は続ける。

「先達《せんだつ》て、久方ぶりに越後町のお染の家を覗《のぞ》いて、治兵衛と会うてきました。その時に、賢輔を五鈴屋の八代目にする方向で話が進んでる、と聞きました」

おかみや天満《てんま》組呉服仲間に、女名前の延長を認めてもらうため、仕方なしに呑んだことではあった。だが、治兵衛は相当な危惧《きぐ》を抱いているのだという。

「賢輔はようやっと二十二。手代として研鑽《けんさん》を重ね、いずれ番頭に、というなら話はわかりますが、番頭を飛び越えて八代目、いうんは如何《いかが》なもんか、と」

賢輔に跡目を継がせる件について、治兵衛が渋っている、という話は当初から知っている。だが、幸自身、賢輔になら五鈴屋を任せられる、と思っていた。どうすれば治兵衛に心から納得してもらえるのか、考えあぐねている。

気詰まりな沈黙が続いたあと、茂作は軽く頭を振った。

「まぁ、まだ時はありますよって、ようよう考えておくなはれ。私も、あれのことは可愛《かわい》いてなりませんのや」

はい、と幸は素直に頷いた。

花川戸から材木《ざいもく》町に差し掛かった時、茂作は何か気になるのか、足を止めた。見れば、角地が空き地のまま残されている。

「人通りもあるよって、店でも作ったらええのに、何で更地のまま残してるんやろか。ご寮さん、あこ（あそこ）は何があった場所やろか」

「五鈴屋が江戸店を開いたのと同じ頃、更地になったかと」

そこだけ土地が低かったので、ひどく目立っていた。気づけば、土が入れられて、そのまま放置されている。

幸の返答を受けて、茂作は「ああ」と得心の声を上げる。

「ほんなら盛土のあと、土地を寝かせはるんやなぁ。家を建てる時はそないせななら
ん、と聞いてますよってにな」

家を建てた経験を持たない幸は、問いかける眼差《まなざ》しを茂作に向けた。

「前に大工の棟梁《とうりょう》に教えてもろた話です。柔《やわ》こい（柔らかい）土地に家を建てたら、いずれ必ず傾く、て。家建てたあと、どない支えを増やしたところで、傾くのは止められへんそうな」

知らんことは何でも聞いて覚えておくと、思わん役に立ちますのや、と茂作は大らかに笑った。

翌朝、五鈴屋の面々に惜しまれて、茂作は風のように江戸店を去った。

そして、あたかも近江商人が追い払ったかの如《ごと》く、長く続いた麻疹禍も、漸《ようや》く終《しゅう》焉《えん》を迎えようとしていた。

第四章　恵比須講《えびすこう》

「五鈴屋はん、居《お》ってか」

店開《たな》け前、入口から声がかかった。

佐助と賢輔は蔵、お竹と結は台所で、店の間に居たのは幸だけだった。聞き覚えのある声に、もしや、と座敷から土間へと下りる。

「七代目、久しいのぉ」

年寄りなのか若いのか、何とも不思議な色香のある男が、幸を認めて破顔した。曙《あけぼの》染めの羽織姿が辺りをぱっと華やかにしている。歌舞伎《かぶき》役者の菊次郎《きくじろう》だった。

「菊次郎さま」

幸は両手を前に揃《そろ》えて、ご無沙汰《ぶさた》しております、と一礼する。

そして、菊次郎の後ろに、今ひとり。

「吉次《きちじ》さんも、ようこそ」

幸に声をかけられて、菊次郎の陰に隠れていたひとが恥ずかしそうに顔を覗《のぞ》かせる。菊次郎の愛弟子《まなでし》の吉次に違いなかった。

前髪で中剃《なかぞ》りを隠しているのは以前のままだが、唐輪《からわ》から鬢《びん》をふっくらとさせた髪形に変わっていた。少し見ない間に、背が伸び、より娘らしい形《なり》になった、と幸は感嘆しつつ、ふたりを座敷へと誘った。

中村富五郎との縁を取り持ってくれたのは、この菊次郎であった。恩人の来訪に気づいて、佐助たちが店の間に急ぎ現れ、丁重に挨拶《あいさつ》をする。

「あんさんらも大変やったやろ」

皆を鷹揚《おうよう》に労《ねぎら》って、菊次郎はやれやれ、と腕を組む。

「よもや、こないに長いこと麻疹《はしか》が江戸に居据わるとは、誰《だれ》も思うてへんかったよってになぁ」

芝居小屋も、麻疹騒動でぱったりと客足が止《や》んだ。菊次郎は思いきって吉次を伴い、三月ばかり江戸を離れていたのだという。

「京から大坂へ足を延ばし、つい二日前に戻ってきたとこや」

「京坂へ行っておられたのですか」

袷《あわせ》の季節になっても、吉次の稽古着《けいこぎ》の注文がないので案じていた幸だった。同じ気持ちなのだろう、お竹の両肩が少し下がった。師匠の傍《そば》に控えていた吉次が、そんな主従の様子に、ゆるりと唇を緩めている。

改めて弟子の稽古着の見立てを頼むと、さて、と幸に目を向けた。

「あんさん、ちょっと表へ出られへんか」

幸の返事を聞く前に、相手はさっと立ち上がる。賢輔が慌てて草履《ぞうり》を揃えた。


裾《すそ》に七草を散らし、臙脂《えんじ》の濃淡に染められた綿入れ羽織、長着は練《ねり》色。羽織の裾を風に翻《ひるがえ》して悠然と歩く姿は、ただそれだけで人目を引く。菊次郎だと気づかずとも、通りを歩く者は自然と足を止めて、女形に視線を送った。日頃《ひごろ》、見られることに慣れているのだろう、本人は特段、気に留める様子もない。

広小路へと続く門の手前、茶店を見つけて、菊次郎は幸を誘った。床几《しょうぎ》にふたり並んで腰を掛け、温《ぬる》いお茶を啜《すす》る。

麻疹騒動で夏と秋が過ぎて、長月《ながつき》も残り二日となった。じきに、足もとに落葉が錦《にしき》の帯を敷き、霜が白く覆うことだろう。

「覚えてなはるか。富五郎のお練《ね》りの日のことや。私は、あんさんに言いましたやろ。『これから大変なことになる』て」

菊次郎の問いに、幸は深く頷《うなず》いた。

「はい、よく覚えています」

武家のものだった小紋を、五鈴屋は変えるだろう、と菊次郎は太鼓判を押してくれたのだ。

「ほんまに、あの時は五鈴屋の小紋染めが売れに売れて、あんさんとこは瞬《また》く間ぁに大店《おおだな》の仲間入りや、と私は思いましたんや」

当代随一の名優、中村富五郎がお練りの装束として選んだ小紋染め、未《いま》だかつてない染物は、間違いなく江戸っ子を夢中にさせるだろう、と。菊次郎が確信するほどに、江戸紫の小紋染めは素晴らしい出来だった。

「ところが、この度の麻疹騒動で、誰しも身を飾るどころの話や無《の》うなった。思いがけん成り行きで、流石《さすが》のあんさんも、さぞや気落ちしてることやろ、と旅の空で案じてましたんやで」

くっくっく、と言葉途中で、女形は肩を上下させて笑いだす。何がそんなにおかしいのだろう、と幸は相手を眺めた。

笑いは増幅されて、菊次郎は暫《しばら》く、前屈《まえかが》みになって笑い続ける。やがて、「聞きましたで」と目尻《めじり》の涙を拭《ぬぐ》って、幸を見やった。

「富五郎のあの江戸紫の小紋が、麻疹封じの鉢巻きとして売れに売れたそうな。せっかく、ぼろ儲《もう》けできる機会やったやろに、五鈴屋は手間代も上乗せせんと切り売りしたんやて」

えらい評判や、とまだ笑っている。

愉《たの》しげに笑い続ける菊次郎の姿が、ふと、治兵衛に重なる。見た目も齢《とし》も全く異なるのに、と不思議に思う。鉢巻用の切り売りを、菊次郎を通して治兵衛に褒《ほ》められているようで、胸の奥が温かくなった。

「さて、肝心の話やけんどな」

空になった湯飲み茶碗《ぢゃわん》を傍らに置いて、菊次郎は切りだした。

「私の贔屓筋《ひいきすじ》に、日本橋本町《ほんちょう》の『小西屋《こにしや》』いう老舗《しにせ》の薬種商がある。来月二十日、厄落としも兼ねて、盛大に恵比須《えびす》講《こう》を催さはるそうで、私もお招きを受けましたのや」

恵比須講、と幸は口の中で繰り返す。

江戸へ移り住んで初めて知った行事のひとつが、神無月《かんなづき》二十日の恵比須講だった。商家で恵比須さまをお祭りし、親類縁者を招いて祝宴を催す。大坂でも、恵比須さまのお祭に睦月《むつき》十日の「十日戎《とおかえびす》」があるが、それに近いものだ。

「散々な目に遭《お》うた麻疹の流行やが、何をもって『終《しま》い』にするかは難しい。神仏が

『これで堪忍したる』て言わはるわけと違うよってになぁ。せやさかい、恵比須講はええ区切りになる。ついてはな、例の江戸紫の小紋染めを十反、手土産《てみやげ》にしたいと思うてな」

用意してもらえるか、と菊次郎に尋ねられて、幸は表情を改めた。

十反で銀一貫目、一度にそれだけ小紋染めが売れるのは、何か月ぶりだろう。

「ありがとうございます。私どもにとっても、区切りになります」

幸は身体《からだ》ごと菊次郎の方へ向き直り、両の手を膝《ひざ》に揃えて、深々と一礼した。

女形で知られた菊次郎だが、今は舞台よりも、吉次を仕込むことに力を注いでいる。銀一貫は菊次郎にとって、決して安い買い物ではない。

「余計なことは考えんで宜《よろ》し」

幸の心の中を見透かしたように、女形はほろ苦く笑った。

「反物は当日、あんさんが小西屋へ持ってきなはれ。江戸の恵比須講がどないなもんか、見知っておくのも大事やさかいにな」

紅くらいは差してきなはれや、と菊次郎は揶揄《からか》って、床几から立ち上がった。

初冬を迎えて、江戸の街は漸《ようや》く、哀《かな》しみの衣を脱ぎつつあった。

暮らしを楽しむことへの後ろめたさからも解き放たれ、小間物や呉服など晴れやかなものを商う店に、客の姿が少しずつ戻り始めた。無論、五鈴屋も例外ではない。

麻疹禍《ましんか》の間、控えてもらっていた小紋染めも、力造に頼んでもとに戻した。梅松に彫ってもらった新しい型での染物も何種か揃えて、五鈴屋はお客を迎え入れる準備を万端、整えていた。お客の方でも、麻疹騒動の際に、江戸紫の小紋染めの切り売りに応じていた五鈴屋のことをよく覚えており、田原町まで足を運んでくれた。

神無月六日の初亥《はつい》の頃《ころ》から、綿入れ用に小紋染めが買い求められ始めた。鈴紋のほか、鶴や松葉など縁起の良い紋様が人気だ。お客は撞木《しゅもく》に掛けられた小紋染めを愛《め》で、

「辛抱、辛抱の毎日だったし、そろそろ着る物を新しくしても、罰は当たらないだろうから」

と、選んだ一反を風呂敷《ふろしき》に包んで、赤子を抱くように持ち帰る。随分と長い間、そうした情景から遠ざかっていたため、主従は心のうちで手を合わせる。

周囲に遠慮せず買い物が出来るようになった、ということは、まだ生まれて間もない町人向けの小紋染めを巡って、呉服商同士の熾烈《しれつ》な競争が幕を開けることをも意味していた。

「女将《おかみ》さん、小頭役《こがしらやく》さん、ありがとうね」

「やっぱり良いもんだねぇ、帯をきちんと結ぶと背筋が伸びるよ」

幅の狭い帯をさげ下に結んだおかみさんたちが、軽やかな足取りで五鈴屋を出ていく。通りかかった老女が「ああ、帯結び指南、また始まったんだね」と、声高に話しかける。見知らぬ者同士、お喋《しゃべ》りに花が咲き始めた。

おかみさんたちを見送って表へ出た幸とお竹は、互いに視線を絡めて、にこやかに頷《うなず》き合う。

久々の帯結び指南、集まったのは四人だけだった。けれども、来月はもっと増える。もとの賑《にぎ》わいになるのも、そう遠いことではない。

平穏な日々が確かに戻った喜びを嚙《か》み締めて、七代目と小頭役は中へ戻ろうとした。

「あ」

最後にもう一度、後ろを振り返ったお竹が、短い声を発した。何かしら、と幸もまた振り向いた。

行き交うひとびとの中に、目立つ幟《のぼり》を手にした行商人の姿を見つける。

紀州《きしゅう》御用　伊勢型紙
幟には、その八文字が誇らしげに染められている。このところ、よく見かける型商だった。日中は幟、陽《ひ》が落ちれば同じ文言の書かれた提灯《ちょうちん》に変わる。

今年、型売りが株仲間として正式に認められたと聞く。そのせいか、最近は特に、江戸でもああした行商をよく見かけるようになった。

「鉄助どんからの文《ふみ》にもあったけれど、株仲間になった型売りは、鑑札やら通り切手やらで藩からとても優遇されるそうよ」

「ほな、これから仰山《ぎょうさん》、色んな伊勢型紙が江戸へ入ってくるんだすなぁ」

小頭役の強張《こわば》った語勢に、小紋染め商いへの懸念が滲《にじ》む。幸は、

「ええ、お陰でとても助かるわ」

と、軽やかに笑んでみせた。

店主の言葉が思いがけなかったのか、お竹はわずかに背を反らして瞠目《どうもく》している。

だが、それは虚勢でも何でもなく、幸の本音だった。

これまで坂本町の呉服仲間から「伊勢型紙を譲れ」だの「型商に繋《つな》げ」だの、無理難題を言われてきたのだ。

「江戸に居ながらにして、容易《たやす》く白子の小紋用の型紙が手に入るので、呉服仲間の皆さんから無茶な頼みごとをされなくなります」

小紋染めを町人のためのものに育てるには、五鈴屋一軒では足りない。多くの店が

それぞれの小紋染めを見出《みいだ》し、競い合うことで、友禅《ゆうぜん》染めと同じように広まってくれれば良い。

幸の想《おも》いを正しく汲《く》んで、お竹は顔つきを改める。

通りの中ほどから、向かいの軒下へと場所を移して、おかみさんたちの愉しげなお喋りは、まだ続いていた。子どもたちは元気に走り回り、蕎麦《そば》切《き》り売りは軽くなった荷を下げて、上機嫌で帰路につく。そこには、麻疹禍に襲われる前の、穏やかで優しい光景が戻っていた。

梅鼠《うめねず》の鈴紋と、深縹《こきはなだ》の兎《うさぎ》紋。

二反の小紋染めを前にして、先刻から若い娘がひどく悩んでいる。

痩《や》せた身に纏《まと》うのは、幾度も水を潜《くぐ》って色の落ちた木綿の綿入れ。あかぎれだらけの荒れた手をしていた。自分のための買い物ではない。母親に、せめて美しい絹織りの前掛けを贈りたいのだという。

賢輔を捉《つか》まえて、「十分の一でも売ってくれるか」と幾度も念を押し、漸く選んだ二反だった。どちらを買うか、なかなか決められない。同じ年代の女のお客が、その様子を苛々《いらいら》と眺めていた。

だが、切り売りといえど、銀十匁《もんめ》。娘にとっては清水の舞台から飛び降りるに近い。

「優しいて温かいのはこちら、きりっとしたのはこちらだす。装《よそお》うための前掛けなら、気にしはることもおまへんが、濃い色の方が汚れが目立ちません」

賢輔が親身になって、あれこれと娘の相談に応じている。なおも迷う娘を見て、先ほどから苛立った様子の若い女が「ちょっと」と声を上げた。

「私のを先に見立てて頂戴《ちょうだい》な。切り売りなんかじゃなく、一反を買うんだから」

金銀細工の簪《かんざし》を挿した女は、挑むような眼差《まなざ》しで貧しい娘を見ている。その連れなのだろう、鴇《とき》色の友禅染めの綿入れを着込んだ娘が、困惑した顔で俯《うつむ》いた。座敷では八人ほどのお客が買い物を楽しんでいたが、何事か、と静かになった。

接客中だった幸は、密《ひそ》かにお竹と眼差しを交わし合い、まずは賢輔に任せてみよう、との互いの意思を確かめた。

丁度、お客を送りだして戻った佐助が、二人の女客のもとへ急ぐ。

「お待たせしてしもて。私がお伺いいたします」

「余計なことをしないで。私はあのひとに見立ててもらいたいの」

裕福な店のお嬢さん、という雰囲気の女は傲慢《ごうまん》に言い放った。

もうお止《よ》しなさいよ、と連れの娘が小さな声で窘《たしな》めるものの、無駄であった。

貧しい娘は荒れた手を拳《こぶし》に握り、涙を堪《こら》えている。それを認めて、賢輔は「堪忍しとくれやす」と二人連れに対して、頭を下げた。

「先にお見えのお客さんから、お伺いさせて頂いております」

どのお客に対しても、心からの対応をしたい――そんな真摯《しんし》な気持ちの伝わる一礼だった。

思い通りにならない、と悟った女は、唇を噛んで憤然《ふんぜん》と店を出ていく。表に供を待たせていたのだろう。慌ただしい気配がしていた。

連れの娘は申し訳なさそうに、座敷のお客や五鈴屋の主従へお辞儀を残して去った。その謹厚《きんこう》なお辞儀が、店内の苦々しい雰囲気を丁寧に拭い去った。

再びお客と向き合う賢輔をそっと見やって、幸は密かに笑みを零《こぼ》す。賢輔のような手代がいることが、誇らしかった。

神無月二十日、恵比須講。

「姉さん、どない？」

お竹に手伝ってもらい、装いを終えた結が、姉の前でくるりと回ってみせる。

鶸《ひわ》色の鈴紋の小紋染めに、表は濃緑、裏は照柿《てりがき》の五鈴帯《いすずおび》を水木結《みずき》びにして、胸高に締めてある。優しい顔立ちをしていることもあり、齢《よわい》二十六ながら十代に見え、唇と目もとに差した紅も、とてもよく映っていた。

幸は返事の代わりに、にこやかに笑む。

この数か月、姉妹で何処《どこ》かへ出かける機会もなかったし、そうした気持ちにもなれなかった。今回、菊次郎に頼まれた品を日本橋に運ぶのに、結を伴うことにした幸である。

「ご寮《りょん》さん、紅を」

手にした紅猪口《べにちょこ》を示して、お竹が薦《すす》める。見覚えのある紅は、結の持ち物の寒紅《かんべに》だった。

仙斎茶《せんさいちゃ》に鈴紋の小紋染め、藍墨《あいずみ》と銀鼠《ぎんねず》の表裏の五鈴帯を巻いた幸が、結と比べて地味すぎるのを案じたのだろう。

——紅くらいは差してきなはれや

お竹の気持ちに、菊次郎の助言が重なる。

針を使うものは、紅を差す習慣がない。慣れない手つきで薬指に少しだけ紅を取り、下唇につけた。

「紅筆を使うて、もっとしっかり塗らはったらええのに」

紅を使ったか否か、定かでないような仕上がりに、結は惜しそうに言った。

土間では既に、賢輔が反箱を背負って待機している。用意を終えた店主と妹を送りだすべく、佐助が長暖簾《ながのれん》を捲《まく》り上げた。

碧空《へきくう》に無数の真白き鰯雲《いわしぐも》が浮かんでいる。端から端まで空を埋め尽くす雲片は、大漁を思わせた。長きに亘《わた》る麻疹禍を祓《はら》い、萎《しお》れた商いを盛り立てる、まさに今日の日に相応《ふさわ》しい上天気だ。

「姉さんと、それに賢輔どんと、こないして歩けるんは嬉《うれ》しおます」

ほんに嬉しい、と結は声を弾《はず》ませる。

麻疹が去り、江戸の人々の命が守られるようになった。もう、あんな思いはこりごりだった。商いでは知恵を絞れても、天災には太刀打ちが出来ない。

本店や高島店と同じく、江戸店でも、商いで得た利のうち、必ず少し除《の》けておいて不測の事態に備えるようにしておこう、と幸は思いつつ、蒼天《そうてん》を仰いだ。

「恵比須講て、大坂の十日戎と違うて、家ごとのお祝いなんやねぇ」

浅草御門を過ぎ、馬喰《ばくろ》町を歩いていた時に、結がつくづくと言った。

通りからは、各商家が入口に張り巡らした祝い幕や、お客を出迎える奉公人らの様子を眺めることは出来るが、恵比須さまをどのように祀《まつ》っているのかはわからない。今宮《いまみや》戎や西宮《にしのみや》戎に老若男女が参る、正月十日の「十日戎」とは、随分と趣を異にする。

「確かにそうね」

妹に相槌《あいづち》を打って、幸は五鈴屋本店での日々を思い起こしていた。

京坂では、神無月二十日は「誓文払《せいもんばら》い」。商いの駆け引きで用いた方便《ほうべん》を許してもらうため、京極《きょうごく》の冠者殿《かんじゃでん》に参る日だった。かつて五鈴屋では惣次の発案で、その日一日だけ、売れ残りの呉服を店前現銀売《たなさきげんぎんう》りしたことがある。日頃は五鈴屋とは縁の薄いお客に大層喜ばれた。主従も改めて暖簾に対する誇りを味わった経験だった。

弱い立場の者を思いやることをせず、生産地の信頼を挫《くじ》き、結果的に五鈴屋を窮地《きゅうち》に陥れたが、惣次には類《たぐい》まれな商才があった。

同じ江戸に暮らしているのは、おそらく間違いがない。その才を遺憾《いかん》なく発揮《はっき》できる立場にあるなら、噂《うわさ》になりそうなものだが……。

「大坂では『誓文払い』て言うてましたねぇ。私が大坂に居た頃、日頃は屋敷売りやのに、神無月二十日だけ、現銀売りにするお店が何軒かあってねぇ」

結の口からその話が飛び出した時、反箱を背負って前を歩いていた賢輔がぱっと振り返った。その表情を見て、幸は手代が自分と同じように、惣次のことを思い出しているのを悟った。

五鈴屋の惣次が最初にしたことだとは聞かされていないのだろう、結は邪気もなく、

「こっそり端切れを買《こ》うてました」

と、恥ずかしそうに打ち明ける。

賢輔の気掛かりそうな視線を受け止めて、気にせずとも良い、と伝えるべく軽く首を左右に振った。

緑《みどり》橋を渡り、あとは只管《ひたすら》、真《ま》っ直《す》ぐに歩く。ほどなく、薬臭い匂《にお》いが周辺に漂い始める。丁度、大坂の道修《どしょう》町を歩いているような心持ちになった。

「本町三丁目には、薬種商が集まってます」

江戸の中でも一番最初に拓《ひら》かれた場所やて聞いてます、と賢輔は控えめに告げた。

目指す小西屋は、すぐそこだった。

「ああ、ご苦労さんやった」

間口十間（約十八メートル）ほどの大店、その表口で菊次郎が待っていた。

荷の受け渡しが終わると、ここからちょっと覗いてみよし、と、姉妹を手招きして、店の中を示す。

三十畳ほどの表座敷には、鯛《たい》を抱え釣竿《つりざお》を手にした大きな恵比須像の段飾り、蜜柑《みかん》に餅《もち》、睨《にら》み鯛、珊瑚《さんご》や翡翠《ひすい》細工の置き物、金襴《きんらん》の反物、中身が入っているか否か定かではないが、千両箱が積み上げられている。店主家族のほか、宴《うたげ》に招かれた客たちが、恵比須像を拝んでいた。町人の男たちも、珍しく裃《かみしも》の礼装であった。

生まれて初めて目にする豪奢《ごうしゃ》な宴の様子に、結は背伸びをして夢中で見ている。

「あの段飾りに、五鈴屋の江戸紫の反物を置いてもらいますよってにな」

「いたみいります」

幸は菊次郎に丁重に礼をして、暇《いとま》を告げる。

結は段飾りの翡翠細工に目を奪われたままだ。結、と小声で呼び、その腕をそっと引く。

「何と可愛《かわい》らしい」

背後で、笑いを含んだ声がした。振り向けば、恰幅《かっぷく》の良い男が目を細めて、こちらを眺めている。顔と首の幅が同じで顎《あご》が何処《どこ》かわからない、何処となく蛸《たこ》を思わせる風貌《ふうぼう》。四十半ばか、裃姿であることから、宴の客に違いなかった。

菊次郎は少し後ろに下がり、視線を土間に落として動《ど》かない。

相手が通り易《やす》いよう、幸は結の腕を引いたまま、脇《わき》へと退いた。

「実に可愛らしい」

蛸に似た男は、そう繰り返して、姉妹の横を通り過ぎる。

その刹那《せつな》、相手の眼差しが妹に向けられていることと、上唇を舌で湿らせる仕草とを認めて、幸は何とも言えず嫌な気持ちになった。

「これはこれは、音羽屋《おとわや》さま」

よほど大事な客なのだろう、小西屋の主《あるじ》と思《おぼ》しき者が走り寄り、恭《うやうや》しく迎え入れた。その手を取らんばかりにして、店主は客を座敷へと誘《いざな》う。途中、男は幸たちを振り返り、店主と何やら話を始めた。音羽屋と呼ばれた男の眼が、まだ結に向けられているようで、幸はさり気なく身体をずらして、男の視線から妹を守った。

江戸紫の反物の話題にでもなって、こちらの身許を知ったのだろうか。音羽屋は「ああ」と声を発して、改めて幸を見、先とは別人のように丁重な礼を送った。

幸もお辞儀を返しつつ、音羽屋という屋号に聞き覚えがある、と思った。

幸が気にしている、と察してか、菊次郎が顔を近づけて低く囁《ささや》いた。

「あれは日本橋の両替商『音羽屋』の主人や」

ああ、やはり、と幸は頷いた。

数多《あまた》ある両替商のうち、金銀両替を行う本両替商は数が少ない。五鈴屋と付き合いのある蔵前屋も本両替商だが、音羽屋も同じく本両替商だった。

「音羽屋は両替商の中でも、商人貸しに力を入れてる。つまり、商家相手に金銀を貸し付けて、利鞘《りざや》を得てますのや。噂では、なかなかの好人物やそうで、評判も上々。せや、折角《せっかく》やさかい、小西屋の店主に言うて、紹介してもらうか」

興味を抱いた、と誤解したのか、菊次郎は親切に提案する。

とんでもない、とばかりに、幸は強く頭《かぶり》を振った。結は何も気づかずに、なおも座敷の細工物を夢中で眺めている。

第五章　百花繚乱《ひゃっかりょうらん》

鉢植ええ　寄せ植えよぅ
福寿草《ふくじゅそう》ぉ　白梅ぇ　室咲《むろざ》きの白梅よぅ
迎春用の鉢植えを前後に担い、花売りが伸びやかな声を上げている。小さな鉢にぎゅっと詰められた黄白の花々に、掛け取りに追われるひとびとが、ふと緩んだ眼差《まなざ》しを向けた。
色々なことのあった一年も、残り八日。服喪《ふくも》の者も多い年の瀬だ。
「面白い仕上がりになりましたぜ」
昼餉《ひるげ》時、客足の止《や》んだ五鈴屋の店の間で、力造が敷布に反物を開いていく。常盤《ときわ》色の縮緬地《ちりめんじ》に小さな紋様。目を凝らせば、羽を広げた蝙蝠《こうもり》だ。意外なほどに愛くるしくて、微笑《ほほえ》ましい。
「いやぁ、可愛《かわい》らしいこと」

真っ先に、結が華やいだ声を発する。

「蝙蝠がこないに可愛い柄になるやて」

「ほんに、これは新しおますなぁ」

佐助が前のめりになって頷《うなず》いた。

幸とお竹も互いに賛同の眼差しを交わし、賢輔が安堵《あんど》したように瞼《まぶた》を閉じている。

気に入ってもらえて何よりでさぁ、と力造は相好を崩した。

「梅松さんの文《ふみ》にもあったが、こいつぁ図案を描《か》いた賢輔どんの手柄に違いありませんぜ」

蝙蝠ってなぁ縁起が良いには違いねぇが、ここまで愛嬌《あいきょう》よく描けるもんじゃねぇから、と型付師《かたつけし》は好ましげに手代を見やった。

「賢輔どんは、ほんまに凄《すご》いのんよ」

結が我がことのように鼻を高くしている。結の賢輔贔屓《びいき》が顕《あらわ》で、幸はふっと口もとを綻《ほころ》ばせた。

来年の初荷に回す打ち合わせを終えて、力造は暇《いとま》を告げる。戸口を出る時に、型付師は五鈴屋の面々を順に見た。

「霜月《しもつき》、師走《しわす》、とこれまでの穴を埋めるみてぇに、色んな呉服商が小紋染めを売り伸ばしにかかった。正直、日本橋の大店《おおだな》に取って代わられるんじゃねぇか、と思ったんだが」

一旦《いったん》、言葉を区切って、破顔する。

「ここへ来て、蝙蝠を出されちまった。定小紋《さだめこもん》のように型に嵌《はま》ったものではない、町人のための小紋染めには、まだまだ出来ることがある、と感心するばっかりで」

心底、参りました、と力造は頭を下げた。

力造を送りがてら、幸は広小路まで足を延ばす。

浅草寺の年の市、門前での蓑市《みのいち》も終わったが、注連《しめ》飾りや松飾りなどの正月用品を商う露店が数多く出ていた。暦《こよみ》売りの年寄りや、笊《ざる》一杯の黒豆を売る子どもに混じって、例の「紀州御用　伊勢型紙」の幟《のぼり》を手にした行商人も見受けられた。

「年が明けりゃあ、これまで以上に沢山の伊勢型紙が江戸へ入ってくる。小紋染めの商いも一層、激しくなりますぜ」

あまり心配する風でもなく、力造が言えば、幸もまた、

「望むところです」

と、にこやかに応じた。

足の引っ張り合いでも小競り合いでもなく、真っ当な腕比べをしよう。多くの江戸

っ子に、五鈴屋の小紋染めを選んでもらえるよう、さらに知恵を絞ろう。そうすることで、町人のための小紋染めを、一時の流行《はや》りではなく、ずっと受け継がれ、好まれるものとして後の世に残すことが出来るだろう。

「注連飾り、注連飾りを買っとくれでないかい。来年の福を買っとくれでないかい」

そこしか陣取れなかったのか、陽射《ひざ》しのない場所で筵《むしろ》を広げ、老婆が注連飾りを売っている。幸は二つ買い求め、

「力造さん、これ、お才さんに」

と、手渡した。

師走十四日に、江戸店《だな》開店から丸二年を無事に迎えた。年内最後の帯結び指南も兼ねたその日、店に入り切らないほど多くのお客が足を運んでくれた。

思い返せば、近江屋と白雲屋《しらくもや》のほか、何の伝手《つて》もなかったこの街で、菊次郎に吉次、富五郎、力造お才夫婦、と新たな縁が生まれ、支えられての丸二年だった。

「ありがとよ」

いかつい顔を嬉《うれ》しそうにくしゃくしゃにして、力造は注連飾りを受け取った。

藁《わら》の若々しい緑、裏白《うらじろ》の淡緑、橙《だいだい》の黄色が、型付師の手の中で彩《いろどり》を放つ。藁の青臭い香りが周囲にふわりと漂った。

江戸へ移り住んで三度目の冬が終わろうとしている。

宝暦《ほうれき》四年（一七五四年）、正月七日。

初売りも無事に終え、七草のその日、五鈴屋の台所では、お竹と結とが七種粥《ななくさがゆ》の下《した》拵《ごしら》えに余念がなかった。ふたりの「唐土《とうど》の鳥が日本の土地へ」と、楽しげに囃《はや》す声が、土間から外へと洩《も》れる。

まだお客を迎える前、開け放たれた戸口から、中を覗《のぞ》いている人物がいた。齢《とし》の頃《ころ》、四十路《よそじ》ほどか。黒羽二重の羽織と揃《そろ》いの長着姿。羽織は紋付であった。背後には、風呂敷《ふろしき》包みを抱えた下男が控えている。

主《あるじ》らしい風格の男は、店の間から土間へと下りてきた賢輔の姿を認めて、「御免なさいよ」と呼びかけた。

「小西屋五兵衛《ごへえ》？」

賢輔から来訪者の名を聞いて、幸は帳面を繰る手を止める。

小西屋という屋号は、江戸にはわりに多い。どの小西屋だろうか。

「本町三丁目の薬種商の、小西屋さんだす」

控えめに賢輔が言い添えるのを聞いて、「ああ、恵比須講の」と承知に至った。当

日、あたふたと転がるように現れた姿を思い返しながら、

「表座敷にお通しして。それと、蔵に居る佐助どんに、立ち会うよう言って頂戴《ちょうだい》な」

と、命じた。

菊次郎を通さず、大店の店主自らが、わざわざ単身ここまで足を運んだ。その理由が、今一つわからない。あの日、江戸紫の小紋染めを持参したが、それと関《かか》わりがあるのだろうか。まずは話を聞いてみよう、と板の間を出た。

「年明け早々、それに店開け前に手間を取らせて済まないことです」

座敷に現れた幸を見て、小西屋は丁重に頭を下げる。

日本橋の大店の店主の紋付を認めて、幸は僅《わず》かに身構えた。小商いの五鈴屋に、年始に訪れたとも思えない。

ひとまず、新年の挨拶《あいさつ》を交したあと、幸は相手の言葉を待った。

早速ながら、と小西屋は幸の方へと軽く身を傾ける。

「今日は吉日ゆえ、結という名の妹御に、縁組の話をお持ちしたのです」

「結に縁組……」

幸は傍らの佐助と眼差しを交わしあった。思いがけなくはあるが、まるで有り得ない話ではない。

恵比須講では結を伴っていた。愛らしく気立ても良い結のことだ、知らぬ間に、誰かに見初められたとしても、不思議ではなかった。

「ありがとうございます」

礼を尽くした申し出に、幸は何よりもまず丁重な謝意を口にする。その上で、本人の気持ちを何よりも重んじたい、と伝えた。

「今日のところは、お話を伺わせて頂くだけで宜《よろ》しいでしょうか」

「結構ですよ」

相手は鷹揚《おうよう》に頷いて、自信ありげに笑みを零《こぼ》した。

「お相手は、日本橋本両替町の『音羽屋』店主、音羽屋忠兵衛《ちゅうべえ》さまですよ。音羽屋と言えば、両替商の中でも屈指の大店、この江戸で知らぬ者などおりません。おまけに人柄も温厚で、私を含めて、周囲からとても慕われている。もしも、縁組が整ったなら、妹御はまさに玉の輿《こし》ということになりましょう」

縁組を持ち込んだひとは、そう言って胸を反らした。

――何と可愛らしい

幸の耳の底に、粘った声が木霊《こだま》する。

ああ、あの時、と幸は唇を引き結んだ。初対面で抱いた、何とも言えない気持ちが蘇《よみがえ》る。

「ちょっと宜しおますか」

七代目が珍しく険しい表情をしているのを見て取って、佐助が遠慮しつつ割って入った。

「そない大店のご主人いうことは、結構なお齢なんと違いますか。結さんのお相手にしては、随分と齢の差ぁがあるんやないか、と」

支配人からの問いかけに、相手はつるりと顎《あご》を撫《な》で、さて、と視線を天井に向けた。

「齢は四十六、連れ合いを亡くされて、二年になります」

「それでは、後添いということでしょうか」

自然、声が尖《とが》った。

冗談ではない、との台詞《せりふ》が喉元《のどもと》まで出かけたのを、辛《かろ》うじて封じる。

姉の不服を嗅《か》ぎ取って、薬種商は、ご不満か、と意外そうに目を剝《む》いた。

「妹御が十六、七ならば、いきなりの後添い話は不憫《ふびん》でもありましょう。しかし、どれほど若く見えたところで」

あとは咳払《せきばら》いで誤魔化して、

「ともかくも、よくよくお考え頂き、後日、改めてお返事を頂戴しましょう」

と、結んだ。

佐助とともに、小西屋を戸口まで見送って、土間伝いに奥を覗く。賢輔は蔵だろうが、結の姿は見えず、お竹ひとりが包丁の手入れをしていた。

粥の煮える甘い香りが、辺りに漂いつつあった。

「お竹どん、結は何処《どこ》かしら」

「二階へ行かはりました」

語勢は平らかだが、お竹の表情が僅かに翳《かげ》っている。幸は表座敷の方を振り返り、先ほどの遣《や》り取りがここまで洩れ聞こえていたことを悟った。

急な階段をとんとん、と上がる。

南向きの物干しから柔らかな陽射しが手前の部屋一杯に射し込んでいた。妹の姿を探せば、物干しに佇《たたず》む背中が見える。陽を遮るその背中が、一層小さく、心細そうだった。

ゆっくりと物干しに上り、黙って妹の隣りに移る。

「姉さん」

掠《かす》れた声で呼び、結は姉をちらりと見る。その顔がいびつに歪《ゆが》んでいた。

ひゅっひゅー

ひっふー　ひゅっひゅー

口笛を吹くに似た鳴き声が、何処からか聞こえる。あれは鷽《うそ》という鳥だ。

互いに話の糸口を見つけかねている姉妹は、じっと鷽の囀《さえず》りに耳を傾けていた。

「私が十一の時やった。姉さんの祝言から戻って、お母はんに『私も大坂へ奉公に出たい』て言うたことがあったんよ」

妹は物干しの横木に手を添えて、眩《まぶ》しそうに空を仰ぐ。

「私も大坂へ出たら、姉さんのように、綺麗《きれい》なべべ着て、花嫁ご寮になれるんやないか、て。そしたら、お母はんにえらい叱《しか》られてしもてねぇ」

ひとにはそれぞれ、持って生まれた器がある。器に入り切らん欲を持つもんやない。

母の房《ふさ》は強い言葉で叱責《しっせき》したのだという。

「身の程を弁《わきま》えなはれ――そない言われた時、私、生まれて初めて『惨《みじ》め』て、こういうことなんや、と思うたの。彦太夫《ひこたゆう》さまの娘さんと自分とを比べたかて、『惨め』て思うたこともなかったのに」

淡々とした話しぶりで、結は続ける。

「同じ親から産まれたのに、私がどない逆立ちしたかて、姉さんのようにはなられへん。何もかも、持って生まれたもんが違い過ぎるんやわ」

聞き流すには、妹の台詞は苦く、哀《かな》しみに満ちていた。だが、姉がその先を続けようとするのを、妹は頭を振って遮った。

「今日の縁組の話を聞いて、私、その時のことを思い出したのん。せやった、『惨め』て、こういうことやった、て」

古手商《ふるてしょう》の近江屋が、呉服商から売れ残りの反物を買う、と聞いている。新しいものなのに、古手扱いになる、と。

「世間さんからしたら、二十七の女て、それと一緒なんやわ。ただの古手なんよ」

そんなこと、ちょっと考えたらわかるのに、と結は自嘲《じちょう》してみせる。

「結、何を言うてるのん」

国訛《なま》りが幸の口を突いて出た。自分でも抑えきれない怒りが込み上げてくる。

「周りがどう言おうが、世間がどう考えようが、そんなことは気にしなくて良い。世間さまが結の一生を支えてくれるわけではないのよ。せっかく、この世に生まれてきたんじゃないの。思うように生きなさい。自分で自分のことを古手だなんて、そんなことを言うものじゃないわ」

妹の両の腕を摑《つか》み、幸は揺さ振った。

「結」

「結、あなたの望まない縁組を進めるつもりはありません。だから、惨めに思うことなどないの」

大きく見開かれた結の瞳《ひとみ》から、大粒の涙が零《こぼ》れ落ちる。涙はあとからあとから溢《あふ》れて、頬《ほお》を伝い、胸もとを濡《ぬ》らした。

「姉さん、私、しんどい。しんどうて、かなんの」

こない惨めな気持ちになるやなんて、と結は苦しげに訴える。

自分が結の立場だったとして、後添いの話が持ち込まれただけで、ここまで傷つくだろうか。妹が「惨め」に思うのは、何かほかに理由があるのではないか。

――賢輔どんは、どないなひとと添うて、どないな生き方をするんやろねぇ

茂作を五鈴屋江戸店に迎えた夜の、結の言葉が、寂しげな声音とともに蘇《よみがえ》る。

幸は唇を一文字に引き結んだ。

結と賢輔のことを、姉弟のように見ていた。結の賢輔への肩入れも、可愛い弟と思えばこそ、と。だが、何時《いつ》しか結の気持ちが、思慕《しぼ》へと変わっていたのだとしたら。

去年、妹が初めて差した寒紅に、狼狽《うろた》えたことを思い返す。あの紅が、密やかに想う相手に、見てもらいたいがためのものだったとしたら。

賢輔は結よりも四つ下。今回、持ち込まれた縁組は、二十近く年上の男の後添いに、

というもの。

妹の涙のわけが、幸の中でくっきりとした輪郭《りんかく》を持ち始めた。

火鉢に載せられた餅網《もちあみ》には、小割された不揃《ふぞろ》いの餅が並べられている。

ぷっくりと膨れた餅は、ひっくり返されるのを待つのだが、その時はなかなか訪れそうになかった。

「ほうか、音羽屋からそないな話が」

幸の話を聞き終えた菊次郎は、組んでいた腕をゆるりと解いた。

「音羽屋ほどの大店からそないな話が来たんは、誉《ほまれ》は誉かも知れんが、しかしまぁ、ええ齢して、二十も若い娘を後添いにて、厚かましいにもほどがある。筋を通して小西屋はんに断りを入れたんなら、それで何の問題もない。ご苦労はんやったな」

相手から労《ねぎら》われて、ありがとうございます、と幸は頭を下げる。

小西屋は菊次郎の贔屓筋でもあり、一応の経緯《いきさつ》はその耳に入れた方が良いと考え、鏡開きの今日、縁組を断った足でここへ来たのだ。

「吉次、お手塩を持ってきなはれ」

声を張って奥の弟子に命じると、菊次郎は餅を順に素手でひっくり返す。あちち、と耳たぶで指先の熱を冷まして、幸に視線を戻した。

「ところで、呉服いうたら、今は色んな店が小紋染めを売りだしてるそうやが、小紋染めはあんさんとこが本家やさかい、負けんように気張んなはれや。まぁ、言わずもがなやろけどなぁ」

そう言って、名うての役者は声を立てて笑った。

折しも、吉次がお盆に手塩皿とお茶を載せて運んできた。

和やかなひと時を過ごし、高砂町《たかさごちょう》まで用足しに行く本人とともに、菊次郎宅をあとにする。

「今日は兄の月忌《がっき》や。亡《の》うなって五年、早いような遅いような」

風が冷たいのか、菊次郎は袖口《そでぐち》を撫《な》で擦《さす》った。

「役者としてはもとより、兄としても、ほんにようと出来たひとやった。ふたりきりの兄弟やよって情も深いし、敬《うやま》いもしてる。それでも、今さらながら、兄弟いうんは厄介やと思いますなぁ」

幸は相槌《あいづち》も打たず、黙って菊次郎の横顔を見つめている。

幸の視線を受けて、相手はふっと甘く笑った。

「赤の他人なら、『ああ、立派なお人や』『際立って才のあるお方や』で済ませられますやろ。けど、同じ母親の腹から産まれたのに、片《かた》や才気に溢れ、片や凡人いうんは、どっちにとっても、難儀なことや」

難儀な、と幸は掠れた声で繰り返した。

――同じ親から産まれたのに、私がどない逆立ちしたかて、姉さんのようにはなられへん。何もかも、持って生まれたもんが違い過ぎるんやわ

姉妹で才を競い合う必要などないし、そうした例《ためし》もない。菊次郎のところと、幸たちとでは「血を分かちあった同士」という一点を除き、何ら重なることはない。それでも、結のあの言葉は幸の胸に重くのしかかった。

「どうすれば、その難儀な思いから逃れることが出来るのでしょうか」

憂《うれ》えた表情をしていたのかも知れない、相手は幸を気の毒そうに眺めている。

「一番ええのは、離れることや。それが出来んのなら、難儀ななりに自分の居場所を作るほかない」

私は、あとの方やった、と菊次郎は平らかに言って、両肩を解《ほぐ》すように腕を回した。

丸みを帯びた月が天空高く上った頃か、障子の外が青白く明るい。

夕餉《ゆうげ》の雑煮の出汁《だし》の香りが、いまだ辺りに名残を留《とど》めている。隣りの布団では、妹が安らかに寝息を立てていた。

件《くだん》の縁組について、けりが付いたことで心底安堵したのだろう。幸は妹の眠りを妨げないように、そっと半身を起こした。菊次郎との遣り取りが、今も胸に残っていた。

二十六歳で智蔵と死に別れ、五鈴屋の七代目を女名前で継いだ。翌年の今頃は、江戸店《だな》を何処に出すかで悩んでいた。波瀾万丈《はらんばんじょう》の人生が良いとは思わないが、商いに邁《まい》進《しん》する姉を、妹はどう見ていたのだろう。

――姉さんを手伝わせてください。それを、私の「身の振り方」にさせてください

結の気持ちを大事にしてきたつもりだったが、果たしてそうか。

主筋という立場に居れば何の不自由もない、と思い込んでいた。けれど、幸自身に何かあった時、結はどうなるのか。

生涯をともにする伴侶《はんりょ》は、自分で決めたい、そう話していた結。

結が恋心を抱き、心底求める相手は賢輔に違いなかろう。その望み通り、結を賢輔と添わせてやりたい。賢輔を五鈴屋の養子に迎えて八代目に据えれば、結はご寮《りょん》さんになる。

結と賢輔の年の差は四つ。結の方が上で、どれほど歳月が過ぎても、その差は変わ

らない。一年遅れれば、その分、結はもっとしんどくて惨めな思いを抱くのだろう。どれほど遅くとも、年内には話をまとめておきたい。店にとっても結にとっても、それが一番望ましい。

いや、と幸は唇を真一文字に結んだ。「望ましい」という温和な言葉で誤魔化してはならない。全《すべ》て、七代目として考える「都合」だった。そこに賢輔の気持ちはない。

賢輔を八代目にする、というのが、女名前の延長が許された大きな理由になっており、天満組呉服仲間はもちろん、親旦那《おやだん》の孫六《まごろく》も大乗り気だった。賢輔の父親の治兵衛も、不承不承ながら形だけは呑《の》んでくれている。

既に外濠《そとぼり》は埋められつつある。あとは、賢輔に了解してもらえるよう、どうにかして動かねばならない。

だが、と幸は考え込む。当初、「一番大事なのは、賢輔本人の意思」だと思っていたはずだった。五鈴屋の暖簾《のれん》を守る者としての冷徹と、幼い頃より賢輔を知る者としての情の狭間《はざま》で、気持ちは揺れていた。

ゆっくりと息を吸い、自身に言い聞かせる。そう、今はまず、小紋染めの商いで抜きんでることが大切だった。

株仲間となった型商が、おかみから種々の特権を得たおかげで、伊勢型紙の江戸での行商が盛んになった。この先、もっと多くの白子の型紙が江戸に入ってくる。様々な小紋染めが生まれ、江戸中の呉服商が参入して競い合うことになる。名だたる大店の集まる日本橋から一里（約四キロメートル）弱、離れているこの場所に、足を運んでもらうためには、どうすれば良いのか。小売として、ほかよりも抜きんでるために何をすべきか。

知恵を絞るべきは、沢山あった。

女名前が許されているこの一年のうちに、悔いのないように。

心を決めたあと眠りに身を委《ゆだ》ねるべく、幸はそっと双眸《そうぼう》を閉じた。

上野山の桜花が周囲を薄紅色に染めたあと、花吹雪となって散り、今は日に日に葉の緑を深めている。

今年は閏《うるう》二月が加わったため、季節の廻《まわ》りが早く、まだ皐月《さつき》だというのに、じとじとと蒸し暑い。

「おいでなさいまし」

「ようこそ、おいでくださいました」

愛想の良い男が二人、左右から暖簾を捲《まく》ってお客を迎え入れる。柔らかな言葉遣いに、僅かな近江訛《なま》りがあった。

見慣れぬ男たちの出迎えに、帯結び指南に訪れた女たちは戸惑い、しげしげと二人に見入る。屋号の入った夏半纏《ばんてん》を着ているところから、五鈴屋の奉公人に違いない。

「奉公人が増えたんだね」

「そりゃあ、これだけ繁盛したら当たり前さ」

そうだろ、女将さん、と話しかけられて、黙したまま、幸は柔らかに笑んだ。

昨年の暮れに力造が話していた通り、年明けから、江戸に持ち込まれる伊勢型紙の量が格段に増えた。大店のみではなく、小商いに至るまで小紋染めが扱われるようになって、江戸の呉服商いは、まさに百花繚乱《ひゃっかりょうらん》。仕入れれば必ずや売れるため、どの店も順調に売り上げを伸ばしていた。

中でも、従来の鈴紋を始め、新たな蝙蝠紋様などで絶大な人気を誇る五鈴屋では、快進撃が続いている。独特の可愛らしい紋様は女心をがっちりと摑んで離さない。麻疹《しんか》の真《ま》っ只中《ただなか》だった去年の今頃に比べれば、桁《けた》違いの売り上げを弾《はじ》きだしていた。

当然、手は足りなくなる。

新しい奉公人を雇うべく、以前から近江屋に口利きを頼んでいたのだが、思うようなひとが見つからない。本店の鉄助と幸の間で文の遣り取りが重ねられ、いずれ、大坂から手代を移す話になった。それまでの間、昨夏、幾度か近江屋から助っ人に来ていた壮太と長次の二人に、暫《しばら》く通ってもらうことにした。全て、近江屋江戸店《だな》の支配人の配慮《はいりょ》だった。

壮太と長次はともに二十五歳、近江屋仕込みもあって、安心して仕事を任せられる。五鈴屋にとっては何よりのことであった。

緩《ゆる》やかに挟み込まれた細帯。両側がぴんと跳ね上がり、下からも少し帯の端が覗いている。何処となく「ヤ」の字を思わせる仕上がりだ。

「この結び方は良いですねぇ」

「手軽に結べて見た目も良い。こういうのは本当に助かるよ」

五鈴屋の次の間では、帯指南を終えた女たちが、覚えたばかりの帯結びを見せ合う。女たちの幸せそうな様子を目にして、幸はそっとお竹と視線を交えた。多少、無理をしてでも、帯指南を続けていて良かった、とつくづく思う。

去年の夏と秋は麻疹の蔓延《まんえん》で、誰《だれ》もが帯結びを習いにくるどころではなかった。五鈴屋の商いも火が消えたようになった。禍《わざわい》のない、穏やかな日々が戻ったことが、たただだ、ありがたい。

「あたしゃ不思議で仕方がない。小紋染めって、もとはお侍の裃《かみしも》だっただろ？　それが今じゃあ町人の女が夢中じゃないか」

店の間から聞こえてくる繁華に耳を傾けて、おかみさんが、ふと呟《つぶや》く。

「奥方さまたちは昔っから、旦那の小紋染めを見てきたわけだろ？　着てみたいとか、思わなかったのかねぇ」

独り言に近い物言いだったが、その台詞は幸を狼狽えさせた。

武家の奥方がここまで買い物に来るとも思われないので、今まで気に留めたこともなかった。しかし、言われてみれば、尤《もっと》もな疑問だった。

「お武家の、特に御身分のあるかたの奥方さまは、まず小紋染めに興味はないでしょうよ」

帯指南を受けるのは今日が初めて、と話していた老女が、帰り仕度の手を止めて応《こた》える。

「奥方さまたちにとっては、地味とか粋とかは関係ありゃしません。縮緬地のような薄い生地はあまりお好きではありませんし、ましてや型染めには全く興味はないでしょう。綸子地《りんずじ》にたっぷり刺繍《ししゆう》を施した方を遥《はる》かにお好みですよ」

老女のきっぱりとした物言いに、先のおかみさんが首を傾《かし》げて尋ねる。

「何でそう言い切れるんです？」

「私はね、若い頃、御物師《おものし》をしてたんですよ」

御物師というのは、裁縫《さいほう》を専《もっぱ》らとする女の奉公人を指す。針妙《しんみょう》ともいうが、もとは、公家《くげ》や武家など身分の高い家に仕える者を御物師と呼んでいた。

「何処のご家中《かちゅう》かは伏せますが、そりゃあもう毎度、毎度、きらきらした呉服ばかり扱いましたねぇ。どれほど気を遣ったか、知りゃあしませんよ」

老女の台詞に、着物の仕立てを得意とするお竹も、深々と頷いている。

大坂ではそもそも武家の数が少なく、身分の違いを意識することが殆《ほとん》どなかった。江戸に移り住んで、武家と町家とでは、例えば帯結びひとつとっても考え方が随分と違うことを知った。着物についての嗜好《しこう》もそこまで異なるのか、と感嘆する。

店前現銀《たなさきげんぎん》売りを専らとするこの店では、豪奢《ごうしゃ》な呉服を扱うつもりはない。従って、武家の奥方たちを顧客に持つこともない。今はそうした割り切りを大事にしたい。

ただ、と幸は思う。

五鈴屋本店では屋敷売り、江戸店では店前現銀売り、異なるふたつの商いの仕方を経験してきた。これから商いが順当に育っていけば、江戸店でも、本店と同じく屋敷売りをする機会も生まれるかも知れない。そんな見込みまでをも今、断ってしまう必要もないだろう。

商いの種の育つ土壌は、なるべく柔らかい方が良い。思考もなるたけ柔軟にしておこう。

「ご寮さん、そろそろ」

お竹が小声で幸を呼んだ。

耳を澄ませば、反物を催促するお客の声がここまで届いていた。

第六章　賢輔

型付師《かたつけし》の女房、お才からその話が持ち込まれたのは、七夕《たなばた》の夕暮れのことだ。五鈴屋の小紋染めを求めるお客の声が、板の間まで届いていた。

「うちの賢輔を」

突然のことに驚いて、幸は相手の用件を聞き返す。

「うちの賢輔を婿養子に迎えたい、と?」

背後でがしゃん、と派手な音がした。

台所で冷茶を入れていた結の手から、湯飲み茶碗《ちゃわん》が落ちたのだ。「堪忍《かんにん》」と小さく詫《わ》びて、結は土間に蹲《うずくま》って始末をする。その顔から血の気が引いていた。

「福井《ふくい》町の寿屋《ことぶきや》って糸商なんですけどね、力造がそこの店主に泣きつかれたんですよ。親の代からの付き合いなんで、無下にも出来なくて」

私だってどうしたもんだか、とお才自身も戸惑っている様子だった。

寿屋のひとり娘が小紋染めを買い求めに五鈴屋へ来た折り、応対した賢輔を見初めたのだという。

「賢輔さんって、顔立ちが優しいだけじゃなく、人柄は良いし、よく働くし、機転も利くし、何もかも備わってますからね。そのお嬢さんは見る目があるって、私、感心しちまってねぇ。正式な話をする前に、受けてもらえる見込みがあるかどうか、五鈴屋さんに聞いてくれないか――平たく言えば、そう頼まれたんですよ」

受けるわけがない。五鈴屋店主としての答えは明々白々なのだが、こうした場合、やはり本人の考えを聞くべきなのだろうか、と幸は逡巡する。

「そんなに悩まないでくださいな、女将《おかみ》さん」

お才は開いた掌《てのひら》を軽く振ってみせた。

「世間話に毛が生えたくらいの申し出なんです。私だって、五鈴屋さんが大事な手代を手放すわけない、ってわかってますとも。ただ、頼まれたから一応、話をしてるだけなんですよ」

相手の言葉に幸は頷《うなず》き、結に賢輔を呼びに行かせた。

急ぎ駆け付けた賢輔に、幸はお才から持ち込まれた縁組について掻《か》い摘《つま》んで伝える。

賢輔にとっても初耳に違いないのだが、僅《わず》かに目を見張っただけで、動揺は見られなかった。

「五鈴屋は、あなたを失うわけにはいきません。この話、お断りしますよ」

「へぇ」

至極《しごく》、当然のように賢輔は答え、お才に向かって丁重に頭を下げる。失礼いたします、と詫びると、表座敷へと戻っていった。

「姉さん、私も店の間へ戻ります」

先ほどとは打って変わって晴れやかな笑顔を見せ、結もいそいそと板の間を出ていく。幸はつい、ほろりと笑ってしまった。

「女将さん、お手間を取らせて、済みませんでした」

両の手を合わせて拝んでみせて、お才はふと、こう続けた。

「けど、賢輔さんについては、似たような話が、これからもきっと降るほど来るんじゃないかねぇ。ここだけの話、お客の中には、賢輔さん目当ての若い娘が沢山いそうな気がしますよ。江戸の男ってのは、粋で鯔背《いなせ》なことに拘《こだわ》ってばかりで、女の話なんざ、まともに聞きやしない。賢輔さんみたいに、ちゃんと相手と向き合って話を聞いて『そのひとのための一反』を考え抜いてくれるひとって、女からしたら得難いですよ。たとえ、それが仕事であっても、そういう男は、やっぱり得難いです」

――余計なことをしないで。私はあのひとに見立ててもらいたいの
お才の台詞《せりふ》に、いつぞやの若い女の声が重なる。

あそこまであからさまでなくとも、賢輔に見立てを頼む若い女のお客は多い。つまりは、そういうことなのだろう。

そう言えば、と幸ははたと思い出す。

半月ほど前、早晩、跡目の件で大坂に行くだろうから、と大坂行きに必要な女手形《おんなてがた》のことで、名主のもとへ相談に行った。その際に、名主から、店のこと、奉公人のことなどを根掘り葉掘り聞かれた。今にして思えば、あれは賢輔を婿養子に、と望む誰《だれ》かの聞き合わせがあったからではないのか。

いずれにせよ、ほかの商家から賢輔を婿養子にと望まれる前に、八代目のことと結とのことに、きちんと道筋をつけておかねば、と幸は思った。


大坂でも、十五夜に十三夜、と月を愛《め》でる機会はあるが、二十六夜《にじゅうろくや》待ちというのは江戸に移って初めて知る行事であった。

文月《ふみづき》二十六日、高輪《たかなわ》や品川《しながわ》まで足を運び、深夜、高台にのぼって月の出るのを、今か、今かと大勢で待ち望む。月光の中に阿弥陀《あみだ》、観音《かんのん》、勢至《せいし》の三尊が現れる、と言い

伝えられていた。高輪まで出向くことは、なかなか叶《かな》わなくとも、せめて月の出まで眠らずにおこうか、と思う日であった。

「ほな、お先に失礼いたします」

半纏《はんてん》をきちんと畳むと、壮太が板張りに手をついて丁寧に暇《いとま》を告げる。

隣りで長次も、

「明日も宜《よろ》しゅうお頼み申します」

と、お辞儀をした。

「お疲れ様でした。近江屋の皆さんに宜しくね」

幸の労《ねぎら》いに、再度、頭を下げると、二人は並んで店をあとにする。

細身でひょろりと背の高い壮太、背丈は低く横幅のある長次、体つきの異なる二人は、仲良く肩を並べて近江屋へと帰っていく。

その後ろ姿を見送って、結がくすくすと笑いだした。

「あの二人見てると、ついつい、名前を逆に言うてしまいそうになります」

誰もが思っていたことだったから、結のひと言に柔らかな笑いが洩《も》れた。

「私かて、つい間違いそうになりますけど」

墨を磨《す》りながら、佐助がつくづくと続ける。

「二人とも、近江屋さんの仕込みだけあって、呉服にも太物《ふともの》にも明るうて、おまけに愛想もええさかい、お客さんにもえらい評判で。ほんに大助かりだす」

「それだけと違いますで」

台所で洗い物をしていたお竹が、顔を上げた。

「着物の手入れにも詳しいさかい、買《こ》うたあとのことまで細々とお教え出来るんは、ほんまに大したもんやて思います」

小頭役《こがしらやく》の台詞に、賢輔も大きく頷いている。

「近江屋でお世話になっていた時から、壮太どんと長次どんには古手《ふるて》の扱い方や手入れのこと、色々と教わったんだす。私はまだ丁稚《でっち》だしたよって、反物が売れたあとのことを考えたことがおまへんでした。せやさかい、ええ勉強になりました」

「そうなん。賢輔どんにしたら、兄さんが二人できたようなもんやったんやねぇ」

結が甘やかに頷いてみせた。

賢輔の言葉に、確かにそうだ、と幸は改めて思う。

賢輔に限ったことではなく、呉服商は反物を売るのが仕事で、仕立物師を紹介することはあったとしても、それ以外、お客がその反物をどうするかは与《あずか》り知らない。

ただ、五鈴屋本店、高島店とも屋敷売りとしてお客の信頼を集められたのは、お客の手持ちの着物と帯を全て把握《すべ》して、さまざまな提言をしていたからに違いなかった。今、江戸店でも、着物と帯の取り合わせなどの助言を怠らないようにしているが、同じ店前現銀売り《たなさきげんぎんうり》で、そうした交流をする店をほかに聞かない。

鈴紋に蝙蝠《こうもり》紋様など商う品を充実させる以外に、目に見えないものを添えて売ることが、この先、もっと必要になるのではなかろうか。

「姉さん」

遠慮がちな結の呼びかけが、幸を沈思《ちんし》から引き戻す。

「今夜、二階の物干しで二十六夜待ちをしてもええかしら。出来れば、皆で」

最後のひと言は、俯《うつむ》き加減で発せられ、あまりに声が小さくて誰の耳にも届かない。

「構いませんよ、結。でも、あまり夜更かしにならないようにね」

幸は言って、傍らに置いていた図案の見本帖《ちょう》を開く。佐助は墨磨りに戻り、賢輔は戸締りを確かめに行った。

結は肩を落とし、所在なげに袂《たもと》を弄《いじ》っている。

「物干しは肌寒うおますよって、私の寝間で過ごしとくなはれ」

私はよう起きてまへんけど、とお竹は柔らかく言い添えた。

夜も更けて、結とお竹が二階に上がると、佐助は賢輔に先に休むよう命じた。

支配人が七代目に何か大事な話をするのだ、と察したのだろう。賢輔は素直に、「お先に失礼いたします」と断って、板の間を去った。

「七代目、これを」

佐助は、店主の前に帳面を開く。濃い墨で書かれた数字を指で押さえて、佐助は恭《うやうや》しく告げる。

「年末までの売り上げ目安はこうなります」

そこに記された数字を見て、幸は表情をぎゅっと引き締める。

銀一千貫目。

薄々、そこまで行くのではないか、との予感はあった。だが、実際にその数字を目の前にすると、身体《からだ》が震えそうになる。

かつて、江戸店を出すために、五鈴屋の売り上げ目標として掲げた額も、銀一千貫目だったことを、つくづくと思い返す。そこに至るまで、大変な苦労があった。しかし、本店の半分の規模しかないこの店で、早くも達成しようとしている。

落ち着こう。これは目安に過ぎない。

幸は鼻から深く息を吸い込み、自身に言い聞かせる。

ご寮《りょん》さん、といつもの呼び名を掠《かす》れた声で口にして、佐助は板敷に両手をついた。

「江戸店の開店から、じきに三年。よもや、ここまで大きい売り上げを弾《はじ》きだせるとは思いもしませんでした。この店の支配人として、立ち会わせて頂けることが、ただただ、ありがたいことでおます」

奉公人冥利《みようり》に尽きます、と支配人は額を板に擦《こす》り付ける。

壁の掛け軸に呼ばれた気がして、幸は視線をそちらへ向けた。

衰颯的景象　就在盛満中

「今が順調だからといって、油断は禁物ですよ」

店主の台詞に、支配人は面を上げる。主《あるじ》の眼《め》が掛け軸に向けられていることを知り、さっと姿勢を正す。修徳の顔が思い浮かんだに違いなかった。

佐助どん、と幸は支配人を呼ぶと、心持ち声を低める。

「女名前の延長が正式に認められたのは、去年の睦月《むつき》末。遅くとも、今年の末までには八代目の届け出をしておかねばなりません。そろそろ跡目を決めて、動こうと思います」

賢輔の了解を取り付けるべく、明日にも話をするつもりだ、と幸は支配人に告げた。

へぇ、と佐助は深く頷き、声を落として続ける。

「鉄助どんも、長月《ながつき》にこっちへ出てくることになってますし、それまでに段取りを踏んでおいた方がええ、と私も思います」

「賢輔どんは大坂へ戻ることになるし、結も」

一旦《いったん》、言葉を切って、幸は視線を天井へと向けた。何も知らない妹は、物干しで月の出を待っている。

「結も、賢輔どんと一緒に大坂へ戻すことになるでしょう」

そのひと言で、店主の思いを汲《く》んだのか、支配人はゆっくりと首肯し、少し遅れてから「へぇ」と応じた。


斜めから照り付ける陽射《ひざ》しは、最早《もはや》、肌を焼くほどの強さはない。昼にかけてもっと暑くなるに違いないが、頬《ほお》を撫《な》でる風は爽《さわ》やかだ。暦《こよみ》の上ではまだ文月だが、今年は閏月《うるうづき》を挟んだため、既に秋の気配が漂っている。

「ご寮さん、よう似合《にお》てはります」

装《よそお》いを終えた幸のことを、少し離れて眺めると、お竹は目を細めた。

中縹《なかはなだ》の蝙蝠柄の小紋染めに、浅黄《うすき》の帯を巻き、結髪には平打ちの銀簪《ぎんかん》を後ろ挿しにした姿は、何とも落ち着いた、気品のある佇《たたず》まいだ。

「ご寮さん、これを」

そう言ってお竹が差しだしたのは、清浄な月白《げっぱく》の手拭《てぬぐ》い。大坂の医師、柳井道善《やないどうぜん》お気に入りの、薄くて柔らかな木綿だった。

ひとくちに木綿と言っても、産地によって風合いはまるで異なる。老医師と同じ木綿地の手拭いを試してみたところ、とても使い心地が良かった。何時しか、出かける時には、こればかりを用いるようになっていた。

ありがとう、と受け取って、懐《ふところ》に差し入れる。

「ほんにご寮さんは、渋い色目がようお似合いだすなぁ」

お竹は感嘆の声を洩らし、手を伸ばして帯の僅かなずれを整える。

「ねぇ、姉さん、『牛《うし》の御前《ごぜん》』て、そないに遠くはないのん？」

「そうね、渡し舟で大川を渡ればすぐだと聞いています」

連れていってほしい素振りを見せる妹に、姉は気づかぬ体《てい》を装って続ける。

「親旦那《おやだん》さんと治兵衛さんの病平癒《やまいへいゆ》祈願なので、しっかりお参りしてきます。それほど遅くならないと思うのだけれど、あとをお願いね、結」

牛の御前とも、王子権現《おうじごんげん》とも呼ばれる牛嶋《うしじま》神社は向島《むこうじま》にある。その境内《けいだい》の、牛の形に似た石を撫でれば、病平癒にご利益があるという。賢輔を店から連れだす口実として、先ごろお客から聞いた話を利用することにした幸であった。

「皆も、あとを宜しくね」

土間に並んだ奉公人たちに告げると、幸は賢輔を伴って店をあとにした。

二十六夜待ちで夜更かしをしたのか、広小路を行き交うひとびとが何処《どこ》となく気怠《けだる》そうに映る朝だ。

「ご寮さん、危のうおます」

竹町《たけちょう》の渡しを目指して、土手を下りる時、賢輔が右手を差しだした。ありがとう、と幸は手代の手を取る。大きくて男らしい手でありながら、反物を触るのに相応《ふさわ》しい、滑らかな優しい掌だった。

よーい、よーい
よーい、よーい
船頭の哀切に満ちた声を道連れに、舟は大川を渡る。

小さな舟は心もとなくて、棹《さお》がなければすぐにも流されてしまいそうだ。川面《かわも》は意外に上下に動いて、幸は自分が泳ぎが得手ではないことを思い出す。

「危のうおますよってに」

失礼します、と断った上で、賢輔は幸の右腕をやんわりと摑《つか》んだ。

賢輔と並んで座り、その横顔をこっそりと眺めながら、幸は何とも感慨深い。

初めて会った時、賢輔はまだ七つ。とても小さくて、こちらが身を屈《かが》めなければ、その顔を覗《のぞ》き込むことが出来なかった。女児かと見紛《みまが》うばかりの愛らしさ、その丸い優しい瞳《ひとみ》をよく覚えている。

こんなに立派になって、と感嘆の声が洩れそうになるのを懸命に堪《こら》えた。

よーい、よーい

巧みに棹を差して、向こう岸へ、向こう岸へと船頭は舟を進める。

「江戸で暮らすようになって三年になるけれど、大川を渡るのは初めてだわ」

花川戸に坂本町辺り、日本橋に堺町《さかいちょう》、あとは浅草界隈《かいわい》。足を運ぶのは、大抵、定まったところばかりだった。

幸の台詞に、賢輔は口もとから純白の歯を零《こぼ》した。

「私は両国橋を渡って柳島《やなぎしま》町辺りまでやったら行ったことがおますけんど、渡し舟は初めてだす」

ご一緒できて、ありがたいことでおます、と手代は慎み深く言う。

大切な商いを抜ける理由が、病平癒の祈願のためだと信じて、疑う様子は微塵《みじん》もない。何時《いつ》、どんな風に切りだそうか、と幸は考え込んだ。

牛嶋神社は、九百年ほどの歴史を持つと伝えられている。向島洲崎《すさき》村に位置し、三囲《みめぐり》神社や長命寺《ちょうめいじ》、弘福寺《こうふくじ》などと近いため、参拝客も多い。

林立する松を配した境内には、二つの鳥居に重厚な本殿、そして、牛が寝そべった形に似た、丸みのある大きな石が祀《まつ》られている。この石は「撫《な》で牛」と呼ばれ、頭や腹、足など、病んだのと同じ場所を撫でれば良くなる、との伝承が残されていた。永きに亘《わた》り、切なる祈りとともに撫で続けられたのであろう、石はひとびとの手で研磨され、艶々《つやつや》と滑らかに光っていた。

眼を病んだ老人が、孫に手を取られ、牛の眼の位置と思《おぼ》しきところを撫で擦っている。幸と賢輔もそれを真似《まね》て、丸みを帯びた形の石に、掌を差し伸べた。

治兵衛が卒中風《そっちゅうふう》で倒れてから十六年、孫六は七年になる。しっかりと養生した上で、身体を動かす努力を重ねて、ともに不自由は残りつつも、何とか日常を送れるようになった。

この三年ほどは文《ふみ》でしかその様子を知ることは出来ていないが、鉄助と周助《しゅうすけ》が、孫六と治兵衛にお揃いの撞木杖《しゅもくづえ》を贈ったそうな。老い二人はその杖をついて、天満天神社へお参りにいく、と書いてあった。二人並んで、拝殿で祈る姿を思い浮かべる度に、胸が温かいもので満たされる。

親旦那さんと治兵衛どんに、卒中風がもうこれ以上の悪さをしませんように。

そんな祈りを込めて、幸は親旦那さんの孫六のために撫で牛の右半分を、賢輔は父親の治兵衛のために左半分を、丁寧に撫で擦った。

無事に祈願を終え、鳥居を抜けて大川沿いに出る。堤の脇《わき》に階段があり、そこに船着き場があった。一艘《そう》の小舟が止まり、船頭が客待ち顔で控えている。

「ご寮さん、あれに」

言いかけて、手代はふと口を噤《つぐ》んだ。

店主は堤の端に佇み、大川の流れに目を遣りながら、物思いに耽《ふけ》っている。

中縹に浅黄の色合わせ、それに遠目には無地に見えて、近寄れば無数の蝙蝠が羽を広げている小紋。容姿の美しさだけではない、瑞々《みずみず》しい清艶《せいえん》な雰囲気が漂っていた。

その佇まいが、ひとの目を引き付けずにはおかない。

「まるで羽川珍重《はねかわちんちょう》の絵から抜け出てきたような、良い女だ」

「あんな女房が寝間で待ってんなら、堪《たま》らねぇな」

下卑た笑い声を洩らす輩《やから》に、賢輔は怒りに満ちた険しい眼を向ける。そして、何も気づかずに思案に暮れる幸を、自分の背後に隠し、好奇の眼差《まなざ》しから守った。

ばさばさ、という羽音に驚いて、ふたり揃って川面を見れば、蒼鷺《あおさぎ》が青灰色の大きな羽を広げて、飛び立つところだった。

船頭の差す棹が流れを分かち、客を乗せた渡し舟が、ゆっくりと船着き場を離れていく。それに目を向けていた幸が、賢輔どん、と傍らの手代を見た。

「お天気も良いし、帰りは渡し舟を使わず、両国橋を渡って戻りましょう」

不意を打たれて、賢輔は「両国橋」と呟《つぶや》く。

両国橋は大川のずっと下手で、ここから三十町（約三・三キロメートル）ほどか。橋を渡って田原町へ戻るとなると、さらにまた二十五町（約二・七キロメートル）ほど。かなりの遠回りになる。

「行きますよ」

手代の返事を待たずに、幸は川沿いの堤を下手へ向かって歩き始めた。ご寮さんはきっと舟がお嫌いなのだ、と賢輔は自身に言い聞かせて、主人のあとを追いかけた。

源兵衛《げんべえ》堀に架かる短い橋を渡れば、対岸には花川戸。

目を凝らせば、彼方《かなた》の板場で、水元《みずもと》と呼ばれる作業をする染物師たちの姿が認められた。力造の姿を探すも、ここからでは遠すぎてわからない。満載に荷を積んだ船は川越《かわごえ》からのものか、船着き場に船が寄せられると、陸揚げのため、わらわらとひとが集まる。

「こちら側からだと、こんな風に見えるのねぇ」

面白い、と幸はつくづくと言った。

傍らで、へぇ、と賢輔も眩《まぶ》しげに額に手を翳《かざ》す。

「向こう側からやと、武家屋敷の多いこっち側は、白壁と屋根瓦《やねがわら》が見えるばっかりですよって」

大川ひとつ隔てただけで、見える景色もまるで異なる。

「いつか、ここに橋が架かると宜しおますなぁ。向こう側とこっち側、もっと気安うに行き来できるように」

賢輔は、翳していた右の手を下ろし、手前から向こう側へと弧を描く。

まぁ、と幸は小さく声を洩らしたあと、手の甲を口にあてて、笑いだした。

店主の笑みは、しかし、賢輔を大いに戸惑わせる。

「ご寮さん、私、何ぞおかしいことを言いましたでしょうか」

両の膝に手を置き、長身の身を屈めて、賢輔はおずおずと尋ねた。その姿に、幸は堪らず背筋を反らせて朗笑する。

賢輔は弱り果てて、店主の笑いが収まるのをじっと待っていた。

笑い過ぎて目尻《めじり》に浮いた涙を指で拭《ぬぐ》い、幸は賢輔を促して、再び歩きだす。

「二年ほど前だったかしら、私も、全く同じことを思って、お竹どんに話したことがありました」

仕草まで同じだった、と幸は差し伸べた手で弧を描いてみせた。

ああ、それで、と賢輔は初めて唇を綻《ほころ》ばせる。いつもは主人を守るように前を歩く手代だが、幸の話を聞き易いように、今は歩調を合わせていた。

「川に橋を架けるように、ひととひととの縁を繋《つな》いで、まだ見ぬ世界へ行きたい――そんな風に考えたのです」

まだ見ぬ世界へ、と手代は店主の言葉を繰り返し、右側に流れる大川を眩しそうに愛《め》でる。

「ご寮さんは、お武家のものやった小紋染めを、町人のものにしはった。まさに橋を架けはりました」

「それはどうかしら」

幸は軽く頭を振る。

武家のものだった小紋染めを、町人のものにしたからと言って、それが橋を架けたことになるだろうか。両岸から互いに行き来できてこその橋ではないだろうか。

武家の奥方は小紋染めに興味を抱かない。身分による嗜好《しこう》の違い、考え方の違いは、如何《いかん》ともし難い。

「今は、お客を絞っての商いであることに迷いはない。でも、商いが育てば、もっと違う知恵も絞れるかも知れません」

店主の考えに耳を傾けて、賢輔は深く頷いた。

「土地が違えば、住む人も、考え方も、何もかも違う――江戸に出て、つくづく思いました。けんど、『買《こ》うての幸い、売っての幸せ』いう信念の物差しは、何処でも通じるんやないか、と。そこさえ揺るがずにいたら、五鈴屋はこの先、どないなことがあっても、商いを損なうことはない、て思うんだす」

「そう、その通りです」

幸は賢輔の前へ回り込む。

かつての幼子は、今、見上げるまでの逞《たくま》しい男になっていた。幸は草履の踵《かかと》を浮かせて、その双眸《そうぼう》をじっと覗き込む。

「賢輔どん、あなたに」

丸く優しい瞳は、昔と変わらない。その瞳を凝視して、幸はゆっくりと重々しく告げる。

「あなたに、五鈴屋の八代目を継いでもらいたいの」

賢輔は、きょとんとした顔で幸を見返した。その台詞の意味するところが理解できない様子だった。

「延長の許された女名前も、来年睦月には期限を迎えます。跡目を決める時が来たのです」

右手を伸ばして、幸は賢輔の上腕を捉《つか》まえた。我が手にぐっと力を込める。

「白子まで出向いて型紙の手はずを整え、鈴紋や蝙蝠の図案を考えて、小紋染めの礎《いしずえ》を築いたあなたに、五鈴屋を任せたいのです。どうか、八代目を継いでください」

そこまで言われて初めて、賢輔は店主の意図を正しく理解したらしい。瞠目《どうもく》したまま、身を硬直させている。

「賢輔」

返事を促すように、幸は相手の腕を揺さ振った。だが、賢輔は丸い目を一杯に見開いたまま、ただ幸を見返すばかりだ。

賢輔は混乱している、それも無理のないことだ。これまで一度としてそんな話を本人にしたことがなかった。賢輔にすれば、まさに青天の霹靂《へきれき》に違いない。そこに思い至って、幸はすっと手を外した。

「帰りましょう」

幸は平らかに言って、賢輔の前を離れる。

少し経《た》って振り返れば、俯いてついてくる手代の姿が見えた。

多田薬師《ただのやくし》、普賢寺《ふげんじ》を過ぎ、延々と続く武家屋敷の白壁を左に遣り過ごせば、右手、大川の向こうに、浅草御蔵《あさくさおくら》が見えてきた。たとえ同じ距離であっても、押し黙って歩くなら、道のりはさらに遠い。堀にかかる狭い橋を二つ渡れば、目指す両国橋はもうすぐだった。

長さ九十六間（約百七十三メートル）、幅四間（約七・二メートル）、柔らかな丸みを帯びた橋は、傾斜も緩やかで足に優しい。

大川、すなわち隅田川が、武蔵《むさし》国と下総《しもうさ》国の境に位置するため、二つの国を結ぶ橋として「両国橋」の名を与えられている。西側に両国広小路という盛り場を控えているため、橋上は大いに賑《にぎ》わっていた。

「見える景色も、橋の長さも幅も、何もかもが違うのに、天神橋を思い出すわ」

橋の中ほどに差し掛かった時、幸は初めて、自ら沈黙を破った。

「佐助どんと賢輔どん、三人で渡ったわね」

江戸へ戻る二人を見送って天神橋を渡った四年前、幸は女名前での跡目を許されたばかりだった。あの朝、眼下を出帆する船に、我が身を重ねたことが懐かしい。

「ご寮さん」

詰まったような声を絞って、賢輔は両の手を膝頭に置いた。

「堪忍しとくれやす。私は八代目を継ぐ器やおまへん。どうか、どうか、堪忍しとくなはれ」

苦渋の表情で幸を見ると、身体を二つ折りにして許しを請う。

奉公人としての分を守り、決して出しゃばらないが、常に己に出来ることがないかを考える。陰日向《かげひなた》なく働き、ひとの気持ちを慮《おもんぱか》ることを忘れない。賢輔という人物を、よく理解しているつもりだ。安易に「跡を継ぐ」とは言わないことは、充分に予測がついていた。

幸は深く息を吸い、静かに吐き出す。

七代目としての要望は伝えた。あとは賢輔の気持ちが「了承」へ向くよう手を打つほかない。確実なのは、両親からの説得だろうか。

賢輔の承諾の返事を引き出すため、あらゆる手段を講じようとしている自分に気づいて、幸はふと、治兵衛を思った。

幸を四代目徳兵衛《とくべえ》の後妻に、と考え付いた治兵衛と、今の幸自身の立場がぴたりと重なった。今になって、当時の治兵衛の気持ちが理解できることになるとは、と幸は苦く笑う。あの時、外濠を埋められはしたが、四代目との婚姻を受け容《い》れたのは、幸自身だった。

「賢輔どん、顔を上げなさい」

店主に命じられて、手代は背筋を丸めたまま、面を上げる。青ざめ、強張《こわば》った表情をしていた。その額に汗が珠《たま》を結ぶ。

幸は懐から手拭いを取りだして、お使いなさい、と賢輔に差しだした。遠慮がちに受け取り、額を押さえるのだが、汗は次々と噴きだして、なかなか止まらない。

「跡目をどうするか、五鈴屋の今後がかかっているのです。私は熟考を重ねた上で、賢輔を八代目にしたい、と思いました。そんなに容易《たやす》く断ってはいけない。せめて、今少し考えなさい」

知らせておくべき事実は幾つかあった。

鉄助に周助、佐助など主だったものの総意であること。天満組呉服仲間にも根回し済みであること。本心から納得したわけではなくとも、治兵衛も一応は了解していること。だが、今は賢輔の耳に入れないことにした。

枷《かせ》を嵌《は》めて無理強いするのではなく、幸本人が治兵衛にそうさせてもらったように、賢輔自身の意思で決めるのが一番だと思ったがゆえだった。

「長月には、鉄助どんが江戸へ出てきます。それまで、しっかり考えておきなさい」

良いですね、と店主に念を押され、賢輔は観念した体で、月白の手拭いを握り締めたまま「へぇ」と短く応《こた》えた。


昼餉《ひるげ》時のせいか、店に戻った時には、客足は止《や》んでいた。

奥座敷で着替えを済ませると、佐助に声をかけて蔵へと向かう。五鈴屋の台所から魚を煮付ける香りが漂い、物置の陰で野良猫が腹を出して寝ていた。

外の残暑に比し、分厚い土壁に囲まれた蔵の中は、ひんやりと涼しく、心地よい。

「留守中、変わったことはありませんでしたか?」

主《あるじ》から問われて、へぇ、と佐助は頷いた。

「壮太どんと長次どんが加わってくれたお陰で、ほんに良うなりました」

その日の商いの様子、売れ筋やお客との遣り取りなど、支配人は店主に伝えたあと、扉の外に目を遣った。外にひとの姿がないことを確かめた上で、声を落とす。

「八代目の件、賢輔はどないでしたか」

「自分はその器ではない、と。もう一度、よく考えるように言っておきました」

七代目の返答は、支配人も見通していたことなのだろう、やはり、と唇を嚙《か》む。

「ご寮さん、結さんとのこと、賢輔に言わはりましたか？　あれに跡目を取らせて、結さんと縁組させる心づもりがあることを」

佐助の問いに、いいえ、と幸は頭を振った。

七代目としては、その心づもりではあるが、姉として、大事な妹を何かの条件にするのに、大きな躊躇《ためら》いがあった。

「まずは跡目についての了解をもらってから、切りだそうと思っています」

さいだすなぁ、と佐助は頷いた。

「結さんと賢輔、ようお似合いやと思います。お互いに気心も知れてますやろし」

昔は何とのう、見た目も似てましたなぁ、と佐助は温かに笑う。

本音を言えば、五鈴屋の奉公人にとって、店主は七代目のままが最も望ましい。しかし、大坂には「女名前禁止」という厳しい掟《おきて》があり、別の誰かを八代目に据えねばならない。

「それなら、賢輔どんが八代目におさまり、結さんがご寮さんにならはるんが一番や、て私は思います。おそらく、皆も同じですやろ」

内容が内容なだけに、佐助の口調に自然と熱が籠《こも》る。

家の方を慮って、幸は声を低め、

「長月に鉄助どんを交えて話し合いましょう。それまではこの件については控えます。賢輔自身に考えさせたいの」

と、告げた。

話を終えて蔵を出れば、お竹が前掛けで手を拭いながら台所から顔を覗かせる。

「結さん、そっちに居てはりませんか？」

幸と佐助は辺りを見回したが、ひとの気配はない。納屋の陰で寝そべっていた猫の姿も消えていた。

「とうに昼餉の仕度は出来てますよって、ご寮さんにお声がけする、て言うてはったんだすけどなぁ」

何処へ行かはったんだすやろ、とお竹は首を捻《ひね》っている。

第七章　不意打ち

江戸の庶民、ことに女に人気のある商いに「端切《はぎ》れ屋」「古裂屋《こぎれや》」と呼ばれるものがある。

仕立て直し等で出た端切れの類《たぐい》を、見え易《やす》いように広げて、丸い輪っかに挟む。天《てん》秤棒《びんぼう》の前後に、その輪っかを吊《つ》り下げれば、風が吹く度に輪っかが回って何種類もの端切れが風に翻る。何とも風情《ふぜい》のある光景で、つい足を止めて見入る者が多い。好みの端切れは、手絡《てがら》にしたり継《つぎ》に用いたり、あるいは手拭《てぬぐ》い代わりにしたり、と使い道は幾らでもあった。

「姉さん、ちょっと待ってて」

幸と浅草寺の本堂に参ったあと、仁王門《におうもん》を出たところで、結は端切れ売りを見つけて、小走りに駆けだした。

「困った子」

吊り下げられた端切れを夢中で選んでいる妹の姿に、幸は苦笑する。

つい先日も、姿が見えなくなったと思ったら、端切れ売りを追いかけて諏訪《すわ》町の辺りまで行ってしまった。一同は随分と気を揉《も》んだのだが、当人は端切れを腕一杯に抱えて、浮き浮きと帰ってきたのだ。

「結、端切れに夢中になるのもほどほどにして頂戴《ちょうだい》な。子どもでもあるまいし、この前のように、皆に心配をかけてはいけませんよ」

紅絹《もみ》の端切れを手にして戻った妹に、幸は釘《くぎ》を刺す。

結は「はい」と素直に詫《わ》びた。姉に叱られながらも、何処《どこ》となく嬉しそうだ。

母の房が亡くなり、津門村から大坂天満の五鈴屋に移って来たばかりの頃《ころ》、端切れで色々なものを作ることで、結は居場所を得た。小物づくりは今も結の得意とするところで、周年の記念に作る鼻緒は、お客からとても評判が良い。妹の運針の才を最初に見出《みいだ》してくれたお竹には、感謝しかなかった。

「観音《かんのん》さまに姉さんと一緒にお参りするの、久しぶりやさかい、ほんに嬉《うれ》しいて」

声を弾《はず》ませ、足取りも軽やかに、妹は喜びを示す。

幾つ齢《よわい》を重ねても、結はこうした愛らしさを失わない。そこに居るだけで辺りを明るく出来るのは宝だと、幸は改めて思う。

鴇《とき》色の鈴紋の小紋染めに、小町鼠《こまちねず》の帯という取り合わせも、結をことさら品よく初々しく見せている。伝法院《でんぽういん》通りから出てきた若い男が幾人も、結を眩《まぶ》しそうに眺めていた。

本堂で、随分と長く手を合わせていた結だが、願い事の中身は賢輔とのことだろうか。今の無垢《むく》なまま、賢輔と添わせてやりたい、と姉は願う。

「秋とはいえ、今日はまだ暑いわねぇ」

ご縁日でもないのに大いに賑《にぎ》わう境内《けいだい》を歩いていると、うっすらと汗ばむ。胸もとに挟んだ蒸栗《むしぐり》色の手拭いで額を押さえた。その手拭いを見て、結は、

「手拭い、変えはったんやねぇ。その色もよう似合《にお》うてはります」

と、にこやかに笑った。

伝法院通りと仲見世《なかみせ》とが交わる辺りには、小間物や紅白粉《べにおしろい》を商う平店が目立つ。伝法院寄りには二十軒茶屋《にじっけんぢゃや》があり、茶屋娘の気を引くため、土産《みやげ》にする者が多いのだろう。表に並べられた簪《かんざし》や櫛《くし》に気を取られ、結の足取りがゆっくりになる。

妹と歩調を合わせながら、幸は、ああ、と周囲を見回す。そういえば、お竹が惣次を見かけたのも、まさにこの辺りだった。

あれから二年、惣次の行方は相変わらず知れない。二年の間に五鈴屋は小紋染めで

名を知られるようになったし、惣次のことだから、気づいていないとは考え難い。姿を見せないことが、相続を主張する意志を持たないことの表われだと思うのだが。

「姉さん、中を見てもええかしら」

紅白粉の店の前で、結が両の指の先を合わせて懇願する。現実に引き戻されて、幸は苦く笑って頷《うなず》いた。

狭い店の中は、大勢の客で込み合っている。場所柄、男女ふたり連れが多い。紅花を使ったものはやはり値が張り、僅《わず》かな量で銀一匁《もんめ》を下らない。結は紅猪口《ちょこ》二つを前に並べて、迷っていた。

「どっちがええかしら。姉さん、どない思う？」

「どうかしら」

妹から助言を求められても、紅に馴染《なじ》みがない身。さてどちらが、と悩んでいた矢先、背後から大きな声がした。

「両方とも買えば良いでしょう」

振り向けば、恰幅《かっぷく》の良い壮年の男が、懐《ふところ》から紙入れを出すところだった。蛸《たこ》に似た風貌《ふうぼう》を認めて、幸は僅かに眉を顰《ひそ》める。

結を後添いに、と望んだ音羽屋店主、忠兵衛だったのだ。

紙入れから小判を取り出すと、音羽屋は売り子に「うちの分と合わせて、これで頼みますよ」と手渡した。男の連れは、若い女と幼子。女の方は、目もとや尖《とが》り気味の唇など、面差しが似ることから音羽屋の娘、幼子は孫だと思われた。

「いえ、結構です」

つい、尖った大きな声が出てしまった。

売り子は狼狽《うろた》え、身を強張らせる。店内の買い物客は、何事かと幸の方を見た。結は音羽屋の顔を覚えていないらしく、何が起きたのか、ときょとんと眼《め》を見張った。

お騒がせしまして、と幸は頭を下げ、傍らの結を促した。

「結、帰りますよ」

結は紅に未練が残っているらしく動きが鈍い。早く、と命じられて渋々、両方の紅を手放した。

「お待ちなさい」

思いがけず軽やかな動きで、音羽屋は幸たちの前へと回り込む。

「五鈴屋さん、せめて挨拶《あいさつ》ぐらいさせてください。ここでお会い出来たのも、きっと観音さまが授けてくださったご縁。無下にしてはいけません」

腰低く言って、幸に抗《あらが》う理由を与えず、男は結の方へと身を寄せた。

「結さん、音羽屋ですよ」

名乗られて初めて、結は相手の正体に気づき、はっと息を呑《の》む。

「残念なことになりましたが、所詮《しょせん》は年寄りの夢、致し方ありません。今日はお目にかかれて良かった」

いやぁ、それにしても相変わらず何と可愛《かわい》らしい、と音羽屋は鷹揚《おうよう》に笑った。

話の流れから事情を察したのだろう、音羽屋の娘は弱ったように目を伏せている。

じぃじ、と童女は音羽屋を呼び、音羽屋も相好を崩して孫を抱き上げた。

微笑《ほほえ》ましい家族の様子を目の前にしながら、どうにも心の底がざらついて仕方がない。幸は結を伴い、足早に店を出て、仲見世を雷門目指して歩いた。

「皆で観音さまへお参りしはった帰りやろか。音羽屋さんて、ええお祖父《じい》さんで、ええお父さんなんやね」

後添いの話が持ち込まれた時、あれほど傷ついていたはずの結が、後ろを振り返って、にこにこと笑みを零《こぼ》している。

心持ち欠けた月が、人通りの絶えた広小路を煌々《こうこう》と照らしている。明かり要らずの夜だ。

鈴虫や松虫など秋の音を奏でる奏者が日ごとに増えて、その美しい音色に、幸とお竹の下駄《げた》の、土を踏む音が重なる。

「ひとの心は難しいわね」

溜息《ためいき》とともに、幸は重く洩《も》らした。

声にして初めて、湯屋《ゆや》へ行く道も、湯に浸《つ》かっている間も、殆《ほとん》ど口を利かなかったことに気づいた。妹は月の障りで湯屋へは同行せず、小頭役《こがしらやく》と二人きりの帰り道である。お竹はただ黙って歩みを緩め、店主の話を聞く意思を示した。

仲見世の紅白粉の店で、音羽屋と思わぬ再会をしたこと。好人物との世評にも拘《かか》わらず、幸はどうにも油断ならない気持ちを抱いていること。その根本は、音羽屋の結への執着心への警戒ではないか、と思うこと。

「結にも、それに賢輔どんにも、新たな縁組の話が持ち込まれるかも知れないし、なかなか気の休まる時はないわ。賢輔どんが跡目を継いで、結を娶《めと》ってくれれば言うことはないのだけれど」

「それは……」

店主から胸のうちを打ち明けられて、お竹は黙り込んだ。

雷門の前を過ぎ、東仲町《ひがしなかちょう》側の木戸が見えても、お竹は口を噤《つぐ》んだままだ。あまりにその沈黙が長いので、少し不安になって、幸はお竹に水を向けた。

「お竹どん、思う所があるなら、聞かせて頂戴《ちょうだい》な」

お竹は立ち止まり、幸の方へと向き直る。珍しく逡巡《しゅんじゅん》し、やがて、思い切った体で、固く結んでいた唇を解いた。

「私ら奉公人は、主《あるじ》から『こうせぇ』て言われたら、そないするしか道はないんだす。もしもご寮《りょん》さんが賢輔どんに、結さんと一緒になるよう言わはったら、賢輔どんは必ず聞き入れますやろ。奉公人いうんは、そういうもんだす」

お竹の口調には諦念《ていねん》が滲《にじ》んでいる。幸は強く頭《かぶり》を振ってみせた。

「力でねじ伏せて結を娶らせることはしたくない。それでは結も報われないわ」

「賢輔どんかて、一緒だす」

強い語勢で切り返したあと、お竹は声を和らげて続けた。

「賢輔どんにも心がおます。これから先、誰《だれ》を好きになるか、ならんのか、そないな心は賢輔どんだけのもののはずだす。ご寮さんが結さんの幸せを願うのと同じように、賢輔どんの幸せを、私は願うてます」

分を弁《わきま》えずに言うてしまいました、堪忍《かんにん》してくださいい、と小頭役は店主に深々と頭を下げる。

賢輔の幸せ、というお竹の言葉は、幸の胸に重く響いた。

五鈴屋の八代目を継ぐ。店主の妹を娶る。そのどちらも奉公人の立場からすれば僥倖《ぎょう》ではないのか――そんな驕《おご》りが「全くない」とは言えない。結のことに関しては特に。妹が恋を成就させて、幸せになること。それだけが大事で、賢輔のことは二の次だった。だが、身内を重んじ、奉公人の気持ちを蔑《ないがし》ろにしたなら、どうなるのか。

亡くなったお家《え》さんの富久は聡明《そうめい》で、かつ、大坂商人としての情も才覚も持ち合わせた人物だったが、ただ一点、初孫にあたる四代目徳兵衛にはあまりに甘すぎた。結果として、四代目が五鈴屋の商いを大いに挫《くじ》いたのではなかったか。

「本当にその通りです」

情けない思いで胸を一杯にして、幸は首《こうべ》を垂れる。

「率直に言ってくれてありがとう。感謝します」

「ご寮さん、止《や》めとくなはれ。店主が奉公人に頭を下げるもんやおまへん」

小頭役はそう言って七代目を制したが、幸はなかなか顔を上げることが出来ない。

川風が冷たい。

明日からやっと袷《あわせ》になるが、綿入れが恋しくなる寒さだ。坂本町の呉服仲間の寄合の帰り道、幸は袖《そで》を交互に擦《さす》って足を速める。

小紋染めの商いは呉服仲間のどの店をも潤しているため、以前のような嫌な思いをすることもない。ただ、月行事《がちぎょうじ》が幸に何かを言いかけて止めたことだけ、少しばかり気にはなった。しかし、主な悩みはやはり八代目の襲名と結のことだった。

森田町《もりた》、駒形町《こまがた》を通って、材木町へ。幸は息を詰め、考え続ける。

賢輔の八代目襲名と、結のこととは切り離して考えよう。何よりも優先させるべきは、賢輔に八代目を継いでもらうことだった。じきに鉄助も江戸に来るので、二人して何としても説得しなければ。

何処《どこ》かで普請が始まったのか、かんかん、かんかん、と槌《つち》を振るう音が聞こえて、幸は辺りを見回した。角地に新たに店が建つらしく、角材が積み上げられていた。

「ああ、あの場所は」

ずっと更地のままだった土地だ。そう、人通りも多いし、商いには打ってつけなのに、空き地なのを茂作が不思議がっていた。盛土のあと、随分と長く寝かせたので、もう普請に耐え得る強固な地面になったのだろう。

――柔《やわ》こい土地に家を建てたら、いずれ必ず傾く、て。家建てたあと、どない支えを増やしたところで、傾くのは止められへんそうな茂作の台詞《せりふ》が心に残っている。

賢輔の八代目襲名について、治兵衛が強い危惧《きぐ》を抱いている、と聞いたあとだった。——賢輔はようやっと二十二。手代として研鑽《けんさん》を重ね、いずれ番頭に、というなら話はわかりますが、番頭を飛び越えて八代目、いうんは如何《いかが》なもんか、と治兵衛の危惧と、先の茂作の台詞。

あっ、と幸の口から低く声が洩れる。

商いの表舞台に立った経験のない幸が、女名前で七代目を継いだ。それでも何とか務められているのは、奉公人という強い支えがあればこそ。同じように、若い賢輔が八代目になったとしても、皆で支えるので心配はない——幸のそんな考えを見越しての、茂作のあの台詞ではなかったのか。

足もとがぐらぐらと揺れる思いがして、幸は地面を踏みしめた。

「妙だすなぁ」

長月《ながつき》二日、早朝。表を覗《のぞ》いていた佐助が、首を捻《ひね》っている。

支配人の呟《つぶや》きを耳にして、幸は台所から土間伝いに傍《そば》へ移った。

「佐助どん、どうかしたの？」

「名主さんやと思うんだすが、目が合《お》うたら、逃げるように去《い》にはって」

佐助は首を傾《かし》げたまま、答えた。

名主、という言葉に、幸はひやりとする。名主には女手形《おんなてがた》の入手を頼んでいた。そろそろ、鉄助が江戸へ出てくる予定だった。まだ誰にも話していないが、鉄助が江戸から大坂へ戻る際、幸も同行しようと考えていた。

跡目について、治兵衛と孫六に相談したい。このところ、そればかりを思う。とんだ七代目だ、と自分でも情けなくなった。

板の間に、朝餉《あさげ》の膳《ぜん》が並ぶ。炊き立てご飯に、今朝はとろろの擂《す》り流しの味噌汁《みそしる》、煮豆は棒手振《ぼてふ》りから買ったものだ。

「ご寮さん、お口に合わしまへんか」

汁椀《しるわん》にも煮豆にも箸《はし》がつけられていないのを、お竹が気にしている。

何でもない、と笑みを見せて、幸は汁椀を手に取った。

「五鈴屋さん、五鈴屋さん」

店の表から、五鈴屋を呼ぶ男の声がする。

まだ店開け前なのだが、賢輔が食べかけの膳を脇《わき》にやり、さっと板の間を出ていった。すぐに戻ると思った手代が、なかなか戻らない。板の間の主従は、自然、耳を欹《そばだ》てるのだが、訪問者と賢輔との話の内容までは聞き取れない。腰を浮かせる佐助を、「私が」と制して、幸は土間に下りた。

「先ほどから申している通り、ご店主と妹御にご挨拶をさせて頂くだけですから」

「せやさかい、まずはご用向きを当方の主に伝えますよって、お待ち頂きたく」

商家の中番頭と思《おぼ》しき男と賢輔とが、押し問答をしている。男の半纏《はんてん》の「音羽屋」の文字を認めて、幸は内心「ああ」と思う。開け放った入口には、大きな人影があった。その影は、おそらく……。

「賢輔どん、替わりましょう」

手代を呼ぶと、幸は表にも届く声で、

「五鈴屋七代目店主、幸でございます。音羽屋さま、お話は私が承ります」

と、明瞭《めいりょう》に告げた。

お竹にお茶を用意するよう命じ、ほかのものは奥に待機させて、幸は店の間で音羽屋忠兵衛と対峙《たいじ》する。

幸もひとり、忠兵衛もひとりであった。

高価な紅花で下染めをした黒羽二重の紋付姿の店主は、早速だが、と身を乗りだす。

「妹御のこと、何とか今一度、考えては頂けぬでしょうか。後添いとして、正式に披《ひ》露目《ろめ》もします。苦労とは無縁の生涯を、お約束しますから」

そのお話なら、と幸は徐《おもむろ》に唇を解《ほど》いた。

「小西屋さんを介して、正式にお断りしたはずです」

「そこを何とか……。なまじ、浅草寺で思わぬ再会をしてからというもの、忘れられなくなった。どうしても、諦《あきら》めきれないのですよ」

切なげに打ち明けて、忠兵衛はさらに言い募る。

「色惚《いろぼ》け、と思われても仕方ない。ただ、残された人生を、あのように可愛らしいひとと過ごせたなら本望だ。そう思い、今回はひとを介さず、直々に出向いたのです」

これ、この通りお頼み申します、と忠兵衛は丁重に平伏してみせる。

「音羽屋さん、私も、この通り、お願い申し上げます」

幸もまた、畳に両の手をついた。

「父子ほどの齢《とし》の違い、また、『釣り合わぬは不縁のもと』との言葉もございます。今後、幾度お運び頂きましても、同じ返事を繰り返させて頂くばかりです。何とぞ、お許しくださいませ」

相手の面目を潰《つぶ》さぬよう配慮しつつ、しかし、幸はきっぱりと断りを口にした。

忠兵衛はしおしおと両の肩を落とす。仲見世で会った時の、娘や孫との和やかな様子といい、今日の態度といい、傲慢《ごうまん》や不遜《ふそん》などとは無縁の人となりであった。だが、初対面での結を見る下卑た目つきと、上唇を舌で湿らせる仕草が忘れられない。ほかに相手を遠ざける理由はないのだが、最初に抱いた気持ちをどうしても払拭《ふっしょく》できなかった。

「では、せめても、これを」

忠兵衛は羽織の袂《たもと》に手を入れて、袱紗《ふくさ》らしきものを引っ張り出す。

「これを結さんに」

丸みのある袱紗を畳に置いて、すっと幸の方へと滑らせる。

「いえ」

中身を検《あらた》めることもせず、そのまま押し返そうとする幸の手を、分厚い掌《てのひら》がぎゅっと押さえた。

「哀れな年寄りに、あまり恥をかかせないでください」

そこまで言われて、やむなく幸は諦めた。

見送る気もない店主に、去り際、音羽屋はもう一度、畳に手をついてみせる。

「結さんに『気が向けば、何時《いつ》でも音羽屋へ遊びにおいでなさい』とお伝え頂けませんか。後添いに迎えることが叶《かな》わずとも、せめてその顔を見、声を聞く喜びは残しておいてほしいのです」

お願いします、と言い置いて、忠兵衛は土間伝いに出ていった。

おそらくは西陣で織られた、宝尽くしの紋様の分厚い金襴《きんらん》の袱紗。結の白い滑らかな手が、ゆっくりと包みを開く。

忠兵衛の去ったあと、結と二人きりで話をするべく、奥座敷に移った。忠兵衛との遣《や》り取りは聞こえていただろうし、預かったものを渡さぬわけにもいかない。

「ああ、これ……」

中身を認めて、結はぱっと瞳《ひとみ》を輝かせる。

開いた金襴の袱紗に載っていたのは、二つの紅猪口。仲見世の紅白粉屋で、結が欲しがっていたものだった。

「姉さん、これ、お返しした方がええかしら」

問いかけながら、でも、と結は、

「『恥かかせるな』て言うてはったし、お返ししたら、むしろ失礼かも知れへんねぇ。音羽屋さんにしたら、高い品でもないやろし」

と、自答する。

姉妹であっても、考え方は違う。結がそれで良いなら、と幸は自身に言い聞かせた。

「姉さん、ひとつ、聞いてもええかしら」

紅猪口を袱紗に戻すと、結は躊躇《ためら》いがちに姉を見る。幸は黙って頷いて、妹の双眸《そうぼう》を真《ま》っ直《す》ぐに見つめた。幾度か言葉を発しかけ、おさめて、を繰り返したあと、思いきったように結は尋ねた。

「何で『妹にはもう決まった相手が居てます』って言うてくれはらへんの？　そない言うてくれはったら、一番よかったのに」

「それは……」

妹の問いかけがあまりに思いがけず、幸はどう答えたものか、と言葉を見失う。姉の絶句を認めて、結は頰《ほお》を赤らめ、意を決した体で姉の方へと身を傾けた。

「姉さん、堪忍してください。姉さんが佐助どんと蔵で話してるのを、私、聞いてしもたの。八代目を賢輔どんに継がせて、私を嫁にする心づもりがある、て」

ああ、と幸は息を詰める。

あの時、そう、あの時だ。

結が端切れ売りを追い駆けて、なかなか戻らなかった。あの時、主従の内々の遣り取りを、結は聞いていたのか。妹の強気の言動の理由が、すとんと腑《ふ》に落ちる。

「姉さんと佐助どんの気持ち、ほんに嬉しいて、ありがとうて」

下瞼《まぶた》に薄《うっす》らと溜まった涙を人差し指の節で拭って、おおきに、姉さん、おおきに、と結は繰り返した。

「結、それは」

その先を幸は言いあぐね、唇を引き結んだ。

お竹から考え違いを正されたこともある。また、幸自身、賢輔に跡を取らせることを迷い始めている。容易《たやす》く願いが成就するわけではないことを、しかし、どう伝えて良いか、幸にはわからなかった。

呉服仲間の月行事からの文《ふみ》が届けられたのは、長月九日の早朝だった。

「ご寮《りょん》さん、どないしはりました」

暖簾《のれん》を手にしたお竹が、戸口の外に佇《たたず》んでいる幸に気づいて、声をかけた。

「呉服仲間の月行事から、明日、会合を開きたい、と連絡が入ったの」

「明日？　えらい急だすな」

坂本町の呉服仲間の寄合は、月に一度、大抵、月末に開かれることが多い。そうね、と幸は応《こた》えて、短い書状を懐《ふところ》に入れた。

晩秋の朝、冷えた風の中に芳《かぐわ》しい香りが混じる。お竹がすんすん、と鼻を鳴らし、幸もつい真似《まね》た。

「菊の香りねぇ」

「今日は重陽《ちょうよう》だすよってに」

ほんに菊のええ香りだすなぁ、とお竹は鼻から深く息を吸った。

長月九日は、陽数の極みである「九」が重なるため、重陽と呼ばれ、菊花を愛《め》で、菊酒を飲んで長寿を祈る雅《みやび》な風習があった。そのため、早朝から辺りは菊花の芳しい香りに包まれる。振り売りのうち、ある者は花枝を、ある者は干し菊を、またある者は綿でくるんだ花冠を盛大に売り歩く。

「雅なはずの重陽だすが、五鈴屋が五節季に踏み切ってからは、まずは掛け取りが頭に浮かぶようになってしもて」

土間伝いに現れた佐助が、ほろ苦く笑っている。

「商いが上向きになって、掛け取りにそう苦労せんようになっても、江戸へ出て、現《げん》銀売《ぎんう》りに慣れた今も、時々、あの頃の夢を見てしまうんだす」

五鈴屋は長年、顧客からの支払いを年に一度の大節季払いとしていた。五代目を継いだ惣次が、これを年に五回の五節季に改めたのだ。節季を細かくすることで、お客にとっては利息を抑えて呉服を買い求め易くなり、店にとっては手持ちの金銀を増やすことが出来る、という大きな利点があった。

「あの頃は節季の度に、店の中が殺気立ってましたなぁ。番頭の鉄助どんも、佐助どんらもえらい苦労してはった」

けんど、とお竹は続ける。

「五節季は本店と高島店で今も続いてますよって、当時の苦労は報われてますがな」

小頭役の物言いに、それはまぁそうだすなぁ、と支配人は不承不承、頷いた。

考えてみれば、お竹は三代目徳兵衛の時に女衆《おなごし》奉公に上がり、今日まで五人の店主に仕えたことになる。

「私も昔は、惣ぼんさんの粗しか見えんかったんだすが、齢を重ねるにつれて、色んな景色が見えるようになりましたんや」

ものがさっぱり売れない時代に、四代目が店主を務め、大きく信用を損ねた。五代目は割り当てと五節季を取り入れ、五鈴屋を建て直した。六代目は浜羽二重と五鈴帯とを盛大に商って本店のほかに高島店を設け、七代目で江戸へ出た。

「代替わりする度に、新しい景色を見せてもろてます。ありがたいことだす」

そう言って、お竹は手にした暖簾に視線を落とした。

八代目は誰が継ぎ、どんな景色を見せるのか。主従はそれぞれの思いを胸に、持ち場へ戻ろうとする。刹那《せつな》、

「七代目」

と、幸を呼ぶ大きな声が聞こえた。揃《そろ》って声の方を見れば、朝陽《あさひ》の射《さ》す中、手にした菅笠《すげがさ》を高々と掲げて、ひとりの旅人がこちらに向かってくる。

幸とお竹はぱっと双眸を輝かせ、旅人を迎えるために大きく前へと踏みだした。佐助は踵《きびす》を返して店へ駆け込む。

「鉄助どんだす、鉄助どんが、今、無事に着きはりましたで」

安堵《あんど》と嬉しさの入り混じった声が、店の奥まで届いて、階段をだだ、と勢いよく下りる賢輔の足音が響いてきた。

菊花と豆腐の澄まし汁、鰯《いわし》と梅干しを煮付けたもの、湿地《しめじ》と椎茸《しいたけ》の鰹節粉和《かつおぶしこあ》え。重陽の日の夕餉《ゆうげ》は、ささやかな歓迎の宴《うたげ》となった。

二年ぶりに会う番頭は、ほんの僅《わず》かに鬢《びん》に白いものが混じることと、帳簿を見る時に顔との距離を取らねば読み辛《づら》くなっていることのほか、あまり変わりがない。大坂での商いの恙《つつが》ないことの証《あかし》であるように、幸には思われた。

「ほな、留七《とめしち》どんと伝七《でんしち》どんに、揃ってお子が産まれはったんだすか」

菊花汁のお代わりを装《よそ》いながら、お竹が目を丸くする。

汁椀を受け取ると、鉄助は嬉しそうに、

「留七どんは二人目、伝七どんは三人目だす。月日の経《た》つのは早《はよ》おますなぁ」

と、応えた。

留七たちが始めた背負い売りは順調に売り上げを伸ばし、あとに続く者が現れ、五鈴屋を支える力となっていた。店主が大坂におらずとも、本店は鉄助、高島店は周助がしっかりと守り育ててくれている。孫六や治兵衛という知恵者が身近にいるのも心強い。先に鉄助から本店と高島店の商いの状況を聞いていたので、幸は安心して、皆の遣り取りに耳を傾けていられた。

「お梅《うめ》どんは相変わらず、お婿さん、探してはるのん？」

お膳から身を乗りだして結が問えば、へぇ、と鉄助は重々しく答える。

「お梅どんは諦めることを知りまへん」

「良かったぁ、それでこそお梅どんやわ」

結は嬉しそうに声を上げて笑った。

そない言うたら、と佐助が箸を置いて、

「柳井先生はお元気だすか、私はよう背中に負わせて頂いたよって、懐かしいて」

と、恋しがる。

「苦しそうに胸をさすりながら、『まだ寿命が尽きん』て、親旦那さんの往診に来てはります。近頃は、長命が評判になって、あやかりたい、と思うひとが増えたようで、忙しいにしてはります」

あの調子なら百歳も越えはりますなぁ、との鉄助の話に、一同、感嘆の声を洩らす。

ほかにも、本店でも高島店でも、「お茶漬け」だけの食事は避けるようになったことや、菊栄が富久の月忌《がっき》に線香を上げに訪れること、「あもや」の酒饅頭《さかまんじゅう》が値上げをしない代わりに一回り小さくなったこと等々。文の遣り取りを重ねても、大坂の皆の暮らしを全《すべ》て把握しているわけではない。零《こぼ》れ落ちた話題を聞けることはありがたかった。

「今回は十日ほど江戸に居はるんでしょ？　ほな、毎日、夕餉時に大坂の話を聞かせてもらえるんやねぇ」

楽しみやねぇ、賢輔どん、と結は言い添えた。

丁度、梅干しを口に入れたところだったのか、お竹が酸っぱそうにきゅっと口を窄《すぼ》めている。

「鉄助どん、昨日の今日なのに御免なさいね」

広小路に続く木戸を抜ける時、幸は改めて番頭に詫びた。呉服仲間の会合に、鉄助に同行してもらうことにしたのだ。

最後まで店の表に立って見送っていた結の姿も、もう見えなくなっていた。少し先を歩いていた鉄助は、幸を振り返り、

「ご寮さん、江戸の呉服仲間は、会合をわざわざ書状で知らせてきはるんだすか？」

と、問う。

いいえ、と幸は頭を振った。

「いつも寄合の日付は予め《あらかじ》決まっているので、こんな急な呼び出しは初めてです」

例えば大坂の天満組呉服仲間は、縁組や相続、家屋敷の売買といった大きなことから、花見の宴の相談や持ち回りの清掃のように細かいことまで、いちいち仲間全員で決めていた。江戸の呉服仲間は、そこまでの結びつきを求めない。

この三年ほど、毎月、寄合に顔を出しているし、先月末の寄合にも出た。月行事の態度に少しばかり引っかかるものはあったが、急いで決を採らねばならない案件には、心当たりがなかった。

そうだすか、と鉄助は頷いて、声を低めて言葉を繋《つな》いだ。

「店の中では話し辛《づら》いこともおますよって、こないしてお供させて頂けるんは、むしろありがたいことでおます」

「八代目のことですね」

間髪《かんはつ》を容《い》れずに、店主から切りだされて、へぇ、と鉄助は歩調を緩め、幸と並んだ。

「賢輔どんに八代目を継がせる方向でまとまっていたはずが、親旦那さんから『待った』がかかりました」

「親旦那さん？」

賢輔の父親である治兵衛が、息子の襲名に関して危惧を抱いていることは了知している。だが、親旦那さんの孫六は手放しで賛成し、それを条件に女名前の延長を呉服仲間に承諾させたのではなかったか。

「親旦那さんは、何故、お気持ちを変えられたのでしょうか」

「江戸での、小紋染めの成功が大きいんやと思います」

鉄助の言葉は、幸を戸惑わせた。

「どういうことでしょう、わかるように話して頂戴な」

店主の言葉を受けて、へぇ、と番頭は深く頷いてみせた。

「賢輔が八代目になれば、江戸から大坂に戻すことになりますやろ。親旦那さんは、そこに引っかかってはります」

小紋染めが江戸で大きなうねりを生みだそうとしている。だが、遠目には無地に見え、近づいて初めて柄に気づく、という味わいの呉服は、江戸以外で受け容れられるとは思えない。逆に、江戸でなら、まだまだ出来ることがあるのではないか。まさに、ここ何年かが正念場になる。その正念場を、賢輔抜きで乗り越えるのは、賢輔にとっても、また五鈴屋江戸店にとっても、あまりに惜しい。

「せやさかい、賢輔が五鈴屋の店主になるのは、もう少し先にしたらどうか、と思い直さはったようだす」

「それは……」

拳《こぶし》に握った右の手を口にあてがい、幸は呻《うめ》いた。

これまで「買うての幸い、売っての幸せ」を掲げて、五鈴屋として出来ることを考え、一心に取り組んできたつもりではあった。だが、孫六の言う「江戸でまだまだ出来ること」の正体が見えてこない。今、小紋染めは江戸中の呉服商で扱われ、横並びで売れている。鈴紋は店名に由来するため、真似《まね》をする者はまだ現れないが、蝙蝠《こうもり》などは似た柄が出回るようになった。

それでも特に気にも留めていない。どの店も順調に小紋染めを売り伸ばしているなら、それで良い、と思っていた。

煩悶《はんもん》する店主に、これは別件だすが、と前置きの上で、番頭は続ける。

「白子の型彫師の梅松さんと、幾度も会《お》うて話をしましたが、去年、型商が株仲間になってから、梅松さん、何や窮屈《きゅうくつ》そうだすのや」

もともと、伊勢型紙は型商の権限が大きく、型彫師たちは驚くほど安い工賃に甘んじていた。五鈴屋は七代目の意志により、梅松にその技に相応《ふさわ》しい工賃を支払っていたが、それが物議を醸《かも》しているという。

「五鈴屋の型紙を手がけていることが知れ渡って、囲い込みにかかった江戸の呉服商もある、と梅松さん本人から聞いてます。今のまま、白子で型彫を続けるのは、しんどいことやと思います」

何だろう、何かが幸の胸の奥底を引っ掻《か》いている。だが、その正体がわからない。押し黙って、幸は坂本町への道を行く。店主を気遣いつつも、番頭はその思考を妨げぬよう沈黙を守った。

——柔こい土地に家を建てたら、いずれ必ず傾く、て。家建てたあと、どない支えを増やしたところで、傾くのは止められへんそうな茂作の言葉が、孫六の想《おも》いに重なる。

賢輔でなければ、誰を八代目に据えるのか。

小紋染めについて、江戸でまだ出来ることとは何なのか。

考えても考えても、容易に答えは出ない。

只管《ひたすら》に歩いて、気づけば江戸橋の袂《たもと》だった。重い溜息《ためいき》が洩れそうになった時、かんかん、かんかんかん、と天上から賑々《にぎにぎ》しい鳴き声が降ってきた。見れば、真雁《まがん》の群れが整然と楔形《くさびがた》に列を組んで、江戸橋の上を一方向に飛んでいく。

ああ、初雁《はつかり》だ、と幸も鉄助も背を反らして、空を振り仰いだ。

大坂でも、江戸でも、晩秋になるとああして雁が北の国から訪れる。

「誰と約束を交わしたわけでもないでしょうに、季節になれば、あんな風に仲間と列を組んで飛んでくるのねぇ」

「ほんまだすなぁ」

五鈴屋の主従を覆っていた重苦しい雰囲気は和らいで、ふたりはやっと互いを柔らかに見合った。

鉄助どん、と幸は忠義の番頭を呼ぶ。

「親旦那さんのお考え、確かに承りました。八代目の件については、今少し考えます。

十日後、あなたが江戸を発《た》つ時には、手立てを整えるようにしましょう」

「へぇ、承知いたしました」

鉄助は信頼の眼差《まなざ》しを主に向けて、深く頭を下げる。

まだ伏せてはいるが、必要とあれば、鉄助とともに大坂へ一度戻るつもりだった。無駄になっても構わない、と思い、女手形も一応入手してある。

「遅くなってしまったわ。急ぎましょう」

番頭を促して、江戸橋を渡る。楓川沿いを歩いて、海賊《かいぞく》橋を越えれば、坂本町はじきだった。


坂本町の呉服仲間の会所は、平屋造りの二間のみ。さほど大きくはない。楓川の向こうは日本橋で、呉服商の大店は全てそちらにあった。そうした店が集まる仲間に比すれば、会所の規模も遥《はる》かに小さかった。

鉄助とともに通された十六畳ほどの座敷には、月行事と二人の世話人の計三名。

「書状には会合とありましたが」

居心地悪そうに並んでいる男たちに、訝《いぶか》しく思いつつ、幸は尋ねる。

「ほかの皆さまはどうなさったのでしょう」

「私たち三人だけです」

真ん中に座していた月行事が、吐息交じりに口を開いた。

「今月末の寄合で切りだされるだろうことを、予め、五鈴屋さんの耳に入れておいた方がよかろう、と思ったのです。これはあくまで、私たち三人の親切心からすることです」

親切心、と座敷の隅に控えていた鉄助が不審そうに繰り返す。

幸は三人の顔を順に眺めると、視線を腿《もも》に置いた手に落とした。

五鈴屋が小紋染めを商い始めた当初は、随分と敵視されたし、嫌がらせも受けた。ここに居る三人には、確かにそうした振舞いはなかった。

ただ、小紋の伊勢型紙を江戸でも入手できるようになると、仲間の風通しも随分と良くなった。五鈴屋が小紋染めをひとり占めにする意思を持たないことがわかってからは、特に。今は、何の波風も立たないものと思っていたのだが。

幸は視線を上げて、月行事を直視する。

「お話を聞かせて頂きましょう」

そのひと言に、月行事は意を決したように、唇を開いた。

「次の呉服仲間の寄合において、おかみから五鈴屋さんに対する上納金の申し付けの件が取り上げられます」

上納金、と幸は繰り返した。

「運上金とは別に、幕府に金銀を納める、ということですか。それは貸付でしょうか、それとも献金になるのでしょうか。利を加えていずれ返されるのか、取り上げられるだけか、どちらでしょう」

矢継ぎ早の問いかけに、相手は怯《ひる》む。

ちょっと宜《よろ》しおますか、と鉄助が断った上で、軽く身を乗りだした。

「大坂では、大名貸しが原因で両替商が潰《つぶ》れて、大騒動になりました。せやさかい、大坂者は、相手がお大名でも、おかみでも、つい身構えてしまうんだす」

柔らかな大坂言葉で説かれたが、月行事は、

「しかし、江戸は恐れ多くも公方さまのお膝もと。公儀《こうぎ》から金銀の融通を求められれば、拒むことなど出来ぬでしょう」

と、眉《まゆ》を曇らせる。

幕府や藩の用を承る商人を「御用達《ごようたし》」と称するが、そうした者たちはおかみ御用の金銀を賦課《ふか》されると聞く。日本橋の大店ならまだしも、江戸店を開いて三年の五鈴屋が、何故、おかみから名指しで上納金を命じられねばならないのか。

「二つ、お伺いします。ひとつは、何故、おかみは五鈴屋に直《じか》にお命じにならず、呉服仲間に前以《まえもつ》て打診させるのでしょうか」

今ひとつは、と幸は心持ち上体を傾ける。

「一体、その上納金とは、如何《いか》ほどなのでしょう」

五鈴屋店主の問いに、月行事と若い方の世話人とは落ち着きなく顔を見合わせ、老いた方の世話人が不機嫌そうに腕を組んだ。仲間内で最古老の遠州屋《えんしゅうや》だった。

「一つ目は、私が答えよう。おかみが上納を命じる際、前以て周到に身上《しんしょう》を調べ上げる。その役目を負うのは、通常は町の名主だ」

今回は田原町の名主から、呉服仲間の方が五鈴屋の実情に詳しいのではないか、との申し出がなされたため、その任が回ってきたとのこと。

「五鈴屋が上納金に応じなければ、呉服仲間から外れてもらう。そう仕向けるために、我々仲間を通じて、賦課を承知させる狙《ねら》いだ」

呉服仲間から外れる。

それは今後、呉服商として商いを続けていくことは難しい、ということを意味する。ここが大坂で、富久が存命なら、卒倒しかねない事態だった。

落ち着け、と幸は自身に命じて、平静を装《よそお》い、背筋を伸ばす。

「二つ目も教えてくださいませ。一体、五鈴屋に幾ら用意せよ、と」

「金千五百両」

遠州屋は挑むような語勢で言い放った。

「びた一文、欠けることは許されん」

「せ、千五百両だすて」

どん、という大きな音と、鉄助の悲鳴に近い声が重なる。度肝を抜かれた五鈴屋の番頭が、両の手を前について辛《かろ》うじて身体《からだ》を支えていた。

「そない無茶な。五鈴屋はまだ江戸に店を開いて、たった三年だすのや」

「小紋染めで名を売った。富五郎のお練《ね》りから始まって、今や江戸で五鈴屋の名を知らぬ者はおらん。千五百両、用意できる、と見込まれたのだろう」

苦々しく言ったあと、遠州屋はこう続けた。

「遠州屋も三年前、やはり同じ額を上納するよう命じられ、応じた。利を乗せて戻されるはずが未《いま》だ戻らず、むしろ返金を辞退すれば、褒美《ほうび》に名字帯刀を許す、との話をもらった。丁重にお断りしたが」

思いがけない台詞に、五鈴屋の七代目と番頭は視線を交える。

事の成り行きを見守っていた月行事は、遠州屋を背後に庇《かば》うように前へ出た。

「六年ほど前に、遠州屋さんは江戸で小六《ころく》染めというのを流行《はや》らせたんですよ。それでおかみに目を付けられ……いや、お目に適《かな》ったというか」

あとの言葉を、月行事は軽く咳払《せきばら》いをして、言い直した。

小六染め、という染めに聞き覚えがない。

「相済みません、小六染め、いうんは、どないな染物だすのやろ」

鉄助に問われて、遠州屋は懐から袱紗を取りだした。白地に赤の段々を斜めに染めたもので、馬の手綱によく見られる取り合わせだった。大坂では「だんだら染め」と呼んで、古くからある柄だ。

ふたりの戸惑いを察したのか、月行事は、

「石畳紋様に『市松《いちまつ》』の名が与えられたのと同じですよ。もとは手綱染めと呼ばれていたものを、歌舞伎役者の小六が舞台装束として用いたことから評判になった。小六の贔屓筋《ひいきすじ》だった遠州屋さんが赤だけでなく、さまざまな色を組み合わせたものを『小六染め』と銘打って、売りだされたんです」

と、丁寧に教えた。

歌舞伎役者の力添えを得たこと、江戸でだけ流行ったこと等、この度の五鈴屋の小紋染めと重なる部分が多い。

「断れば、仲間に迷惑をかける。納めれば、御用達となれるやも知れぬ。実際におかみから上納金を申し付けられるまでに、まだ幾つか手続きがある。今はその前の段階ではあるけれど、次の寄合でいきなり聞かされるよりは、心づもりをしておいた方が良い」

遠州屋は重々しく告げた。

「心づもりも何も」

鉄助は青ざめて言い募る。

「要するに、五鈴屋は千五百両を払わなならん、それしか道はない、いうことと違うんだすか。そないな理不尽に目ぇ瞑《つぶ》れ、て言わはるんだすか。それやったら、仲間て何だすのや。何のためにあるんだす」

番頭の悲痛な問いかけに、しかし、三人は何も答えることは出来なかった。

第八章　思わぬ助言

先刻から、誰《だれ》も口を利かない。
戸も障子も襖《ふすま》もぴたりと閉ざしているはずが、何処《どこ》からか夜気が忍んで、ひどく寒々しい。

「千五百両て……」

両手を拳《こぶし》に握って、佐助が呻《うめ》き声を洩《も》らす。

「そない無茶な話、あるかいな。今年の売り上げ見込みが銀一千貫目になるんを見越した上での、狙《ねら》い撃ちやないか」

支配人の傍らに控えている賢輔が、唇を嚙《か》み締めたまま、深く頷《うなず》いた。

呉服仲間を通すとはいえ、おかみがどのように市場を把握しているか、実際のところはよくわからない。ただ、五鈴屋は運上金を正しく納めているし、店前現銀売《たなさきげんぎんう》りの場合、一反の値段や買い物客の数から、売り上げのおおよその見当はつくだろう。上納金、御用金と都度、違った名前で呼ばれても、おかみから名指しで求められたら、断ることは難しい。

「千五百両は、確かに恐ろしい金額やけど」

結がおずおずと口を開く。

「銀一千貫目の売り上げがあるのなら、そこから諸々《もろもろ》を差し引いたとしても、何とかなりそうな気ぃします」

「何ともなりまへん」

首に筋を立てて、お竹が低く応《こた》える。

「小紋染めは人の手ぇがかかるさかい、出ていく金銀も多い。商いの元手も残さななりません。おまけに五鈴屋はこれまで、地震にも大水にも火事にも遭うてますのや。そないな天災に備えることも必要だす。右から左へ融通できる額と違います」

常は敬い、重きを置いている相手に、しかし、結は珍しく食い下がった。

「けど、お竹どん、もしも五鈴屋が御用商人になれたら、商いももっともっと上向きになるんと違いますのん？　大奥や大名屋敷にかて、お出入りが叶《かな》うんやないのん？」

結、と妹を呼ぶ幸の声が自然と大きくなっていた。

「五鈴屋はおかみのお墨付きを求めたりしないし、御用達《ごようたし》で商いを広げようとも思わない。それは五鈴屋の目指すべき道ではないのです」

窘《たしな》められた、と捉《とら》えたのだろう、結は口を噤《つぐ》んで俯《うつむ》いた。

七代目、と鉄助は幸を呼び、居住まいを正す。

「本店《だな》、高島店、江戸店でそれぞれ五百両ずつの負担やったら、厳しいは厳しいけんど、かつかつ何とかなります。大坂へ戻り次第、手を打たせて頂きますよって、お任せください」

金千五百両、銀にすれば九十貫。三店で割れば、各自の負担は三十貫。出せない額ではない、と鉄助は言う。

「本店と高島店の力を借りるのは、最後の手立て、ということにさせてくださいな」

身体《からだ》ごと鉄助の方へ向き直って、幸は静かな語調で告げる。

「おそらくは五鈴屋がそうするだろう、と踏んでの千五百両でしょう。それをしたら、これから先も上納金を命じられかねません。おかみの勝手な言い分に、本店と高島店を巻き込むのは本意ではないのです」

この件、今少し考えましょう、と幸は話を閉じた。

千五百両。

床に入って眼《め》を閉じても、それはかりが頭の中をぐるぐると廻《まわ》っている。

結も同じなのか、寝返りを繰り返していた。

「こないな時、相談に乗ってくれはるひとが居たらええのに」

溜息《ためいき》とともに、結の口から独り言が洩れる。

「近江屋さんは古手商《ふるてしょう》やし、力造さんは染物師さんやし……誰も居てませんやん」

姉が何か言ってくれるのを待っている様子の妹に、しかし、幸は何も応えない。返事がないので、姉が寝入ったと思ったのだろう。結は再度、吐息をついて黙った。やがて、健やかな寝息が聞こえてくる。

規則正しい寝息に耳を傾けていると、波立っていた心が穏やかになった。

四代目が菊栄を離縁する際に、相手に戻さねばならぬ敷銀《しきぎん》三十五両。その三十五両を、当時の五鈴屋はどうしても用意できなかった。天満組呉服仲間に泣きついて借り入れ、何年もかけて返済したのだ。それが今回は、千五百両。銀にすれば九十貫、途方もない額だった。

かつて、波村《はむら》の支援のために用いたのは銀四貫。本両替商の分散により大騒動となって、五鈴屋は波村からの信用を失いかけた。

また、卑劣な手口で桔梗屋《ききょうや》の乗っ取りを企《たく》んだ真澄屋へ、手付分として支払ったのが、銀二十貫。桔梗屋の買い上げに名乗り出た際の、「果たして二十貫、用意できるのか」との緊迫を、今も鮮やかに思い出す。

波村の時の、二十二倍半。桔梗屋の時の四倍半。

額の厳しさもあるが、ひとやものを育て、商いを育てるための投資ではない。わけもわからず、一方的に、おかみから捥《も》ぎとられるに近い。五鈴屋店主として、最もわだかまりを覚えるのはそこだった。

だが、こちらが得心せずとも、上納するより道はない。呉服仲間から外されれば、五鈴屋は暖簾《のれん》を下ろすよりほかなくなってしまう。

町人のための小紋染め、という新たな潮流を作り、売り上げを伸ばした先に、おかみの上納金が待ち構えている、という皮肉。

銀一千貫目を売り上げた五鈴屋の上納金が千五百両なら、例えば年およそ銀一万二千貫目を売り上げる日本橋の大店《おおだな》は一体、どれほどの賦課を負うのだろう。

そうか、これまで知らなかっただけで、商いが広がるということは、こうした問題を抱えることでもあるのか。そう思うと、強張《こわば》っていた身体から、ふっと力が抜けた。

双眸《そうぼう》を見開く。辺りは暗い闇《やみ》が広がっている。だが、目が慣れてくると、闇にも強弱があり、横たわった妹や行李《こうり》の形がわかる。

仕入れ等に回す分はそのまま残すとすれば、両替商から借り入れるしかない。借入額にもよるが、利子も大変な上に形《かた》も用意せねばならない。その辺りを一度、開店以来の付き合いの本両替商、蔵前屋に尋ねてみよう。

腹を据えると、幸はそっと両の瞳《ひとみ》を閉じた。


これまでの晴天から一転、朝から重い雲が垂れ込めて、今にも泣きだしそうな空模様となった。

「鉄助どん、傘を。降りそうやさかい」

出かけようとする番頭に、お竹が番傘を二本、差し出した。

へぇ、と鉄助は受け取って戸口から表へと出る。

「では、あとをお願いしますね」

佐助らにあとを託し、幸は鉄助を促して広小路の方へ向かって歩きだした。

「お早うお帰りやす」

佐助の声を合図に、賢輔とお竹、結が「お早うお帰りやす」と声を揃《そろ》える。それぞれの思いの籠《こも》った見送りだった。

雷門の前で南に折れて、茶屋《ちゃや》町から並木《なみき》町へ。いつもこの道筋を歩く時、賢輔が惣次を見かけたことを思い起こす。鉄助も同じなのか、背中がひどく緊張して見えた。

駒形町から只管《ひたすら》に真《ま》っ直《す》ぐ歩いて、御蔵前《おくらまえ》まで辿《たど》り着く。名の通り、浅草御蔵の前にあるため、界隈《かいわい》には札差《ふださし》が多い。また、米俵を積んだ荷車や、肩に米俵を担いだ人足らが威勢よく行き交い、江戸市中でも独特の活況を呈していた。

両替商のうち、金銀両替を行う店は本両替町と駿河《するが》町に限られる。五鈴屋と取引のある本両替商は、駿河町の店とは別に、御蔵前と通りを挟んだ森田町にも店を構えていた。

「蔵前屋さんにお邪魔するんは久しぶりだす」

「確か二年ほど前に、一緒に来ましたね。私も久々ですよ。専《もっぱ》ら、田原町の方へ来てもらうばかりですから」

主従でそんな遣《や》り取りをしつつ、蔵前屋を目指す。

秤《はかり》を模した看板、分銅の形に「蔵」の字を染めた長暖簾が翻る店の前で、竹箒《たけぼうき》を使っていた小僧が、幸を認めた。箒を放してまず丁重にお辞儀をすると、店の中へと駆け込んでいった。

「これは、これは、五鈴屋さま」

入れ違いに、中番頭と思《おぼ》しき奉公人が飛びだしてきた。

両側に閉じた襖が並ぶ廊下を進めば、いきなり形よく整えられた松の枝が覗《のぞ》く。渡り廊下は屋内から庭を跨《また》いで、離れへと続いていた。離れには広い縁側があり、座敷が幾つかあることが窺《うかが》える。

以前、蔵前屋を訪れた時は、店の間での対応だったから、奥がこんな風になっているとは思いもよらなかった。

「こちらでございます」

離れの一番手前の座敷の障子を開けて、中番頭は五鈴屋の主従を室内へと誘《いざな》った。

「主人に五鈴屋さんの来訪を伝えましたところ、少しお待ち頂くように、と。実は今、別室で仲間の皆さんと打ち合わせの最中でございまして」

この度、蔵前屋が本両替仲間の月行事《がちぎょうじ》を務めることになり、寄合の前に打ち合わせをしているという。

お忙しいところ、申し訳ございません、と中番頭は畳に額を付けんばかりに詫《わ》びる。

「手前どもの方こそ、突然にお訪ねしたのです。ご迷惑なことと存じますが、何ぼでも待たせて頂きますよって、宜《よろ》しゅうにお頼み申します」

鉄助もまた、丁重に挨拶《あいさつ》をした。

お茶とお茶菓子が運ばれ、中番頭が退室すると、主従ふたりきりとなった。

御蔵前の喧騒《けんそう》はここまで届かないが、奥の座敷に何人もの客の気配があった。

会話の内容まではわからないが、聞き覚えのある、蔵前屋主人のひときわ大きな声が混じる。

「本両替仲間さんの打ち合わせを、この奥でしてはるようだすな」

「そのようですね」

そんな遣り取りをして、ふたりは大人しく店主を待っていた。

両替商には、銭を扱い、両替を専らとする銭両替と、金銀を扱い、両替のほか、預金や貸付、為替《かわせ》や手形を扱う本両替とがある。五鈴屋江戸店を開いて知ったことだが、江戸では銭両替の店は多いが、本両替商はとても少なく、大坂の十分の一に満たない。

同じ品を扱う仲間が幾つもあるのとは異なり、おそらく、仲間はひとつきりだし、自然、本両替商同士の繋《つな》がりも密になるだろう。

結を後添いに、と望んだ音羽屋もまた、本両替商。もしや、この奥の部屋に居るのではないか、と蛸《たこ》に似た忠兵衛の風貌《ふうぼう》を思い返す。本人にきっぱり断ったこともあり、流石《さすが》にもう話が蒸し返されることもないだろうが、出来るならば顔を合わせたくはなかった。

何時《いつ》の間にか雨の兆しは消えて、障子越しに薄陽《うすび》が射《さ》していた。

「五鈴屋さま、大変、お待たせしました」

四半刻《しはんとき》(約三十分)と待たぬうちに、廊下の方から声が掛かり、障子が開かれる。両膝《りようひざ》をついてかしこまる蔵前屋の背後に、話し合いを終えて帰る仲間たちの姿が見えていた。音羽屋は混じっていない。

「お話の前に、五鈴屋さまにお引き合わせしたいかたがございまして……」

入室して挨拶を交わしたあと、蔵前屋は僅《わず》かに迷いを含んだ口調で切りだした。

「実は、五鈴屋さまの来訪を知った仲間のひとりから、是非とも紹介してほしい、と懇願されまして、どうしたものかと」

幸が唇を開くより先に、鉄助が「それは」と呻いた。

重過ぎる用件をまず伝えねばならない身、初対面の誰かと挨拶を交わしている場合ではない。忠義の番頭の考えは尤《もつと》もであった。

「本両替仲間で確かなひとですし、月行事を任された身としては、その、なかなか……」

相手の要望を断り辛《づら》いのだろう、蔵前屋は歯切れ悪く言った。

幸は首を捩《ね》じって番頭に軽く頷いてみせてから、店主に応じる。

「構いません、ご挨拶させて頂きます」

「そうですか、それは良かった」

相好を崩して、店主は立ち上がり、障子を開けて廊下の方に声をかける。

「井筒屋《いづつや》さん、お許しを頂きましたよ。こちらへいらしてくださいまし」

店主の呼びかけを受けて、廊下を踏む、足音が近づいてきた。

障子に薄《うっす》らと影が映る。ずんぐりとした、随分と大柄な男だ。幸と鉄助は、身体ごと障子の方へ向き直り、浅く頭を下げて相手の入室を待った。

「失礼しますよ」

落ち着いた声、訛《なま》りのない、その短い挨拶が耳の底にざらりと残った。

おかしい、何か、おかしい。

奇妙なひっかかりの正体がわからぬまま、相手が着座した気配に、失礼のないように少し視線を上げる。

深藍《ふかあい》の綿入れ羽織は紋入り、長着は藍色の細縞《ほそじま》、いずれも上田紬《うえだつむぎ》の極上品だった。

「ご紹介させて頂きますよ。こちらは井筒屋さん。駿河町の本両替、井筒屋三代目、保晴《やすはる》さんです」

紹介を受けて、初めて、幸と鉄助は揃って顔を上げた。

刹那《せつな》、幸は両の肩を後ろへ引く。

心の臓が大きく跳ね上がった。傍らで、鉄助が「そ……」と声を発したきり、絶句している。

ふたりの動揺を気に留めることもなく、相手は畳に両手をついて、太く声を張った。

「お初にお目にかかります。井筒屋三代目店主、保晴でございます」

獅子《しし》鼻《ばな》に、椎《しい》の実を思わせる双眸。相手を射抜き、威圧する眼光、不敵な笑み。忘れようはずもない、その男は五鈴屋五代目徳兵衛こと、惣次に違いなかった。

「井筒屋さん、こちらが小紋染めで名を」

井筒屋と五鈴屋、両者の間に漂う異様な雰囲気に呑《の》まれて、蔵前屋主人は言葉途中で口を噤《つぐ》む。

二番目の夫。失踪《しっそう》して行方知れずだった、五鈴屋唯一の正当な承継者。

よもや、こんな形で再会するとは微塵《みじん》も思わなかった。だが、蔵前屋の手前、動揺を封じるために背筋を正し、鼻から深く息を吸い込んで気持ちを整える。

相手は惣次ではない、井筒屋三代目としてこの場に居るのだから、そのように接すれば良い。

よし、と幸は双眸を見開き、相手を正面から見据えた。

「ご挨拶、いたみ入りましてございます。大坂天満にございます五鈴屋七代目店主、幸と申します。三年前、田原町に太物《ふともの》も合わせて商う江戸店を開き、その頃《ころ》から蔵前屋さんにお世話になっております」

番頭鉄助ともども、お見知りおき頂きますように、と平らかに言って頭を下げる。七代目の挨拶に強い意志を認めたのだろう、鉄助も主人に倣《なら》って慇懃に辞儀をする。

僅かの間、七代目と井筒屋は互いを冷ややかに見合った。緊迫した沈黙のあと、

「蔵前屋さん」と井筒屋は呼んで、

「申し訳ないが、このかたたちと話をさせてもらえませんか」

と、頼んだ。

本両替商の老練な店主は、両者の間に横たわる複雑な事情を察したに違いなく、黙したまま一礼して、静かに座敷を去った。足音が渡り廊下を過ぎて消えるのを待ったあと、井筒屋保晴は徐《おもむろ》に腕を組んだ。

「止《や》めときなはれ」

大坂訛りに戻って、男は強い口調で言い放った。

幸と鉄助は面食らい、互いを見合ったが、その言葉の意味は摑《つか》めない。ふたりの様子に、男の鼻がふっと甘く鳴った。

「相変わらず、あんたら、よう息が合うてますなぁ」

紛れもなく惣次に戻って腕組みを解《ほど》き、ぱんっと強く自身の腿《もも》を鳴らす。

「そない容易《たやす》うに金銀を借りるもんと違う。上納金なんぞ、本両替に借りてまで用意するもんやない」

惣次の台詞《せりふ》に、幸は思わず片手を畳について身体を支えた。

「ご存じなのですか、五鈴屋が上納金を命じられることを」

七代目の台詞に、「知らいでか」と惣次は苦々しく笑う。

「詳しいには話さんが、私らは、何処の店に何ぼほどの上納金の話が行くか、前以《まえもつ》て耳にしてますのや。名指しされた店に用立てるんも、本両替の大事な仕事やさかいにな」

貸す方にしたら儲《もう》かる話や、と自嘲《じちよう》気味に付け加えた。

「借りずに、自力で作れ、と仰《おつしや》るのでしょうか」

幸は相手の双眸を正面から見据えて、問いかける。見つめられて惣次は、すっと目を逸《そ》らした。

「あんさん、五鈴屋の暖簾を守りたいのやろ。ほな、もう少し頭を使うたらどないだす。せや、あんさんの得意な知恵を絞りなはれ」

「知恵を」

五鈴屋の五代目店主だった男の台詞を繰り返して、幸は考え込んだ。

本両替商から借りるのを止めろ、と相手はいう。他から借りろ、ということだろうか。それとも、そもそも払う必要はない、ということか。

否、払わなければ、五鈴屋は仲間から外され、江戸で呉服を商うことが出来なくなる。五代目徳兵衛なら、そんな提案はしまい。

払うことを前提にして、あと、工夫するとしたら何か。

千五百両、千五百両もの大金を払うとして、どんな知恵を絞れるのか。

「払い方……払い方を考えろ、ということでしょうか」

幸の返答に、惣次は俯いて、くっくっと小さく肩を揺らす。

五鈴屋七代目店主の寄越《よこ》した答えが、正しいとも、誤りだとも言わない。笑いは徐々に大きくなり、朗笑へと育った。

「無理難題を容易うに呑んだら、相手はつけあがるばっかりや。まぁ、やっとぉみ。それともうひとつ」

笑いをおさめて、もと女房を、惣次はじっくりと見やった。

「悪い奴ほど、阿呆な振りが上手いよって、気ぃつけなはれ」

さらりと言い置いて、ほな、と折っていた膝を伸ばす。障子に手をかけて開けると、惣次は廊下へと足を踏みだした。

黙ったままの幸と、出て行こうとする惣次とを交互に見やって、思い余ったように、鉄助は声を上げた。

「待っとくれやす。ひとつだけ、ひとつだけ答えとくなはれ」

鉄助は膝行《しっこう》して、惣次に迫る。

「智ぼんさん亡き今、惣ぼんさんだけが五鈴屋の唯一の後継者、八代目に名乗りをあげるおつもりは、おますのんか」

「さて、何のお話でしょうか」

眉《まゆ》一つ動かさず、男は五鈴屋の番頭を見下ろした。

「私は井筒屋三代目保晴ですよ。五鈴屋だの八代目だの、まるで関《かか》わりのないことだ。妙な言いがかりをつけるのは、金輪際《こんりんざい》、止めて頂きましょうか」

素っ気なく言い捨てて、男は廊下を踏み鳴らして去っていく。鉄助は廊下に這《は》い出て、その後ろ姿に深く頭《こうべ》を垂れた。

昼餉《ひるげ》時のせいか、客足は落ち着き、店の方は賢輔と壮太、長次、それにお竹と結とで、手は足りていた。

　大事な話がありますから、と幸は鉄助と佐助を伴って二階へ上がる。物干し台の竿《さお》に止まって羽を休めていた赤蜻蛉《あかとんぼ》が、不意に障子が閉ざされるのに驚いて、ぱっと逃げた。

「そ、それは……それは、つまり」

　鉄助から事のあらましを聞き終えたあと、暫《しばら》く黙り込んでいた佐助が、迷いながら唇を解いた。

「惣ぼんさんには五鈴屋を継がはる気ぃが、微塵もない、いうことだすか。今後も、五鈴屋の跡目について、あのおかたが私らを脅かすことはない、と」

　支配人の半信半疑を解消すべく、ええ、と幸は深く頷いてみせる。

「あのかたは井筒屋三代目保晴として、五鈴屋とは関わりのない人生を歩いておられます」

　店主のひと言に、佐助は身を傾けつつ、うちから絞り出すように長々と息を吐いた。

　ほんまに驚くばかりだす、と鉄助が零《こぼ》す。

「江戸に居てはるんは確かや、と思うてましたけんど、よもや本両替の三代目を継いではるとは、思いもしませせなんだ」

惣次が五鈴屋を飛び出して九年、この九年の間、何処でどう過ごし、どんな縁で井筒屋三代目となったのか。今後、洩れ聞こえてくることもあるだろうが、皆目不明だった。ただ、五鈴屋の跡目について本人の言質《げんち》を取れたことは、主従にとっては何よりだった。

「『無理難題を容易うに呑むな』いうんも、『悪い奴ほど阿呆な振りが上手い』いうんも、惣ぼんさんらしい台詞だすなぁ」

つくづくと言ったあと、佐助は姿勢を正す。

「七代目、上納金の件は」

改めて支配人に問われて、今少し考えます、と幸は答えた。

上納金のことを解決せずには、次の代に安心して五鈴屋を委《ゆだ》ねられない。地続きの問題だと幸は考えていた。

話を終えて、支配人と番頭が階下へと戻る。幸は暫く、まるで根が生えたように座ったまま、あれこれと思いを巡らせていた。惣次の最後の台詞も妙に引っかかったが、何よりも、千五百両の上納金の支払いが重くのしかかっていた。

払い方を考える。

自分で口にしたことだが、払い方をどう考えるのか。上納金ゆえ、払う相手はおかみ、これは変えようがない。小切る（値切る）、というのも、相手がおかみでは無理だろう。考えることに行き詰まり、幸はぐるりと視線を巡らせた。

五鈴屋の二階に部屋は三つ。一番奥は物置として用いられ、手前二つは奉公人部屋。開け放った襖から、佐助たちが使う部屋が覗いている。そこに置かれた文机《ふづくえ》に、紙の束が載っていた。

何だろう、と気になって、幸は立ち上がり、傍《そば》に寄って覗き込む。

描《か》き手が気に入らなかったのか、墨で塗り潰《つぶ》されているが、細い筆を用いて描かれた、雪輪《ゆきわ》の紋様が隅に残る。

「ああ、これは……」

手を差し伸べて取り上げ、一枚、一枚、そっと捲《めく》ってみる。

いずれも、賢輔が小紋染め用の図案として試みに描いたものに違いなかった。煩悶《はんもん》のあとの残る紙を手に、幸は孫六の言葉を思い返していた。

ここ何年かが正念場になる。それを賢輔抜きで乗り越えるのは、賢輔にとっても、五鈴屋にとっても惜しい。

孫六の言う「惜しい」とは何か。「江戸でまだまだ出来ること」とは何か。図案をもう一度、捲る。今一度、二度、と捲っていく。

武士のものだった小紋染めを、町人のものに。

そうした意図から生まれたものが、次第に、女に好まれる紋様へ、と力を入れるようになっていた。可愛《かわい》らしい紋様、それ自体は間違いではない。

おそらく江戸でしか好まれない小紋染め。江戸に暮らすのは男の方が多い。可愛らしい紋様では、男のお客に手に取ってもらい辛い。

もう一押し、もう一押しできる、ということではないのか。幸は図案をもとに戻し、右の手を拳に握って額に押し当てた。


上野山の桜樹が緋《ひ》色の衣を纏《まと》い始め、空が一層高くなった。

大川沿いを歩けば、川風が冷たい。幸はぞくりと身震いをして、負けじと足を前へ踏み込む。幾日も悩んだが、何の考えも思い浮かばない。焦れば焦るほど空回りするようで、気分を変えるべく、ひとり、川を眺めに出ていた。

「女将《おかみ》さーん」

背後から聞き覚えのある声がして、振り返る。風呂敷《ふろしき》包みを抱えたお才が、小走りでこちらに向かっていた。

「ついさっき、結さんに会ったとこですよ。そしたら今、女将さんにまで」

息を弾《はず》ませて、お才は嬉《うれ》しそうに告げる。

そう言えば、朝から結を見かけていない。帯結び指南は昨日おわっているし、また端切れでも買いに行ったのだろうか。

「あの子、何処にいました？」

「浅草御門の辺りを、ひとりで歩いておられました。ところで、女将さん、うちにお見えですか？」

お才に問われて、いいえ、と幸は頭《かぶり》を振る。

「あれこれ考えがまとまらなくて。少し川風に吹かれていました」

幸の返事を聞いて、おオはまだ整わない息のまま、愉《たの》しげに笑ってみせた。

「いやですよ、女将さん、うちの亭主と似たようなことを仰っちゃ」

「似たようなこと？」

お才と並んで歩きながら、幸は問いかける。

「力造さん、何をそんなに考えておられるんでしょうか？」

「いつだったか、ほら、茂作さんがうちに見えた時に、浸《つ》け染めの話になったでしょう？　あのあと、暫くしてから『小紋染めを浸け染めで出来ないか』って言いだしたんですよ」

そんなの無理に決まってるのにねぇ、と型付師《かたつけし》の女房はころころと声を立てて笑う。

小紋染めの新たな形を求めて、考えることを止めない。そんな力造の話に、幸は喩《たと》えようもなく励まされた。

「そう言えばね、うちのひと、梅松さんのことを気にかけていましてねぇ。番頭の鉄助さんから、ちょいと聞いたんですが」

おオの呟《つぶや》きに、ええ、と幸は頷いた。

「伊勢型紙の型商が株仲間になって以来、梅松さんには窮屈な思いをおかけしてしまって」

「女将さん」

矢も盾《たて》もたまらず、といった体で、お才が幸の腕をぎゅっと摑む。

「梅松さんを、江戸に呼び寄せられませんかねぇ。あんな技を持つひと、滅多と居ませんよ。窮屈な思いをして白子で生きるより、江戸へ、私たちのもとへ来てもらえませんか」

型付師の女房の言葉に、幸は瞠目《どうもく》する。

伊勢の白子で、窮屈な思いをしている型彫師。その技を誰よりも理解し、重んじている型付師。そして、懸命に図案を考える賢輔。

三者が揃ったなら。

白子と江戸、離れ離れでは出来ないことが、出来るかも知れない。そう、離れていては出来ないことが。

「お才さん、失礼します」

踵《きびす》を返して、幸は駆けだした。

出来るかも知れない。否、必ず出来る。してみせる。

そう自身に言い聞かせて、幸は地面を蹴《け》って走りに走る。

「ご寮《りょん》さん」

折しも、お客を送って表に出ていた鉄助が、幸を認めて駆け寄った。

「どないしはったんだすか」

「鉄助どん」

激しく肩を上下させて、七代目は番頭を呼んだ。

「何だすて」

番頭の話を聞き終えたあと、ほかの者の気持ちを代弁するように、支配人が困惑を口にする。

「私らはてっきり、鉄助どんは月末の寄合まで居ってくれるんやとばかり思うてたんだす。それやのに、予定通りに十九日に江戸を発《た》つ、て……」

佐助の言葉に、結はこっくりと頷き、賢輔は唇を引き結んでいる。お竹は先刻より目を閉じたままだ。

上納金の千五百両をどう工面するか、まだ何も決まっていない中で、番頭が大坂へ戻ってしまう。不安にならない方が不思議だった。

板の間には、火鉢はまだないが、夕餉《ゆうげ》の雑炊《ぞうすい》の匂《にお》いが名残を留《とど》め、寒々しさから救ってくれていた。

「鉄助どんにそうしてくれるよう、頼んだのは私です」

釈明しようとする番頭を制して、幸は口を開いた。

「鉄助どんには予定通りに大坂へ戻ってもらい、入れ替わりに周助どんに江戸へ来てもらいます」

上納金に関して、幸自身、考えていることがある。ただし、その交渉が上手くいかなかった場合にも備えておく必要があった。本店と高島店に協力を仰ぐなら、早めに事情を伝えて、書面ではなく対面して考えを聞いておきたい。端的に、番頭を大坂へ戻す意図を皆に伝えてから、幸は姿勢を正して、語調を改める。

「小紋染めについて、五鈴屋にはまだ出来ることがある。周助どんには、白子の梅松さんをここまで案内してもらうつもりです」

「梅松さんを」

賢輔が驚きの声を上げて、身を乗りだしかけた。だが、支配人を差し置いたことに気づき、済みません、と小声で詫びる。

「ご寮さん」

ぱっと両の眼を見開き、お竹が幸を呼んだ。

「ご寮さんの言わはった『五鈴屋に出来ること』いうんは、何だすやろ」

小頭役《こがしらやく》の問いかけに、皆、固唾《かたず》を呑んで店主の答えを待っている。

「江戸っ子は地味で粋好み。小紋染めは、間違いなく、そんな江戸っ子の嗜好《しこう》に支えられています」

一同を順に見やって、幸は続けた。

「五鈴屋では、染め抜く紋様を可愛らしいものにすることで、多くのお客さんに喜んで頂いています。ことに、女のお客さんに」

賢輔が思い詰めた表情で、拳を握り締めている。それを認めて、賢輔どん、と幸は手代の名を呼び、

「思う所があるなら、聞かせて頂戴《ちょうだい》な」

と、穏やかに促した。

鉄助も、賢輔に頷いてみせる。賢輔は意を決した体で、唇を解いた。

「男のお客は、お連れやお子のために小紋を買わはっても、自分のためなら無地か縞を選ばはります。つまり、今の小紋染めの人気は、女子《おなご》はんに支えられてるだけやないか、と。それが勿体《もったい》ない、と思うんだす」

手代の言い分に、確かに、と支配人が呻く。

「江戸は男の数が多いさかい、男の街。男はんに選んでもろうてこそ、買《こ》うてもろうてこその流行《はや》りだすなぁ」

佐助の言葉を聞いて、結が迷いながら姉に尋ねる。

「姉さん、つまり、男のひとに好まれるような小紋染めを作る、ていうことなん」

幸は首を左右に振って、

「どちらかに偏るのではなく、男女ともに選んでもらえる、ということです」

と、答えた。

そないいうたら、とお竹が記憶の引き出しを探るような眼差《まなざ》しを天井に向けている。

「帯結び指南の時に、細帯を使うて、男はんの結ばはる形に結んでみせた時に、随分と喜ばれましたなあ。揃いの帯結びでお祭に行ける、て」

ああ、と結が両の手を合わせて、嬉しそうに唇に当てがった。

「そないなこと、確かにありました。男のひとにも、女のひとにも、どっちにも似合う柄なら、お揃いで着られますやんねぇ」

「お揃いで着たいかどうかは、わからないけれど」

幸はほろりと笑って、話を繋ぐ。

「縞柄のように、男女問わず好まれて楽しめる紋様を生みだせたなら、それこそ『買うての幸い、売っての幸せ』。商いはもっと広がるでしょう」

「賢輔どんなら、きっとそないな図案を考えついてくれます」

誇らしげに言って、結は「ねぇ、賢輔どん」と賛意を求めた。

「容易うはおまへん」

賢輔は顔を歪《ゆが》めて、言葉を絞りだす。

墨で塗り潰された図案を思い浮かべて、幸は「そうね、決して容易くはないわね」と、頷いた。

「けれども、私たちは知恵を寄せ合うことが出来ます。何か手掛かりがないか、考えましょう。それと、もうひとつ」

これも大事なことです、と幸は前置きをして、背筋を正した。

「跡目の件です。賢輔どん、あなたには五鈴屋の九代目を継いでもらいたい、と考えています」

「えっ」

結が裏返った声を上げた。

支配人と小頭役、それに賢輔自身も、店主の台詞を理解できず、おろおろと狼狽《うろた》えている。

「姉さん、姉さん、どないしはったの」

身を投げだして、妹は姉の膝に縋《すが》りついた。

「姉さんが七代目やさかい、賢輔どんは八代目ですやん」

「いいえ、九代目で良いのです」

妹の腕をそっと外して、幸は滑らかに続ける。

「いずれ、賢輔どんに五鈴屋を任せたいと願っています。けれど、今ではない。小紋染めのためにも、五鈴屋のためにも、あと数年は江戸で踏ん張ってもらいます」

賢輔どん、と幸は手代の方へ向き直った。

「八代目については、私なりに考えがあります。親旦那《おやだん》さんや治兵衛どんにも尽力頂き、八代目襲名を進めます。あなたは経験を積んで、九代目店主に相応《ふさわ》しい器におなりなさい」

驚きのあまり声を失している賢輔に、鉄助が脇《わき》から話しかける。

「ご寮さんかて、何も今、すぐに返事をせぇと言うてはるわけと違う。お前はんが自分のことを『店主の器と違う』て思うてるんやったら、まずはその器を育てとぉみ。そのあとで、九代目を継ぐか継がんか、決めたらええ」

穏やかに説かれて、賢輔は表情を引き締めたまま、じっと考え込んだ。

結は戸惑いを隠せず、幸と賢輔とを交互に眺めるばかりだった。


「姉さん、私はどないしたらええのん」

皆が二階へと引き上げたあと、結は姉を追って奥座敷に入ると、涙声で言い募る。

「賢輔どんが五鈴屋の跡目を継ぐまで、一体、何年待ったらええのん。私、おばあさんになってしまう」

「結、落ち着きなさい」

幸は畳にきちんと座り、自分の前を妹に指し示した。

結は渋々、正座して姉と向かい合う。瞳《ひとみ》に映った行灯《あんどん》の火が、不安そうに揺らいでいた。

「跡目のことと、あなたと賢輔どんの縁組のことは、分けて考えます」

それって、と結が掠《かす》れた声を上げた。

「それって、どういう意味ですのん」

妙な期待を抱かせず、率直に伝えよう、と幸は腹を据えて、妹を見つめる。

「私は七代目として、五鈴屋の暖簾を誰に引き継いでもらうかを考えるけれど、賢輔どんが誰を伴侶《はんりょ》に選ぶかまで、口出しをしようと思わない」

「そんなん、そんなん、あんまりやわ」

結は身を戦慄《わなな》かせ、眼に涙を滲《にじ》ませている。

「姉さんは賢輔どんに跡目を取らせて、私と縁組させる心づもりがある、て言うてはったやないの。佐助どんと話してはるんを、私、この耳ではっきり聞きました」

「主筋として、そう出来る、と思っていたのは確かです。でも、店主だからといって、奉公人の心まで縛るのは間違いだと悟りました。誰を好きになり、一生を共にするのか、それを決めるのは私ではない、本人です」

店主であることを盾にして、奉公人と妹との縁組を決めることが、本人たちにとっても、また店主にとっても、どれほど理不尽で屈辱なのか。その不条理を結自身に気づいてほしかった。

「結だって、賢輔どんの心がほしいのではないの？　自分が選んだひとに、自分も選ばれる。そんな相手とならどんな苦労も乗り越えられる――あなたが思い描いているのは、そんな人生ではなかったの？」

黙り込む結の双眸から、涙が溢《あふ》れて頰《ほお》を伝い、流れ落ちる。

「結、賢輔どんの心が得たいなら、あなたが、あなた自身が動きなさい」

姉さん、姉さん、と心細い声で、結は姉を呼んでその腕をぎゅっと摑んだ。

相手の心を得るために、どうすれば良いのか。それを問われても、幸には答えが用意できない。

ひとの心は難しい。泣き続ける妹の背中を撫《な》でながら、幸はつくづくと思った。

第九章　肝胆を砕く

朝焼けの残る空に、かっかっかっ、と火打石を鳴らすような鳴き声が響く。

「ああ、紋付鳥《もんつきどり》だすなぁ」

蔵から出て空を見上げ、鉄助が鳥影を探している。黒い羽根にぽつんと白い毛の混じる渡り鳥は、尉鶲《じょうびたき》。別名を紋付鳥と言って、冬の訪れを教えてくれる。小さな鳥なので、姿を見つけることは難しいのだが、今朝は珍しく、蔵の屋根の端、上下に動く尾を認めることが出来た。

「ええ朝だすなぁ」

鉄助はしみじみした口調で言った。

「こないな朝に、江戸を発《た》つことが出来て、ほんまにありがたいことだす」

「道中の無事を、皆で祈っていますよ」

幸は心を込めて伝える。

江戸と大坂、長旅の間、何があるかわからない。常に不安と背中合わせだった。

「八代目の件、どうぞ任せておいておくれやす。七代目のお考え通りに運ぶよう、心して努めますよって」

周囲を憚《はばか》り、番頭は声を低めて続ける。

「賢輔を江戸に留《とど》めて小紋染めに携わらせたい、いうんは親旦那《おやだん》さんのお望みでもあることだす。周助も今度は断らん、と思います」

私も説得に当たりますよって、お任せください、と番頭は胸を叩《たた》いてみせた。

江戸三座の顔見世《かおみせ》興行までひと月と少し、風呂《ふろ》の湯気と、囲炉裏《いろり》の火の気とで、芝居小屋の楽屋裏は暖かい。

仕度途中か、浴衣《ゆかた》を尻端折《しりっぱしょ》りした役者たちや、湯を張った盥《たらい》を抱えた男衆らが、幅広の大梯子《おおはしご》を忙《せわ》しなさそうに上り下りしている。

「さよか、番頭さんはもう大坂へ去《い》なはったんか。そら、寂しいことや」

菊次郎はそう言って、ゆったりと段梯子を上っていく。すぐあとを吉次、それに幸と、風呂敷《ふろしき》包みを抱いたお竹とが続く。役者たちは菊次郎を認めると、丁寧に挨拶《あいさつ》をして脇《わき》へ寄った。

菊次郎との付き合いも二年を超えたが、中村座の楽屋梯子を上がるのは初めてだ。

「ここは中二階で女形の部屋が集まってます。三階は稽古場《けいこば》ですよって、立ち入らんようにしておくれやす」

後ろを振り返って、吉次が小声で教えた。

失礼のないように、と思いつつ、幸もお竹も初めて見る舞台裏の様子に、つい目を奪われてしまう。廊下に沿って、間仕切りした大小の部屋が並ぶ。大きな部屋には大勢の役者が詰めて化粧や着替えにかかっていた。

「浴衣で過ごすひとが、多おますのやなぁ」

お竹が感嘆の声を洩《も》らした。汗をよく吸い、洗い易《やす》く手入れも楽な浴衣は、湯上りに着ることが多いが、役者たちにとって「汗を吸う」「汚れを落とし易い」というのは何よりなのだろう。

畳敷きの八畳ほどの部屋の前で、菊次郎が足を止めた。

「まぁ、入んなはれ」

誘われて入室すれば、隅には長持《ながもち》が積まれ、衣桁《いこう》と鏡台が二架。ほかと異なり、二人で使っているのがわかった。

「ほな、もらいまひょか」

菊次郎に言われて、はい、と幸は風呂敷包みを畳に置いて開いた。中から、裏地を新しくした稽古着が現れる。それを持ち上げて広げ、菊次郎と吉次に示した。菊次郎は縫い目を検《あらた》めて「相変わらず、丁寧な針仕事や」と感心し、吉次も目もとを緩ませている。

預かっていた吉次の稽古着は、五鈴屋の提案で表を伊勢木綿、裏に浜羽二重を用いて仕立ててあった。

絹は肌滑りが良いのだが、摩擦に弱い。裏地に絹を用いたことで動き易くなるが、稽古に励めば励むほど裏地が早く傷んでしまう。菊次郎から裏地の交換を頼まれて、急遽《きゅうきょ》仕上げた幸とお竹であった。

「急《せ》かして済まなんだが、助かった」

菊次郎は五鈴屋の主従に頭を下げた。隣りで吉次もこれに倣《なら》う。

衣桁に斑格子《まだらごうし》の紬地《つむぎじ》の帯が掛けられているのに目を留めて、お竹が、

「今、着替えはるなら、帯結びを手伝わせて頂きます」

と申し出た。

お竹の手で吉次に稽古着が着つけられ、帯が結ばれる間に、「そない言うたら」と、菊次郎は幸へと向き直った。

「音羽屋の店主はまだ、あんさんの妹にご執心やてなぁ。先達て、小西屋はんからそない聞きましたで」

「一度、音羽屋さんご自身で紅を持って来られましたが、そのあとは特に何も」

掻《か》い摘《つま》んで経緯《いきさつ》を伝える幸に、はて、と相手は首を捻《ひね》っている。

「結さん、言うたかいなぁ、その結さん自身がまんざらでもなさそうや、と聞いてたんやが……。ああ、紅を返さんかったさかい、そない思い込んでるんやろなぁ」

あれくらいの年回りの色恋は厄介やさかいな、と菊次郎は苦そうに笑った。

毅然《きぜん》とした態度を取らなかった非を、幸は嚙《か》み締める。

「帰り次第、同じ紅を買って、お返しするようにします」

「その方がええやろ」

穏やかに頷《うなず》く菊次郎に、幸はまた治兵衛を重ねてしまう。

菊次郎さま、と幸は相手を呼び、声を落とした。

「つかぬことをお伺いします。上納金とか、御用金とか呼ばれるものは、何処《どこ》の誰《だれ》が話を持ってくるのでしょうか」

帯を結んでいたお竹の手が一瞬、止まったが、すぐに何事もなかったように帯が整えられていく。

何やて、と菊次郎は瞠目《どうもく》し、幸の方へと顔を近づける。

「何ぞ言うて来よったんか」

幸は「知っておきたいだけです」と答えるに止《とど》めた。詳細を話して、万が一にも菊次郎に迷惑がかかることがあってはならない。

「ほうか」

幸の双眸《そうぼう》を覗《のぞ》き込んで、菊次郎は唇の両端をにっと上げた。

「何処その、小紋染めで名を売った小売あたりが、おかみに目ぇつけられはったんやろかいなぁ。ほんなら大したもんや、大店《おおだな》と肩を並べた、いうことやさかいになぁ」

愉《たの》しげに笑ったあと、私の知る限りのことやが、と相手は前置きの上で続ける。

「町奉行所が動く、て聞いてる。ここぞと思うた店の内情を、ひとを立てて調べさせて、まぁ、大抵は町名主やなぁ、あとは遣いを寄越《よこ》して、色々と詰めるそうな」

ある程度の内容を定めておいて、最後に奉行所に呼びつけて上納を命じることもあれば、書状のみで賦課が決まることもある。

「身上《しんしょう》ありとして名指しされた店は、値切ることも許されんし、一括で納めなならん。ただ、建前はおかみへの貸付で、安い安い利を足して、気ぃが遠なるほど長いことかけて返されるもんらしい」

渡す時は一括、戻される時は分割、ということか。それとも年利だけ払われて、元本は数年後に一括で戻される、ということだろうか。

「何ぼ身上があったかて、商いには元手もかかるし、心づもりもある。上納のための金銀が用意できん時は、まぁ、両替商から借りて払う、いうのもあるやろが、利子が阿呆《あほ》みたいに高いよってになぁ」

おかみも罪作りなことや、と菊次郎は言い添えた。

何かが、幸の心をこつん、と叩く。両替商から借りておかみに納めて、高利を両替商に支払う。そんな無駄をおかみは小売の五鈴屋にさせる、というのか。

町奉行所は、金銀を商家から引き出したい。商家は両替商から借りてまで用意したくはない。こつん、こつん、と何かが幸の胸を叩いている。

「お師匠さま」

吉次の菊次郎を呼ぶ声で、幸は我に返った。

可憐《かれん》な女形は身体《からだ》を捻り、背中の帯結びをこちらに向けている。文箱《ふばこ》を背負った形に整えられた帯結びは、武家娘が好むもので、解《ほど》け難《にく》い。どんな厳しい稽古にも緩まず耐えるに違いない。

五鈴屋を百年続く店にするためにも、この度の問題は自分の代できちんとしておこう。吉次の帯結びに、幸はその思いを新たにしていた。

長月《ながつき》は小の月、晦日《みそか》二十九日には、季節が秋から冬へと動くのが、はっきりとわかるほど、いきなりの寒さが江戸を襲った。振り売りの声も凍えていた。

「湯気が御馳走《ごちそう》ねぇ」

朝食のお膳《ぜん》に、豆腐と油揚げと根深《ねぶか》の味噌汁《みそしる》、それに炊き立てご飯が、ほかほかと柔らかな湯気を立てている。汁椀《しるわん》を両の掌《てのひら》で包み込んで、幸は愛《いと》おしそうに中身を啜《すす》った。実を口にして、次はご飯へ。とても美味《おい》しくて、箸《はし》が止まらない。飯茶碗《めしぢゃわん》も汁椀も忽《たちま》ち空になった。

「ご寮《りょん》さん、装《よそ》いまひょか」

お盆を差し出すお竹に、「ええ、両方ともお代わりします」と応《こた》えて、空の器を載せる。ふと、ほかの者のお膳を見れば、器の中身が少しも減っていない。

「姉さん、今日みたいな日ぃに、よう物が喉《のど》を通らはるわ」

味噌汁を装うお竹の手もとを眺めて、結が長々と吐息をつく。佐助も賢輔も箸を手にしているものの、動かす気配もなかった。

今日の昼前に、呉服仲間の寄合がある。その席で、五鈴屋江戸店《だな》は上納金千五百両を用立てるよう命じられることになっていた。

「食い力、というのがあるのよ」

お竹から汁椀を受け取って、幸は大らかに笑う。

「戦いが控えているのだから、しっかり食べておかないと」

店主のひと言に、佐助と賢輔が左手で器を取った。お竹もご飯を口に運んでいる。結だけは、どうしても食欲がわかないらしく、早々に箸を置いた。

桑《くわ》の実《み》色の綿入れに、表は黄櫱《おうばく》、裏は焦げ茶の五鈴帯《いすずおび》。懐《ふところ》には暖簾《のれん》と同じ差し色の小風呂敷が覗く。富久の形見の平打ちの銀の簪《かんざし》、仕上げに菊栄から餞別《せんべつ》に貰《もら》った蒔絵《まきえ》の櫛《くし》を挿す。呉服仲間の寄合に出るための装束には、いずれも所縁《ゆかり》のひとびととの思い出が潜《ひそ》む。

姉の仕度を傍らでじっと見守っていた結が、躊躇《ためら》いがちに「姉さん」と呼んだ。

「何時《いつ》、言おうかと迷ってたんやけどね、もしも江戸店が千五百両、用意できないようなら、音羽屋さんが力になってくれはるって」

「音羽屋？」

不審に思いつつ、幸は鏡から妹へと視線を移した。

「何故《なぜ》、今、音羽屋さんの名前が出るのですか？」

「それは……私、その、五鈴屋のために」

しどろもどろになって、結は辛《かろ》うじて話を続ける。

「こんな大変な時、相談に乗ってくれるひとが居てたら、と考えて……。音羽屋さんなら両替商やさかい、色々と力になってもらえるんやないか、と。そない思うて、二度ほど伺いました」

――浅草御門の辺りを、ひとりで歩いておられました
――結さん自身がまんざらでもなさそうや、と聞いてたんやが……

おオの言葉と菊次郎の台詞《せりふ》とが、耳の底に残る。

愕然《がくぜん》としたあと、静かな怒りがじわじわと湧《わ》き始めた。それが音羽屋に対してのものなのか、妹になのか、幸にもわからない。

「音羽屋へ、一人で行っていたと言うの？」

声が知らず知らず、低くなっていた。

姉の胸中を察したのか、結は身を乗りだし、躍起《やっき》になって言い募る。

「私なりに、五鈴屋の役に立ちたかったのん。千五百両を工面するために、姉さんも、それに賢輔どんも、きっと大変な思いをする。音羽屋さんは、色々と聞いてくれはっ

て、融通してもええ、て言うてくれはったの」

丸く優しい、大きな瞳《ひとみ》に姉を映して、妹は懸命に訴える。

危うい、何と危うい。

結への未練を隠さず、後添いに迎えたがっている男。そんな男のもとを、ひとりきりで訪ねたばかりか、極秘にしておくべき事を打ち明けて、助けを乞《こ》うていたとは。

あまりの危うさに、姉として眩暈《めまい》がしそうだった。

菊次郎の助言を受けて同じ紅を買い直し、袱紗《ふくさ》に文を添え、文遣《ふみづか》いに頼んで音羽屋に戻した。それで縁は切れた、と思っていたが、誤りだった。

「結」

妹の前へ移って居住まいを正すと、幸は真《ま》っ直《す》ぐにその双眸を見つめる。

「寄合から戻ったら、きちんと話しましょう。今は二つだけ、伝えておきます。今後は二度と、五鈴屋の内々の話を外へ洩らさぬこと。今一つは、縁づく気がないのなら、音羽屋の敷居は二度と跨《また》がぬこと」

静かな語勢だが、怒りを孕《はら》んでいた。良いですね、と念押しを忘れず、幸は立ち上がる。

「姉さん、堪忍《かんにん》してください」

店の大事を、伏せておくべきことを、他人に洩らしてしまった。その自覚はあるのだろう、結は萎《しお》れて詫《わ》びた。

今朝がたの初霜は陽の恵みで消え去り、道端の落葉もほっと一息ついて見える。陽《ひ》射《ざ》しで煌《きら》めく楓川を、小鴨《こがも》の親子がのんびりと泳いでいた。

「ご寮さん、あれを」

佐助が会所の辺りを指し示す。

格子の前に、裃《かみしも》姿の男がひとり、それに中間《ちゅうげん》らしき男がふたり、控えていた。

「ただの寄合ではないのですね」

平らかに、他人事《ひとごと》のように話す店主の横顔を、佐助は不安そうに見ている。幸はふっと緩やかに笑んで、さぁ、と支配人を促した。

案内を乞うて座敷に入ってみれば、十五人ほどの呉服仲間は既に全員が揃い、下座に集められている。遅れたわけではないのだが、先に月行事《がちぎょうじ》から説明があったらしく、皆の眼《め》が幸に注がれていた。

上座に裃姿の武士が二名。ひとりは齢《よわい》四十前後、今ひとりは二十代半ばに見える。

「お待たせして申し訳ございません」

月行事に招かれるまま、下座の一番前、役人と対峙《たいじ》する位置に座して、幸は丁重に頭を下げ、五鈴屋七代目店主を名乗った。

「左様か、その方が小紋染めで天下を取った五鈴屋か」

外倉《とくら》某《なにがし》という年配の役人は、早速だが、といきなり用件を切りだす。

「金千五百両、上納金として用意できるか否か。速やかに答えるが良い」

「当店は江戸に店を開いてまだ三年、金千五百両というのは非常に厳しい額でございます」

七代目は前置きの上で、慎ましく頭を下げる。人々の熱気で暖められていた座敷が、瞬時に冷える。

「五鈴屋に支払う力がないというのなら、この呉服仲間で割り当て分を決め、千五百両を用意して、五鈴屋に貸し付けてやればどうか」

役人のひと言に、あちこちで「滅相な」のささやきが洩れて、非難の眼差《まなざ》しが幸の背中に突き刺さる。

「あるいは、私どもが両替商に用立ててもらう、という手もございます」

視線を下げたまま、幸は続ける。

「例えば、両替商には返済を三年先まで待ってもらい、その間、年利を払い続ける」

「うむ、上納に際して、そうする店は確かにある。全額を借りた場合、三年後にまとめて千五百両の返済は容易ではなかろうが」

上役の台詞に、少しばかり同情の念が混じっていた。

上納金は一括払い、という壁を、幸は何とかしたかった。それゆえ、上役からその台詞を引き出した時、幸は内心で「よし」と思う。

上納金割り当ての話から潮目が変わったため、緊迫していた座敷の雰囲気が、一気に和らいだ。

「仰《おつしや》る通り、三年後にまとめて千五百両の支払いは辛《つろ》うございます」

幸は一旦《いったん》、言葉を区切ってから、

「ところで、不勉強な私どもに、どうかご教示くださいませ。おかみは上納金の返済を、まとめてなさいますでしょうか？」

と、慎み深く問いかけた。

上納金は献金とは異なり、利子をつけて戻されるという。だが、実のところ、全額返済を受けた、という話は滅多に聞かない。相手にとっても耳の痛い話なのか、「場合による」との短い返答を得ただけだった。

「例えば、金千五百両を両替商で借りて、年利を払い、一年に五百両ずつ返す。それなら、辛うじて対応できるかも知れません」

問題は、両替商に払う利息だった。千五百両の利息となると、どれほど高額になるか。交渉して、割り引いてもらうよりほかない。

「両替商を通せば、そちらの懐を肥やすばかりです。同じ年利を支払うのなら、両替商ではなく、端《はな》からおかみにお役立て頂く方が、私どもにとっても遥《はる》かに誉《ほまれ》でございます」

幸の話に聞き入っていた下役が、「あ」と小さく声を洩らした。何かを察したらしい下役の様子に、事情を摑《つか》めない上役は眉根を寄せ、幸に向かって声を荒らげた。

「どういうことか。お前は何を言わんとしておるのだ」

幸は両の手を畳について、よく通る声で答える。

「一年に五百両ずつ、三年かけて金千五百両の分納をお認め頂きたいのでございます。お認め頂けましたなら、おかみから頂戴《ちょうだい》する利の倍を献金とさせて頂きます」

幸は言い終えると、畳に額をすりつけた。座敷の隅に控えている佐助も、「どうぞお頼み申します」と声を張った。

一括払いという上納金の決まりを、崩せるか否かの瀬戸際だった。

一括払いを無理強いすれば、徒《いたずら》に両替商を利するばかりで、五鈴屋には負担が大きく、おかみにも益は少ない。

だが、分納が認められれば、五鈴屋としては両替商に払う高利を避けられる。幕府から戻される年利の倍分の献金は、両替商の高利に比すれば遥かに安い。

おかみにしても、分納を認めたところで三年で千五百両を上納させることに違いはなく、おまけに返済不要の献金が入ることになる。

勘定方の役人ふたりは顔を寄せ、声を潜めて相談を始めた。

連日の雪が、田原町をすっぽりと綿帽子で包《くる》んでいる。

積雪が音を吸い込むのか、夜の間、辺りは恐ろしいほど静まり返った。だが、朝になれば、商家の小僧たちが雪を掻く音、竹箒《たけぼうき》で軒先の氷柱《つらら》を払い落とす音が賑《にぎ》やかで、街は一気に息を吹き返す。

「大したものですよ、本当に」

本両替商、蔵前屋の手代は、書状を畳に置いて幸の方へと滑らせた。

「このお店を開いて僅《わず》か三年で、上納金をお引き受けなさったのですから」

「分納をお許し頂けたので、辛うじてです」

幸は書状に目を通し、佐助に手渡した。

今年の分を五百両、それに献金分も無事に手形で納めて、まずはほっとする。

蔵前屋にしてみれば、大きな商いの機会を失したため、無念に思っているはずが、そんな気配は微塵《みじん》も見せなかった。

「以前、番頭さんが大坂からお見えの時に、私どもの店へいらして頂けたとか」

お竹の運んできたお茶を口にして、手代はふと、思い出したように言う。

「長月は蔵前屋が本仲間の月行事でしたから、店の中がどうにも落ち着きませんでしたでしょう。主人が『充分におもてなし出来なかった』と随分悔やんでおりました」

書状に目を通していた佐助がはっと顔を上げ、撞木《しゅもく》に反物を掛けていた賢輔も手を止めた。お竹と結が土間からこちらを覗き見ている。当日、何があったかは、店の者たちには伝えてあった。

「お忙しい最中にお伺いしてしまい、私の方こそ、申し訳なく存じます。それに、井筒屋さんにもご挨拶させて頂き、とてもありがたかった。宜《よろ》しくお伝えくださいな」

滑らかに応じる店主に、詳細を知らないのだろう手代は、井筒屋さんにお会いになったのですか、と声を弾《はず》ませる。

「五年ほど前、婿養子に入られて三代目を継がれたのですが、朗らかで情に厚く、私のような下の者にも、会えば気さくにお声がけ下さるのですよ」

五代目徳兵衛からかけ離れた人物像を聞かされて、奉公人たちは困惑の色を隠さなかった。だが、手代はよほど井筒屋三代目のことを高く買っているらしく、浮き浮きと話し続ける。

「もとは銭両替だったお店が立ち行かなくなり、潰《つぶ》れかけたところを助けたのが、あのお方だと聞いています。先代から乞われて三代目となり、店を建て直した上に、本両替の株を買って今の井筒屋さんにした、まさに立役者なんです」

流石《さすが》におしゃべりが過ぎた、と思ったのか、「あやかりたいものです」と話を結んで、手代は湯飲み茶碗を置いた。

「惣ぼんらしい、のし上がりかただすなぁ」

蔵前屋が去ったあと、茶碗を下げながら、お竹がつくづくと洩らした。

「誰の力も借りんと、己の才覚だけで這《は》い上がらはった。精進する姿が目ぇに浮かびます」

ほんまだすな、と佐助も緩んだ息を吐く。

「呉服の道では、生きはらへんかったんだすな」

皆がしんみりとなったところで、「お早うさんです」と、壮太と長次が顔を出した。

幸は気分を変えるように、ぱん、と手をひとつ叩いてみせる。

「さぁ、暖簾を出しましょう」

へぇ、と奉公人らは声を揃え、賢輔が暖簾を手に表へ向かった。

撞木に掛けた反物を直しながら、結が寂しそうに呟《つぶや》く。

「仕事の出来るひとは、婿養子に望まれるんやねぇ」

音羽屋の件で、姉から叱責《しっせき》されて以来、気落ちして元気のない妹だった。

結の話によれば、音羽屋忠兵衛は、店を訪ねた結を下にも置かないほど丁重にもてなし、話を聞き、励ましてくれた、とのこと。己に自信の持てない結は、父親ほど齢《とし》の離れた音羽屋に褒《ほ》められ、慰められて、どれほど救われたか知れないという。姉妹の父親重辰《しげたつ》は、温厚とは無縁の厳格な学者だったがゆえに、結は音羽屋に理想の父親像を重ねているのかも知れない。だが、それは何と危ういことか。

結は決して苦労知らずではない。しかし、初心《うぶ》であることに違いはなく、あのまま止めなければ、易々《やすやす》と音羽屋の手に落ちてしまったのではなかろうか。音羽屋の後妻におさまることは、安逸《あんいつ》な人生を手に入れることではあるだろう。だが、結の望むのは、賢輔と歩む人生ではないのか。

商いの知恵は絞れても、こうしたことには何の糸口も見つけられない。難しいものだ、と幸は溜息《ためいき》を辛うじて噛み殺した。

男女問わず、好まれること。

飽きが来ず、目立たず、粋であること。

長月以後、五鈴屋の面々は新しい小紋の図案の手掛かりを摑もう、とそれぞれに悩んでいた。ことに、賢輔は暇さえあれば図案を描き、墨で潰すことを繰り返して、紙が溜《た》まりに溜まると、悔しそうに竈《かまど》の焚《た》きつけに用いた。

「女将《おかみ》さん、そろそろですかねぇ」

用足しに訪れたお才が、大きな風呂敷包みを脇に置き、板の間の上り口にちょんと腰を掛けて声を低める。

「ええ、そろそろかと」

柱暦《はしらごよみ》に目を遣《や》って、幸も応えた。

今月初めに、大坂の鉄助から届いた文には、型彫師《かたぼりし》の梅松が白子を離れる決意を固めたこと、周助と一緒に江戸へ向かうことが認《したた》められていた。

文の日付からすると、旅路に大過《たいか》が無ければ、そろそろ江戸へ着く頃《ころ》だった。

「うちのひと、近頃そわそわと落ち着かなくてね。夜、寝ていても、風が戸を鳴らす度に飛び起きて『梅松さんじゃねぇのか』『着いたんじゃねぇのか』って。小吉にまで笑われる始末でねぇ。梅松さんが女なら、私、嫉妬《しっと》するとこですよ」

おオは朗らかに声を立てて笑いながら、結び目を解いて風呂敷を開く。中から藍《あい》染めらしき布が、幾束も重なって現れた。

何かしら、と脇から覗き込むものの、木綿らしい、ということ以外はわからない。

「実はね、これ、力造の試みの失敗作なんですよ。ほら、前に女将さんに話しましたでしょ。小紋を浸け染めで出来たら、って。生地も縮緬《ちりめん》でなくて、木綿を使えば面白いだろう、とあれこれ試したんですがねぇ」

一枚を取りだして、お才は膝《ひざ》に広げてみせる。一目見て、「これは……」と幸は言い淀んだ。

藍染めにぼんやりとした小紋。じきにそれが麻の葉紋様だと気づくのだが、小紋らしい白抜きではない。確かに、力造らしからぬ失敗作だった。

「浸け染めだと、糊を置いた部分にも、裏の染め色が響いて綺麗《きれい》な白抜きにならないんです」

力造も随分と工夫して、色々試したんですけどねぇ、とお才は吐息交じりに零《こぼ》した。

「取っておけば力造も気に病むだろうし、五鈴屋さんで手拭《てぬぐ》いにでもして使ってもらえませんかねぇ」

「ありがとうございます。大事に使わせて頂きます」

礼を言って、幸は染布の束を受け取る。そっと顔を寄せると、微《かす》かに、藍の持つ優しい香りがしていた。

浸け染めにするなら、やはり藍なのだろう。得意の墨染ではなく、藍染に挑む心意気も好ましい。新しいもの、誰も思いもつかなかったものを考えだし、形にするのは、容易ではない。力造の試行錯誤は、五鈴屋一同、ことに賢輔を、奮い立たせるに違いない。

風呂敷の四隅を合わせてきちんと畳むと、型付師の女房は「梅松さんのことで、折り入ってお願いしたいことがあるんですよ」と口調を改めた。

「梅松さんの住まいについちゃあ、女将さんも考えておられると思うんですが、江戸に慣れるまでは、うちで面倒を見させてもらえませんかねぇ。うちは職人ばっかりだから、気も遣わない、と思って。それに……」

亭主の失敗作に目を遣って、お才はしんみりと言い添える。

「それに何より、うちのひとがそれを望んでるんですよ。出来る限り傍《そば》で、梅松さんの仕事ぶりを見ていたいんでしょうねぇ」

ほんと妬《や》けるったら、とお才は明るく繰り返した。

今年もまた、冬至が巡ってきた。

暦造りの知識を持たない者であっても、お天道さまの高さや陽射しの弱々しさ、日脚の長さなどで、その日が近いことを知る。今年は常よりも早くその日がきた。

朝六つ（午前六時）の鐘はまだ鳴らない。

闇《やみ》の中で、足もとが仄明《ほのあか》るいのは、昨夜の雪が道に純白の綿を置いたからだった。まだ人通りのない道を、天秤棒《てんびんぼう》の前後に、熟した黄柚子《きゆず》を山と積み上げて、柚子売りは朝を目指し、黙々と歩いていく。

「どないしまひょ」

五鈴屋の薄暗い台所では、先刻から、砂糖入りの小壺《こつぼ》を抱えて、お竹が煩悶《はんもん》している。粥《かゆ》用の行平鍋《ゆきひらなべ》からは柔らかな湯気が立ち上り、小豆《あずき》もほどよく膨らんで、炊き上がりは近い。

「お竹どん、お願いやさかい、今は止《や》めて」

脇から、結が悲愴《ひそう》な顔で懇願する。

「それぱっかりは堪忍して」

「毎年毎年、逃げてたらあきまへん、私らもそろそろ甘いお粥さんに慣れんと」

井戸端で柚子を洗っていた幸は、つい、笑ってしまった。

江戸ではあまりお粥を食する習慣がない。小豆粥や七草粥など、たまの粥食も砂糖をたっぷりと入れて甘くして食べるのだ。大坂では朝は大抵茶粥だし、小豆粥は小正月の楽しみでもあるが、仕上げに塩を加えたり、漬物を添えたりする。長年親しんだ味から、ひとは中々、離れられない。

「無理に甘くせずとも、お砂糖は別の器に用意して、好きな味で食べれば良いわ」

幸に言われて、二人は救われたように互いを見合った。

柚子の皮に塩を付けて、ごしごしと擦《こす》れば、強く香る。結がすんすんと鼻を鳴らして、「ええ匂《にお》いやわぁ」と華やいだ声を上げた。

「ご寮さん、そないなこと、私がしますよって」

止めようとするお竹に、幸は柔らかく頭を振った。

小僧のいない五鈴屋では、奥向きのことも皆が手分けして行う。店主であっても、手すきの時は動いていたかった。

洗った柚子を五つ、笊《ざる》に入れて抱えると、幸は井戸端を離れる。入口の傍、邪魔にならないところに置けば、柚子の香りが訪れるひとの慰めになるだろう。

佐助と賢輔の手で、表は既に雪かきを終えている。開けたままの戸口から、光を抱き始めた表通りが覗いていた。

「あっ」

まだ暖簾を出していない戸口に立った時、下駄《げた》の鼻緒が切れて、前のめりになった。転倒は免れたが、手から笊が落ちて、せっかくの柚子がころころと地面を転がった。慌てて手を伸ばして拾うが、ひとつ、幸の指先を逃れた柚子が、ころりころりと表通りを転がっていく。

黄色く熟した柚子は、旅姿の男の草履の先にぶつかって止まった。

旅人は身を屈《かが》めて柚子を拾い上げると、幸の傍へと歩み寄る。右手で柚子を幸の前へ差しだし、左手で菅笠《すげがさ》をちょっと持ち上げた。

その顔を認めて、幸は満面の笑みを湛《たた》える。

男は、三年前と少しも変わらない。だが、その双眸は明らかに潤んでいる。涙を零すまいとしてか、唇をぎゅっと引き結んだ。

店主不在の大坂で、本店の鉄助と力を合わせて、高島店を守り育て、親旦那さんの孫六に尽くし、女名前の延長のために東奔西走してくれたひと。

柚子を受け取った幸は、腰を伸ばして男と向き合う。そして、余すところなく労《ねぎら》いを込めて声を発した。

「長い旅路をお疲れさま、周助どん」

ご寮さん、と周助は応じ、首を捩《ね》じって自身の背後を示す。そこには、もうひとり、旅人が佇《たたず》んでいた。

少しばかり背中が曲がっているところから、年寄りかと思われる。

老いた旅人は、顎紐《あごひも》に指をかけて解き、ゆっくりと菅笠を外した。

いかつい顔には深い皺《しわ》が刻まれているが、目つきはとても穏やかで優しい。初対面なのだが、何処か懐かしいのは、面差しが何処となく孫六に似ているからか。

幸は思わず目を瞬《しばた》いたあと、

「梅松さん、お待ち申しておりました」

と、深々と頭を下げた。

第十章　響き合う心

漸《ようや》く陽《ひ》の恵みを迎えたが、屋根の積雪が街の彩《いろどり》を削《そ》いで寒々しい。

「お早うさんです」

呉服太物を商う店の表で、太短い体軀《たいく》の奉公人が、道行くひとに挨拶《あいさつ》を送る。その腕に抱えていた柚子《ゆず》を、笊《ざる》にひとつ、ふたつと足せば、彩の乏しい冬の景色の中で、そこだけ鮮やかに色を放った。

冬至《とうじ》の今日は夜の訪れが早いことを思い、鬱々《うつうつ》と仕事へ向かう者たちも、その店の表に置かれた柚子に目を留めて、顔を綻《ほころ》ばせた。仕事上がりに、湯屋《ゆや》で柚子を浮かべた風呂《ふろ》に浸《つ》かることを夢見て、三々五々、持ち場へと向かう。

雪を掻《か》く、ざっざっという音。ぎしぎしと走る荷車、表格子を磨く音。商家は商いを始める準備にかかり、田原町は滞りなく動き始めていた。

朝の街が音で溢《あふ》れているのに比して、五鈴屋の奥は、先刻から静まり返っている。

板の間に広げられた敷布。

賢輔が、蔵から運んできた反物を二反並べて、少しずつ開いていく。

江戸紫の鈴紋、常盤《ときわ》色の蝙蝠《こうもり》紋。いずれも、好評を博した小紋染めだった。

梅松はかっと両の眼《め》を見開き、身を傾けて一心に反物に見入る。

顔を上げ、真正面に居る幸に、

「手ぇに取っても、宜《よろ》しいか」

と、断った。

許しを得ると、型彫師《かたほりし》は幾度も手拭《てぬぐ》いで掌《てのひら》を拭ってから、江戸紫を取り上げた。

高々と反物を持ち上げ、広げ、なぞるように手触りを確かめる。顔を近づけ、離し、見る向きを変える。言葉はない。

己の仕事の行きついた先を愛《いと》おしみ、尊び、慈しむ。明かり取りから射《さ》し込む陽が、型彫師と反物を柔らかく包み込んでいた。

五鈴屋の面々は、梅松の姿を、固唾《かたず》を吞《の》んで見守っている。

鈴紋から蝙蝠紋へと移り、長い長い時をかけて、型彫師は小紋染めを堪能《たんのう》すると、反物を置く。そして両の掌を合わせると、やはり声もなく頭《こうべ》を垂れた。

途方もなく崇高なものを見た思いがして、五鈴屋の主従は梅松に辞儀をする。型彫師の傍らに控えていた賢輔は、ぐっと唇を引き結び、肩が震えるのを堪《こら》えた。

不意に、がたがたと下駄《げた》を打ち鳴らす音によって、清らな静寂は破られた。

「壮太さんが遣いに来てくれたが、梅松さんが着いたんだって」

力造の叫び声が、店中に響く。

「何だよ、何でこんな静かなんだ。皆、何処《どこ》に居……」

土間を駆け、店の間、次の間、と覗《のぞ》いて、漸く板の間に辿《たど》り着いた力造は、小紋染めの反物を拝んでいる男の姿を認めて息を吞んだ。

結たちが脇《わき》へ退《の》き、場所を空ける。力造は板敷に上がり、膝《ひざ》を擦って梅松の傍《そば》まで近寄った。

「梅松さん、あんた、梅松さんだね」

相手を確かめる声は、掠《かす》れている。

梅松が顔を上げると、力造は両の手を板敷に置いた。

「型付師《かたつけし》の力造と言います。お前さんの型紙の、型付を任せてもらってます」

梅松の口が「あ」の形に開かれる。

型付師は、漸く出会うことの叶《かな》った型彫師の双眸《そうぼう》を懸命に覗き込む。

「お前さんの型に惚《ほ》れて惚れて、惚れ抜いて……」

あとは言葉にならなかった。

大事な客を迎えても、また、三年ぶりに会った者と積もる話があっても、五鈴屋は常の通りに暖簾《のれん》を出し、主従とも商いに精を出す。梅松には二階で休んでもらい、店《たな》前現銀売り《さきげんぎんう》の経験を持たない周助は、店の隅で皆の様子をじっと見守った。

「今日ほど一日が長かったことはねぇよ」

「お前さん、今日は冬至なんだよ。昼は一番短いはずなんだから」

暖簾を終《しま》う頃《ころ》を見計らって、力造お才夫婦が酒と手料理を持ち、賑《にぎ》やかに五鈴屋を訪れる。夕餉《ゆうげ》を兼ねて、ささやかな宴《うたげ》が始まった。

「ほな、梅松さんは五十なんだすか」

汁椀《しるわん》をお膳《ぜん》に置くお竹の手が、ふと止まる。梅松の年齢を聞いたがゆえだ。

「えらい若おますのやなぁ。てっきり、私と同じくらいか、ちょっと上かと思うてました」

お竹自身は今年、還暦を迎えたのだが、皆も梅松をそのように見ていた。

「皺《しわ》も白髪も多いよって、そない思われても仕方ない」

梅松は頭に手を置いて、穏やかに笑う。

長年、錐《きり》を握って型を彫り続けた手は分厚く、指の骨も曲がっていた。その手が、型彫師のこれまでの修業の苦労を如実《にょじつ》に物語っていた。

「型彫師は、思うまま弟子を取ることも許されません。おまけに、型商がええ顔をせんさかい、職人同士の繋《つな》がりもあんまり持たれへん。暮らし向きに余裕もない。この齢《とし》になっても、女房も子もいてませんのや。ただただ、ええ型を彫ることだけが生き甲斐《がい》で……」

白雲屋が取り持ってくれなければ、五鈴屋との出会いもなかった。五鈴屋と知り合わなければ、外の世界を知らないままだった。

「型商の皆が皆、悪いわけやない。心ある者もちゃんと居てます。けれど、株仲間となったら、どないしても、声の大きい者が勝ってしまう」

江戸の呉服商が梅松を囲い込もうとし、型商たちからの締め付けも日に日に厳しくなった。白子を離れることを許されず、半ば逃げるように郷里を捨てた。持ち出せたのは、型彫に必要な道具ばかりだったという。

「鉄助さんの手引きがなかったら、到底、白子を離れることは叶いませんでした」

鉄助に連れられて、初めて大坂の土を踏み、数日の骨休みのあと、周助とともに江戸へと旅立った。短い間ではあったが、天満の五鈴屋本店《だな》の皆に、とても良くしてもらい、ありがたくてならなかった、と梅松は言う。

五十にして、郷里を捨てねばならなかった。その事実は重い。幸たちも江戸に移り住んだ身ではあるが、里との縁を断ったわけではない。梅松の胸中を慮《おもんぱか》って、一同は項垂《うなだ》れた。

板の間が重苦しい雰囲気に包まれたのを察して、けど、と梅松は続ける。

「私には型彫がある。錐ひとつで自在に型を彫り上げる喜びがありますのや。今までは己だけの狭い狭い幸せやったけれど、今日、この目で染め上がった反物を見ることが叶いました。白子の型彫師の誰《だれ》も叶えられんかった夢が叶うた。これ以上の幸せがありますかいな」

こないな果報者、おりませんで、と梅松は穏やかに笑った。

「お汁、温めなおしまひょなぁ」

くぐもった声でお竹は言い、汁椀を取り上げて台所へ去った。

じっと梅松の話に耳を傾けていた力造は、徐《おもむろ》に膳を押しやって、姿勢を正す。

「梅松さん、ひとつ、頼みがあります。お前さんさえ嫌でなけりゃあ、うちへ来ておくんなさい」

「狭いけど部屋もあります。身の回りのことは、私がさせてもらいますからね」

亭主の横から、お才も口添えする。

ありがとうございます、と心から礼を言って、型彫師は型付師夫婦に頭を下げた。

梅松にとっては、願ってもない申し出に違いなかった。

小豆と南瓜《かぼちゃ》の煮つけ、蕪《かぶ》と柚子の酢の物、蒟蒻《こんにゃく》の田楽《でんがく》に焼き牡蠣《がき》といった料理に舌鼓を打ち、力造と梅松は旨《うま》そうに盃《さかずき》を重ねる。

周助は皆に乞《こ》われて、大坂での出来事を語る。

「お梅どんがえらい甲斐甲斐しいに梅松さんの世話を焼いてはった。それはええんやけど、手拭いにまで糊《のり》を付けてしもて」

「あかんあかん、お梅どんは糊付けるのん、恐ろしいほど下手なんよ」

掌を広げて振ってみせる結に、へぇ、と周助は真顔で応《こた》える。

「柳井先生お薦めの、薄うて柔らかい木綿の手拭いが、何や、干した昆布みたいになってしもて」

傍で聞いていたお竹が、ぶわっと派手にお茶を噴く。長閑《のど》やかな板の間が、大勢の明るい朗笑で揺れた。

幸はふと、賢輔に目を留める。いつもの賢輔とは異なり、皆に合わせて無理に笑っているようで気掛かりだった。

心地よく酔いが回って、そろそろ宴もお開きに、となった時だった。

「お願いしたいことがおます」

賢輔が思い詰めた表情で、型彫師と型付師の前へと移った。板敷に手を置き、

「新しい図案を考えて、考えあぐねてしもてます。これまで描《か》いた図案をご覧頂き、何処があかんのか、教えて頂けませんでしょうか」

と、声を放った。

いつもの賢輔ならば、まず、店主の幸の了承を待つはずが、その余裕もない。

立ちかけていた梅松は、力造と眼差《まなざ》しを交わしたあと、きちんと座り直した。

「賢輔さん、どないな図案を描かはったか、見せてもらいましょう」

「すぐに」

すぐにお持ちします、と応えるや否や、手代は板の間を飛びだした。だんだんだん、と階段を駆け上がる音がして、すぐにまた、だんだんだん、と建物が揺れる。

「これだす、これで全部だす」

板の間に戻ると、賢輔は胸に抱えていた図案の束を二人の前に置く。周助が行灯《あんどん》を傍へと移して、手もとを明るくした。

梅松は一枚、一枚、丁寧に眺めて、力造に渡す。力造も丹念に検《あらた》めると、皆にも見

えるように板敷に置いた。

縞柄《しまがら》が多い。縞の幅を変えたり、捩《ね》じらせたり交わらせたり、と工夫はされているものの、いずれも、何処かで見た覚えのある縞模様だった。

「賢輔さん、縞に拘《こだわ》らはったんは、何ぞわけでもあるんやろか」

これまで蝙蝠紋を始め、賢輔が手がける多くの図案を目にし、また白子では実際に鈴紋の図案を描くのを直《じか》に見ていた梅松であった。

「あんたの強みは、ほかの者では思い描くことの出来ん、何とも味のある柄を考えつくことやと、私は思うてるのやが」

「男女問わず好まれて、飽きが来ん。そないな条件に合うんは、縞だけやないかと」

型彫師の問いかけに、賢輔は懸命に答える。

梅松は暫《しばら》くじっと考え込んで、難しい、と呟《つぶや》いた。

「確かに縞は飽きが来ん、男にも女子《おなご》にも好かれる柄やとは思う。私は専《もっぱ》ら錐彫りで、小刀を使った縞彫りは得手ではない。それに何より、糸入れが出来んのや。あんたも知ってるやろ。縞の型紙には糸入れが要る」

縞彫りでは模様同士が繋がっていないために、型紙が安定せず、型付をする際に、いとも容易に模様がずれてしまう。それを避けるために、地紙の間に糸を入れ、柿渋《かきしぶ》で付ける「糸入れ」という工程が要る。非常に難しい技ゆえに、出来る者は少なく、当然、工賃も別に発生する。それゆえ、縞柄の型紙は値が張るのだ。

「どないしても縞柄に拘りたいなら、糸入れの技を持つ者を探さんと無理や」

型彫師の言葉に、賢輔はがっくりと肩を落とした。

ちょっと良いかい、と型付師が脇から手代を呼ぶ。

「型紙に手が掛かるのもあるだろうが」

細かい縞模様の図案を一枚、手に取って、力造は続けた。

「男女問わず好まれて、飽きが来ねぇと言われても、縞柄は今さら五鈴屋が手がける

までもなく、江戸中に溢れてる。何かこう、もっとこう、別の何かが……」

言いながら考えるものの、駄目だ駄目だ、思い浮かばねぇや、と力造は頭を振っている。

その場に居合わせた者たちも、糸口を求めて、黙考した。

江戸店の面々はこれまでもずっと思案に暮れていたが、周助だけは、今回、初めて経緯《いきさつ》を知ったことになる。

「何の役にも立たんかも知れへんのだすが」

躊躇《ためら》いがちに、周助が唇を解《ほど》く。

その眼は、壁の掛け軸に注がれていた。例の、修徳の書である。

「この間、巴屋さんが高島店へ持って来はった小袖雛形《こそでひながた》の中に、文字散らしとでもいうか、字ぃをちりばめた柄がおました。滅多にないようで、えらい気になって」

字、と幸は短く呟いて、周助に問い質《ただ》す。

「花や鳥などではなく、文字を散らす、ということですか？」

へぇ、と周助は頷《うなず》き、言葉を探しながら、店主に思いを伝える。

「紋様や柄て、別に絵でのうても、字ぃでもええかも知れません。例えば和歌とか、歌舞伎《かぶき》の台詞《せりふ》とか……」

「ちょいと待っとくれでないか」

型付師の女房が、思い余ったのか、腰を浮かせている。

「小紋なんだからさ、和歌とか台詞とかを柄にするのは難しいんじゃないかねぇ」

お才さんの言わはる通りだす、とお竹が加勢をした。

「それに、和歌を知らはるひとが、どれほど居てますやろ。それどころか、字ぃを読まれへんひとかて、居ってだすで」

お竹の台詞に、結はこくこくと頷いている。姉妹の母、房は読み書きが出来ないまま、一生を終えていた。

気づけば、梅松の顔に疲労が色濃く滲《にじ》んでいる。無理もない、今朝、長旅を終えたばかりだ。

「梅松さん、お疲れでしょう。周助どんも、そろそろ休んだ方が良いわ」

今日のところは、この辺にしましょうね、と幸は優しく皆を促す。

「私が不甲斐ないばっかりに……」

あとは言葉を呑み込んで、賢輔は板の間に両の手をついて深く頭を下げた。

「賢輔さん、何も焦らんかて宜しいで。これからは、私らも一緒に考えますよってになぁ」

型彫師が温かに笑えば、型付師が、

「そうともさ、皆で知恵を寄せりゃあ良い」

と、胸を叩《たた》いた。

力造とお才に誘われて、梅松が去ったあと、男たちは二階へと引き上げた。女三人で手分けして後片付けを済ませ、お竹は二階へ、結は奥座敷へと消えた。

幸は板の間へ戻って、今少し、修徳の掛け軸を眺めた。先の周助の指摘が妙に心に残っていた。

文字散らし。

別に絵でなくとも、字でも構わない。

遠目に無地に見えて、近づいたら文字が現れる。どんな文字なら心躍るだろうか。

ただ、房のように、読み書きが出来ないひとも多い。

右の手を拳《こぶし》に握って、額に押し当ててみる。だが、文字を知らないひとにも楽しんでもらえるものを、思いつくことが出来なかった。

刻《とき》ばかりが過ぎて、流石《さすが》にもう休もう、とのろのろと立ち上がる。ふと、何か聞こえた気がして、耳を欹《そばだ》てる。

微《かす》かに聞こえるのは、話し声のようだった。二階の賢輔たちだ、と幸はふっと目もとを緩める。積もる話でもしているのか、否、おそらくは、紋様についての知恵を出し合っているのではなかろうか。

周助、佐助、賢輔、お竹。良い奉公人に恵まれた、その幸せを嚙《か》み締める。

――幸、幸

富久の声が、懐かしい声が耳に帰ってくる。

――五鈴屋を百年続く店に

両の掌を合わせて、幸は応える。

はい、お家《え》さん、必ず、と。

三年ぶりの江戸、周助にはすべきことが多くあった。

力造の染め場や小紋染めに携わる職人たちのもとを回ったり、近江屋、蔵前屋を訪ねたり、と連日忙しい。道案内を兼ねて、賢輔が同行する。その間、ふたりで色々と話すのだろう、少しずつ、賢輔の表情が引き締まっていくのがわかった。

「何や知らん、賢輔どんの顔つきが変わっていくように思うのん」

店開け前、ふたりを表まで見送ったあと、結が寂しそうに零《こぼ》した。

「先々、五鈴屋を背負う覚悟が出来ていってはるんやねぇ」

「新しい図案を考えつかんさかい、思い詰めてるんと違いますやろか」

いずれにせよ、あないして外へ出ることで気ぃも変わりますやろ、とお竹は言い添える。

土間から座敷へと戻ろうとする幸を、佐助が「ご寮《りよん》さん」と呼び止めた。

「お耳に入れておきたいことがおます」

言いながら、佐助は表を気にする素振りを見せた。結に聞かせたくない話か、と察して、幸は佐助とともに蔵へ向かう。

「佐助どん、聞きましょう」

底冷えのする蔵に入ると、七代目は支配人を促した。

「千代友屋《ちよともや》さんて、ご寮さんはご存じでおますか」

佐助の指先が空に「千代友」と書くのを認めて、ええ、と幸は頷く。

「駒形町にある、大きな紙問屋さんね」

間口だけでも、五鈴屋江戸店の五倍はありそうな大店《おおだな》だった。

「いつぞや、賢輔の見立てでないと承知せん、と言わはったお客さんが居《お》ってでした。あの時のお連れの嬢《いと》さんの方を、覚えてはりますやろか」

「ええ、よく覚えています」

我《わ》が儘《まま》一杯だった娘の風貌《ふうぼう》はもう忘れてしまったが、連れの娘のことは、美しいお辞儀とともに心に残っていた。それに、その娘なら、その後も時折り、小紋染めを買い求めに五鈴屋を訪れており、毎回、賢輔が対応していたはずだ。

何故、佐助がそんな話を持ち出したのか、と訝《いぶか》しく思いながら、幸は尋ねる。

「あのお嬢さんと千代友屋さんと、何か五鈴屋に関《かか》わりがあるのですか？」

店主からの問いかけに、佐助は「実は、夕べのことだす」と話し始めた。

夕べ、男三人で湯屋へ行こうと店を出たところで、件《くだん》の娘がこちらの様子を窺《うかが》っているのを認めた。小女などの供も連れず、買い物のために五鈴屋を訪れた風でもない。

怪訝《けげん》に思って賢輔が声をかけた途端、娘は泣きだしてしまった。どうやら、ひと目だけでも賢輔に会いたい、と店の前で待ち続けていたらしい。

周助と佐助は驚いて、賢輔に事情を尋ねたが、無論、賢輔本人は与《あずか》り知らぬことだった。娘の思い詰めた様子も気掛かりだし、夜遅いこともあり、家でも案じているに違いなかった。

「店の名を聞いて初めて、千代友屋のこいさん（末娘）と知った次第です。周助どんと私とで送っていったら、店でも心配してはって、騒動になってました」

つまり、千代友屋の末娘が賢輔に一方的に想《おも》いを募らせ、思いがけない行動に出た、ということか。漸く、事情がわかって、幸はぎゅっと唇を引き結んだ。

「千代友屋の旦《だん》那さんが『とんだご迷惑をかけてしまった。今からお詫《わ》びに伺いたい』と仰《おつしや》いましたが、勝手ながらお断りさせて頂きました」

娘の恋路に店主自らが動けば、大事になってしまう。それに、先方が何より恐れるのは、こちら側から世間に子細が洩《も》れることだと思われた。千代友屋の暖簾に傷を付けぬよう、一切、忘れることを約束して、店をあとにしたのだという。

「ええ、それで良いわ」

吐息とともに、幸は短く応えた。

いつぞや、お才の言っていた通り、賢輔目当ての娘というのは確かにいるのだ、と思い知らされる。千代友屋の件も、万が一、婿養子の申し込みまで進んだら、と気が重い。何とか気持ちを切り替えて、幸は佐助を促し、蔵の外へと出た。

「ご寮さん、別にひとつ、お伺いしても宜しいですやろか」

改まった口調で請われて、幸は顎《あご》を深く引く。

「何でもお聞きなさい」

「八代目の件でおます。ご寮さんのお考えを、周助どんはきちんと受け止めて、返事をさせてもろてますやろか」

七代目は、穏やかな笑みを支配人に向けた。

冬至の日、柚子を差し出した相手の双眸を見て、幸は周助の用意した答えを確信した。ただ、本人がはっきりと言葉にするのは今少しあとだろう。

「周助どんに、大坂へ発《た》つまでの間に、賢輔と私の三人で観音《かんのん》さまにお参りがしたい、と頼まれています」

そのひと言を聞き、佐助は破顔して、嬉《うれ》しそうに辞儀をした。

「あ、姉さん」

姉さん、姉さん、と結が幸を呼ぶ声がする。

蔵から現れた幸と佐助を認めて、かたかたと下駄を鳴らして結が駆け寄った。

「姉さんにお客さんです。千代友屋さん、て言うてはります」

軽く息を呑み、幸と佐助は顔を見合わせた。ともかく座敷へ、と幸は急ぐ。事情を知らない結が、姉のあとに続いた。


「五鈴屋さん、この通りでございます」

座敷に額をつけるほどに深く頭を下げるのは、千代友屋の店主の女房だった。

「あまりの恥ずかしさに、顔から火の出る思いでおります。どうか、どうか、お許しくださいませ」

「どうかもう、お顔をお上げくださいませ」

十以上も年下の女に、格式ある大店の店主の妻が、我が娘のことでこうして詫びねばならないのは、あまりにも切ない。相手の気持ちを慮《おもんぱか》って、幸は懇願する。

お竹がお茶を持って座敷に現れ、そっと置いて去った。土間から結がこちらの様子を窺っているのがわかった。

「娘にはもう既に、婿養子を取る話が決まっております。年内には結納を交わし、年明けに祝言の段取りも整えています。なのに、あの子……片恋の挙句、ここまで押しかけていただなんて」

「もう、そのお話は」

女房のひと言で大きな荷物を下ろした気持ちになって、幸は鷹揚《おうよう》に話を遮った。

金子《きんす》が入っていると思《おぼ》しき袱紗《ふくさ》はそのまま返し、菓子折りを受け取って、幸は相手を送りだす。帰り際、千代友屋の女房は、大きな溜息《ためいき》をひとつ、ついた。

「齢《よわい》十七、お芝居が好きで、恋に恋をしただけのことでしょうが、本当にお恥ずかしい限りです。お訪ねして、お許し頂いて、安堵しました」

女房は幸を見て、言い添える。

「賢輔というひとの見目形の良さ、というのも、勿論《もちろん》あるでしょう。けれど、貧しい身形《みなり》の者にも、裕福そうな者にも、決して分け隔てをしない。そんな『ひととしての有り様《よう》』に、娘は強く惹《ひ》かれたそうです。親馬鹿とは存じますが、そう言いきれる娘のことを、内心、とても好ましく思ったのです」

良い奉公人を育てられましたね、と女房は心を込めて言い、丁重な辞儀を残して去った。幸はその場に佇《たたず》んで、女房の後ろ姿を見送る。何時《いつ》の間にか、結が傍らに立っていた。話の内容から、粗方《あらかた》の事情は察したのだろう。

「心に想うひとが居たかて、婿養子を取らされてしまうのん、可哀《かわい》そうやわ」

　哀《かな》しげに、結が洩らした。

「賢輔どんが、千代友屋のこいさんの気持ちを知ってたら、どないやったやろ。好きになったんと違うやろか。十七やし、齢の釣り合いもええし」

　姉に問うている、というより独り言のようだった。幸は何も応えず、店の中へと戻る。そろそろ暖簾を出す刻限だった。

　誰も居なくなった戸口に立ち、結は小さく呟く。

「それとも、賢輔どん、誰かほかに好きなひとでも居てはるんやろか」


　霜月《しもつき》も残り十日、という朝。

　周助の望みを叶えるべく、幸は賢輔を伴い、三人で浅草寺に参ることにした。

　浅草寺の朱塗りの仁王門は、今から百年ほど前に建てられたものと聞く。

　雷門から仲見世を通り抜けたところで、仁王門の全体が見える。左右に仁王像が安置され、その間を通って本堂に至る時、訪れた者は観音さまに迎えて頂いた、との思いを深くする。

「漸く、お参りさせて頂けました」

　本堂を見上げ、感に堪えない面持ちで、周助は呟いた。周助が江戸を発つまで、もう幾日も残っていない。

これまで店のこと、商いのことなど、詰めるべき話はしてあった。あとは、ただひとつ、五鈴屋にとって最も大きな課題を残すのみ。

「こないして、三人で浅草寺さんに寄せて頂けて、ほんにありがたいことでおます」

水場の方へと足を向け、周助が幸と賢輔とを振り返る。

そうね、と幸はにこやかに頷いた。佐助のほかに壮太と長次という助っ人が居ればこそ、主従は安心して店を空けられる。

五鈴屋七代目店主、高島店の支配人、そして江戸店の手代。

手代でありながら、この場に居ることの意味を思ってか、賢輔は先刻から緊張の面持ちで無言を通していた。

水場では、竹竿《たけざお》に掛けられた手拭いが寒風に翻っていた。周助は、奉納された手拭いに感慨深そうな眼差しを向ける。

「ご寮さんと賢輔どんは、ここで、反物を縦に見せるための道具を、思いつかはったんだすなぁ」

肌を刺す風は冷たいが、境内《けいだい》には陽の恵みが溢れていた。観音さまの慈悲に縋《すが》るべく、善男善女が五鈴屋主従の脇を通り、本堂へと向かう。三人は暫《しば》し、その場に佇んで参拝客の様子を見守っていた。

「七代目」

改まった口調で、周助は幸に呼びかけ、両の膝頭に手を置いた。

幸もまた、両の手を前で揃《そろ》えて、話を聞く構えを見せた。

「五鈴屋八代目襲名の件、お引き受けさせて頂きとう存じます」

力強い、何より真摯《しんし》な宣言だった。

刹那《せつな》、幸の耳から境内のざわめきは消え去り、八代目となる人物の声だけが、観音さまの手で掬《すく》い取られた。

「この身を賭《と》して、五鈴屋の暖簾を守り、『買《こ》うての幸い、売っての幸せ』の信念を貫き、次の代へと繋がせて頂きます」

周助の人柄の滲む、誠意に溢れた言葉だった。己の利でも欲でもない、周助は五鈴屋の暖簾を九代目へと繋げるための、盾になろうと心を決めたに違いなかった。

耳もとで、智蔵の声がする。

――幸、幸
――幸、宜しおましたなぁ
幸は奥歯をぐっと嚙み締めて、新たな跡継ぎに深く、深く、頭を垂れた。賢輔も幸に倣《なら》い、深々とお辞儀をする。

本堂に参って、各自、長い間、手を合わせて祈った。祈念の時を終えて、階段を下り立った時、「賢輔どん」と、周助が手代を呼んだ。

「あんさんは、この江戸で踏ん張って、小紋染めを一時の流行《はや》りやのうて、のちの世まで残せるような道を探りなはれ」

周助は賢輔の双眸をじっと覗き込み、想いを込めた声で続ける。

「そして、あんさんなりの道を見出《みいだ》した時、改めて、九代目を継ぐことを考えとくれやす」

賢輔は暫く、周助を見つめてから、もう一度、本堂に手を合わせた。合掌を解くと、改めて周助に真《ま》っ直《す》ぐな眼差しを向ける。

そして、「へぇ」とゆっくりと深い声で応じた。周助の想いを受け止めた、この上なく誠実な返事だった。

第十一章　百丈竿頭《ひやくじようかんとう》

師走《しわす》八日は、五鈴屋のお家《え》さんだった富久の祥月《しようつき》命日だった。

亡くなってから、丸九年。富久のいない九年の間に、五鈴屋も、そして幸も、様々な困難を乗り越えてきた。折々に、富久が居てくれたら、と思わぬことはない。

松福寺にて法要を頼み、本堂で手を合わせて、富久に八代目のことを報告する。

大坂町奉行所と天満組呉服仲間に宛《あ》てた、養子縁組と八代目襲名を願いでる書状を懐《ふところ》に、周助はもう天満に辿《たど》り着いただろうか。

五鈴屋を、百年続く店に。

富久から託された願いは、きっと叶《かな》えられる。百年続けば、さらに次の百年。もう、幸を含め今の五鈴屋の者がひとり残らずこの世を去っていても、「買《こ》うての幸い、売っての幸せ」を貫く商いが受け継がれ、五鈴屋の暖簾《のれん》が永く続くことを心から祈る。

幸の傍らで、お竹と結も熱心に手を合わせていた。

「賢輔どん、大丈夫やろか」

法要を終えて出てきたところで、結が心配そうに眉根《まゆね》を寄せる。賢輔は二日ほど前から風邪《かぜ》を引いて、熱を出していた。

「食欲もおますし、今日一日、寝てたら治りますやろ。何せ若いよって」

お竹が何でもないように言う。

三人とも、賢輔が寝る間も惜しんで図案造りに励んでいることを知っている。長く苦しみ続けて、まだ糸口も摑《つか》めていない。無理が祟《たた》っての風邪なのだろう。

「今夜は何か身体《からだ》の温まる、力の付きそうな夕餉《ゆうげ》にしてやって」

「私、作りますよって」

結は言って、小走りに駆けだした。

お竹は結の背中を見て、「しんどおますやろなぁ」と声を低める。

賢輔の力になれないことか。賢輔の心が見えないことか。おそらく両方なのだろう、と幸は気づいて「そうね」と短く応《こた》えた。だからと言って、どうすることも出来ない。賢輔の心を摑みに、結自身が動くほかないのだろう。

五鈴屋が見えてきたところで、広小路の方角から見覚えのある人物が、すたすたと歩いてくるのを認めた。お才の弟で、指物師《さしものし》の和三郎《わさぶろう》だったのだ。

和三郎も幸たちに気づいて、にこやかに笑った。

「女将《おかみ》さん、お竹さん、すっかりご無沙汰《ぶさた》しちまって。撞木《しゅもく》の調子はどうですかい」

この近くに注文の品を届けた帰りだという和三郎に、幸は「寒いので、熱いお茶でも飲んでいってくださいな」と頼み込んだ。


「そうですか、賢輔さんが。そいつぁ、いけねぇな」

板の間の上り口に腰を下ろして、お竹の淹《い》れた熱いお茶を美味《うま》そうに啜《すす》っていた和三郎だが、賢輔の話を聞いて真顔になった。

「俺《おれ》が会ったところで気が晴れるわけでもねぇだろうが、ちょいと失礼して、覗《のぞ》かせてもらいますぜ」

案内しようとするお竹を制して、和三郎は土間伝いに次の間へ移り、そこから階段を上っていく。

「根っからの職人気質《かたぎ》の和三郎さんと話したら、賢輔どんも慰められるかも知れまへんなぁ」

お竹は言って、天井に目を向けた。

店の間からの殷賑《いんしん》が、板の間まで届く。五鈴屋の小紋染めの商いは変わらず盛況だが、やはり買うのは女が多い。男女ともに好かれる柄、というのは何なのか。松葉や亀甲《きっこう》などは出尽くした。ほかに、思いつきそうで、やはり思いつかない。

周助の気持ちを知り、何とか少しでも早く、五鈴屋江戸店の商いを支える図案作りを、と賢輔は焦っている。何の助言も出来ない己を、幸は恥じていた。だが、手掛かりというのは、焦れば焦るほど見えなくなってしまうものだった。

「まだ筆なんぞ握ってるから、取り上げてきましたぜ」

暫《しばら》くして、二階から下りてきた和三郎が、幸に筆を渡した。

「今日一日、腹を据えて寝て、明日は兄ぃんとこへ顔を出すように言ってある」

「力造さんのところへ？」

幸の問いかけに、そうともさ、と和三郎は答えた。

「許しを得るのが後先《あとさき》になっちまったが、賢輔さんには息抜きが必要ですぜ。だからといって、あいつの性格だ。遊びにいけるわけもない。兄ぃの家なら仕事のついでに立ち寄り易《やす》いし、あの夫婦の遣《や》り取りを見聞きするだけで、結構な息抜きになる。それに何より、梅松ってひとに話を聞いてもらえますぜ」

「梅松さんは、もう旅のお疲れは抜けられましたか」

慣れぬ長旅を続けた型彫師《かたぼりし》のこともあって、幸自身、力造のもとを訪ねるのを控えていた。

「達者なもんですよ。俺も兄ぃに呼ばれて、家へ行きましたがね。よっぽど居心地が良いのか、もう昔っから住んでたみたいでさぁ。姉の孫まで『ひぃじぃじ』って呼んでる始末で。姉貴は世話好きだから、そのうち嫁も見つけてくるに違いねぇ」

和三郎の台詞《せりふ》に、幸の眼《め》の奥がじわじわと温かくなる。

郷里を捨てるように去り、江戸へ移ってきた梅松に、心地よい居場所が出来たことが、何よりありがたくてならなかった。

軽く洟《はな》を啜る音が聞こえて、隣りを見ると、お竹が前掛けをぎゅっと握り締めて、涙ぐんでいた。

「明日、必ず賢輔を連れて伺います。力造さんたちに、そうお伝え頂けますか」

伝言を頼んで和三郎を送りだすと、幸は商いに戻るべく、店の間へと足を向ける。

ふと、賢輔のことが気になった。

仕事に入る前に様子を見ておこう、と急な階段を音を立てないようにして上る。二階の寝間を覗けば、賢輔が向こうを向いて横になっていた。

耳を欹《そばだ》てれば、健やかな寝息が聞こえる。良かった、と安堵《あんど》して、そろそろと引き返した。和三郎に叱《しか》られることで、休むことの大切さを知ったのだろう。こういう時、あまりに身近過ぎる者の忠告というのは、心に届きにくい。改めて、和三郎との出会いを感謝する幸だった。

翌日は、あいにくの曇天だった。

昨日のお事始めを境に、江戸の街は正月の仕度に取り掛かる。手始めに大掃除を、ということで、広小路も大川端も煤《すす》払い用の青竹を売る竹売りが数多く出ていた。

「おい、危ねぇじゃねぇか」

しなやかに撓《しな》る細い青竹でも、まとまると嵩張《かさば》るし、持ち方次第では危ない。

「目に刺さりでもしたら、どうしてくれる」

「何を大袈裟《おおげさ》な。門松用の太い竹なら別だが、これっぽっちの細い細い青竹で、危ねぇの危なくねぇの、って話かよ」

あちこちで起こる諍《いさか》いも、暮れの風物詩となっていた。賢輔は、諍いの火の粉が主《あるじ》に飛ばないよう、始終、目を光らせて幸の前を歩いている。

昨日一日、たっぷり眠れたのが功を奏したのだろう、今日は熱も下がり、元気を取り戻した賢輔だった。良かった、と幸は内心、安堵の胸を撫《な》で下ろした。

陽射《ひざ》しはないが風もなく、さほど寒くはない。

力造の家はと見れば、引戸が開けられたままになっている。幸の来訪を和三郎はちゃんと伝えてくれていたようで、顔を覗かせたお才が、五鈴屋の主従を認めると、待ちかねていたように笑みを湛《たた》えた。

「そうかい、そうかい、周助さんは、とうに江戸を発《た》ちなすったのかい」

五鈴屋の店主と手代を座敷に迎えて、力造は相好を崩す。

「はい、ご報告が遅れてしまって。皆さんにくれぐれも宜《よろ》しくとのことでした」

幸の挨拶《あいさつ》を聞いて、梅松が「丁寧なひとたちや」と頰《ほお》を緩めた。お才が仕立てたのだろう、墨染めの綿入れがとてもよく似合う。もうすっかりこの家に馴染《なじ》んでいるらしく、寛《くつろ》いで見えた。

「ここから大坂まで百四十里（約五百五十キロメートル）くらいあるって聞いてるよ。もう少しゆっくり出来るなら良かったのにねぇ」

お茶を運んできたお才が、無念そうに洩《も》らした。

「仕様がねぇだろ、支配人がそうそう長く店を留守にしてられるかよ」

力造は湯飲みに手を伸ばす。その指が藍《あい》色に染まっていた。

小紋染めの新たな柄について、冬至の夜、何かを摑みかけた気になったが、今なお進展はない。けれど、染物師も未《いま》だ浸《つ》け染めの試みを続けている、と知って励まされる思いだ。

　賢輔もまた、力造の指先をじっと見つめている。

「賢輔さん、風邪が治って良かったねぇ。昨日、弟から聞いて心配してたんですよ」

　その顔を覗き込むようにして、お才が賢輔に話しかけた。

　手代は丁重に礼を言って、お才から湯飲み茶碗《ぢゃわん》を受け取る。喉《のど》が渇いていたと見え、目を細めて美味《おい》しそうに飲み始めた。

　お才はお盆を持ったまま、幸の傍《そば》へ座ると、「弟と言えばねぇ」と笑いだした。

「『姉貴は世話好きだから、そのうち、梅松さんの嫁も見つけてくる』って、あの子、女将さんに話したそうですね」

　幸もつられて笑みを零し、「ええ」と頷《うなず》いた。

　お才なら顔も広いし、ひとにも好かれている。良いご縁を結んでくれそうだった。

「何せ、江戸は女のひとが少ないですからね。でも、何処《どこ》かにきっと良いひとが居ると思って。及ばずながら、この才、ひと肌もふた肌も脱ぐつもりですよ。ただ、本人の好まぬ人を引っ張ってきてもねぇ。だから、梅松さんに、どんなひとが良いか、聞いてみたんですよ」

「それは、私も知っておきたいです」

幸はお才に向き直り、居住まいを正す。梅松の好みを聞いておいて、心づもりをしておこうと思った。

「働き者だとか、心根が優しいとか。そんな返事かと思っていたら」

「お才さん、堪忍《かんにん》してや」

梅松が堪《たま》りかねて、お才の口を押さえにかかった。お才は笑いながら梅松の手を逃れ、朗らかに告げた。

「梅みたいなひと、ですって。梅ですよ、梅。よもや、花の名前を言われるとは思ってなかったから、もうおかしくて、おかしくて」

梅松は、どうにも情けなさそうに幸を見ている。

その視線を受け止めて、幸ははっと気づく。

「お梅どん……」

幸のひと言を耳にして、賢輔が盛大にお茶を噴いた。

思わぬ方向に話が転がったものの、梅松自身が「親切にしてもろたんが嬉《うれ》しかっただけ」と言ったので、そこまでになった。

力造も梅松もお才も、和三郎から賢輔の苦悩を聞いて知っているだろうが、敢《あ》えて今日は図案の話題に触れないまま、刻《とき》が過ぎた。そろそろ暇《いとま》を、と幸が思ったところで、お才が傍らの文箱《ふばこ》を引き寄せた。

蓋《ふた》を開け、中から冊子を取り上げると、幸の前に置いた。

「女将さん、これ、もうお持ちかも知れませんが」

「これは？」

伊勢型紙を思わせる、茶色の紙の表紙。柄は渦巻紋《うずまき》だ。

「来年の綴暦《とじごよみ》なんですよ。去年、女将さんに注連《しめ》飾りを頂いたでしょう？　そのお返しにと思って」

柱暦《はしらごよみ》も便利なんですけど、たまにはこういうのも良いかと思って、とお才は口もとから鉄漿《おはぐろ》の歯を零した。

ありがたく受け取って、幸は糸で綴《と》じられた冊子を開く。江戸暦、と呼ばれるものだった。賢輔にも見えるように、捲《めく》ってみる。

一枚目に大きく「乙亥《きのとい》」、来年は亥《いのしし》年だ。

きのえね、きのとうし、ひのえとら、と日々の十干十二支《じっかんじゅうにし》が読み易い平仮名で書かれている。

「これだと『初午《はつうま》』や『一の酉《とり》』がすぐにわかりますね」

　便利だわ、と幸は紙面を指でなぞった。その瞬間、傍らで息を呑《の》む気配がした。

「ご寮《りょん》さん、見せとくれやす」

　よほど焦っているのか、幸の許しを待たずに、賢輔が暦を捥《も》ぎ取った。幾度も幾度も紙を捲り、食い入るように注視を続ける。何やら、口の中でぶつぶつと呟《つぶや》き始めた手代のことを、残る四人が案じて、互いに視線を絡め合った。

「ね、うし、とら」

　徐々にその声が大きくなる。

「おい、賢輔」

　見かねたのだろう、力造が身を乗りだして、賢輔の両肩をむんずと摑んだ。

「大丈夫か、一体、どうしちまったんだ」

　激しく揺さ振られて、賢輔は暦を手放す。そして、力造の腕を摑み返すと、

「力造さん、干支《えと》、干支だす」

　と、叫んだ。

　干支、とお才は首を傾《かし》げて、

「賢輔さん、干支って一体、何のことだい。わかるように言っとくれでないか」

と、問いかける。

干支、と幸が呟き、干支、と梅松が繰り返す。

「へぇ、干支だす」

賢輔は暦の「亥」の文字を指し示して、早口で言い募る。

「子《ね》、丑《うし》、寅《とら》、卯《う》の、十二支の漢字を模様に見立てたら、どないだすやろか。一文字、一文字を小さな孔《あな》で表すんだす」

「あぁっ」

ばんっ、と梅松が大きな音を立てて自身の太腿《ふともも》を打ち据えた。幸もまた、両の手で唇を覆って驚きに耐える。

「おオ、墨と筆と紙だ、早いこと持ってきな」

力造に命じられ、訳が分からないまま、おオは転がるように部屋を出ていった。

紙に筆を用いて、賢輔は一文字、一文字を、向きを変え、書き込んでいく。丁度、

子、丑、寅、卯、辰《たつ》、巳《み》、午、未《ひつじ》、申《さる》、酉、戌《いぬ》、亥。子、丑、寅、卯、辰、巳、午、未、申、酉……。

十二種の紋が風で散らされたように見える。

「十二支、つまり十二の漢字を、細かい点々で描いて、紋様に見立てるんだす。遠目には無地に見えるけんど、傍に寄って、じっと見つめたなら、十二支が浮かんでくる、いう塩梅《あんばい》だす」

初めて得心がいったらしく、お才が「ああ」と声を上げ、両の手を打ち合わせた。

面白い。

賢輔の手もとを見守って、幸は思わず胸のうちで唸《うな》る。

幸の母、房は読み書きが出来なかったが、己の干支が寅だと知っていた。老若男女、ひとは誰《だれ》しも、十二支のうちの何処かに当てはまる。

つまり、誰しもが、紋様の中に自分の干支を見つけて愉《たの》しめる、というわけだ。

「こいつぁ参った」

心底、参った、と力造が呻《うめ》いた。

「よくもまぁ、そんなことを考えついたもんだ。これまで色んな紋様を染めてきたが、誰が十二支を、漢字を、紋様にしようなんて考えるもんか」

「只者《ただもの》じゃないよ、賢輔さんは」

染物師の夫婦は、ただただ感嘆の声を上げている。

途中まで描いたものを、賢輔は手に取り、軽く振って乾かしてから、梅松の前へと置いた。そして、不安の宿る語調で、型彫師に尋ねた。

「梅松さん、これを型に彫ることは出来ますやろか」

型彫師は図案を描いた手代の顔を覗き込み、大きくひとつ、頷いてみせる。

「賢輔さん、よもや、あの冬至の夜からこないな図案が生まれるとは、思いもせなんだ。これやったら、錐《きり》で彫れる。否、錐彫りでないとあかん」

腕の振るい甲斐《がい》がある、と型彫師は晴れやかに笑みを浮かべた。

図案を描《か》き上げさせるべく、幸は賢輔を力造のもとへ残して、ひとり五鈴屋へ戻ることにした。

花川戸を過ぎた辺りで、掛け取りの途中か、思い詰めたような奉公人たちとすれ違った。節季払いの店は、師走は一年のうちで最もきつい月になる。五鈴屋本店でも、高島店でも、皆、同じような思いで過ごしているだろう。

材木町を通りかかった時、ふと思い立って、少し奥まった角地を覗いた。

茂作と歩いた時には、まだ更地だった土地。何としても賢輔を八代目に、と思い詰めていた時に、普請が始まっていた。その店が、既に商いを始めている。

長暖簾ではなく、水引《みずひき》と呼ばれる丈の短い暖簾が間口一杯に広げられ、その下を旅姿の者が盛んに出入りしていた。表格子には「新うすゆき物語」「中村富五郎 摺《すり》絵《え》」などと墨書された板が掛かる。どうやら絵草紙屋のようだった。

盛土して、土が固まるのを何年も待ち、満を持しての普請、そして開店なのだろう。

幸い、大層賑《にぎ》わっている様子だった。

——柔《やわ》こい土地に家を建てたら、いずれ必ず傾く

あの時の茂作の言葉は、幸の胸に刻まれている。

干支を小紋の柄にすることを思いついた賢輔。新たな小紋染めを売りだして、商いを広げることで、しっかりと地固めが出来る。真新しい木肌の絵草紙屋を賢輔と重ね合わせて、幸は明るい希望に胸を膨らませた。

「ねぇ、賢輔どん」

蔵の中から、結の声がしている。

反物を検《あらた》めに土蔵へと向かっていた幸は、ふっと足を止めた。

「干支の柄って、どないなもんですのん？　言葉だけで教えてもろても、ほんまに私が思うてるもんと同じかどうか、わからへんの。一遍、見てみたいわぁ」

済みません、と詫《わ》びる声は賢輔のものだ。

「図案は梅松さんに渡してしもてますよって」

「けど、下書きはあるでしょう？　迷惑でなかったら、今度、見せて」

遣り取りはまだ続きそうだった。用事はあとにしよう、と引き返したところで、土間を駆けてお竹が幸を呼びにきた。

「ご寮さん、お客さんだす」

お竹が蔵の方を憚《はばか》り、声を落とした。

客の名を聞いて、幸は蔵の方を振り返る。訪ねて来た用件が、結に関《かか》わるものなら、と身構えた。


五鈴屋がその客を迎えるのは、正月以来、二度目だった。

前回と同じく黒羽二重の紋付姿で、まだ商いを始める前の店に現れた男。本町三丁目の薬種商、小西屋だった。

「いやはや、どう切りだしたら良いものか」

座敷に通されたものの、幸と佐助を前に、小西屋は言い淀《よど》んだ。

「音羽屋さんの件なら、紅もお返しして、今後の関わりも辞退申し上げました。そのあと、妹が一人でお店へ伺ったことについては、私の目が行き届いておりませんでした。本人には厳しく諭《さと》して、以後は一切関わっていないはずです」

淡々と伝える店主に、それは承知しております、と小西屋は吐息とともに頷いた。

「ひとさまの仲人を引き受けることも多いのですが、今度ばかりはどうも……」

小西屋が言うには、音羽屋忠兵衛は結が現れなくなって以来、すっかり気力を失ってしまった。その身を案じた番頭や別家、それに娘たちから、再度、何とか結を娶《めと》る手はずを整えてくれ、と泣きつかれたのだとか。

「忠兵衛さまと手前どもとのお付き合いは、とても長いのですよ。呉服商の奉公人だった忠兵衛さまが、音羽屋の先代にその才を見込まれて、婿養子に迎えられた頃からですので」

小西屋の台詞に、幸は意外な思いで双眸《そうぼう》を見開いた。

主筋か奉公人かの違いはあれど、呉服に携わりながら両替商に婿入りした、という経歴は、惣次に通じるものがあった。ただ、大店の中には、呉服商と両替商の両方を兼ねるところもあるから、ふたつの職種の垣根は存外、低いのかも知れない。

沈思《ちんし》を重ねる幸の様子に、脈あり、と踏んだのか、相手は軽く身を乗りだす。

「ともかく真面目《まじめ》なかたなのですよ。この二年ほどの間、どなたか良い後添いを、とお話をお持ちしたのですが、体よく断られてばかりで。それが、今回ばかりは勝手が違った。結さんに対する気持ちは、若人のように純なものなのです」

「純と言われましても」

幸は背筋を伸ばして、小西屋の顔をまじまじと眺める。

忠兵衛の身内や音羽屋の奉公人たちは、本心から忠兵衛と結との縁組を望んでいるわけではあるまい。小西屋本人とても、このような役を引き受けるのは、さぞかし不本意だと忖度《そんたく》は出来る。二十ほども齢《とし》の違う娘に入れあげて気力を失うなど、とても真面《まとも》な店主とも思われない。ただのうつけか、阿呆《あほ》ではないのか。

不意に、惣次の声が脳裡《のうり》を過《よぎ》った。

——悪い奴ほど、阿呆な振りが上手《うま》いよって、気ぃつけなはれ

そう、蔵前屋の座敷で、五鈴屋五代目が七代目に投げかけた、あの台詞だった。

五鈴屋に命じられる上納金のことまで、把握していた惣次。

その惣次と音羽屋忠兵衛とは、かつて呉服を商っていたことと言い、婿養子となるに至った経緯と言い、酷似している。しかも、二人とも、今は同じ本両替商の仲間なのだ。音羽屋の動静に、惣次が無頓着《むとんじゃく》なまま過ごしているとは考え難い。

もしや、と幸は唇を引き結ぶ。

もしや、惣次はこのことを言おうとしたのではないか。

音羽屋忠兵衛が結に執着するのは、果たして、惹かれている、という理由だけか。

背後に、何か謀《はかりごと》が潜んでいるのではないのか。もしや、そこに五鈴屋の商いが関わってはいないだろうか。

初対面での音羽屋の所作が引っかかる――その一事で警戒心を抱くのは、もしかすると狭量に過ぎるのかも知れない。ほかには何の確証もありはしないのだが、しかし、それでも、音羽屋が世評通りの好人物であるとは、幸にはどうしても思えなかった。

惣次のあの台詞が、何かを示唆しているのだとしたら……。

「お邪魔いたします」

俄《にわか》に、次の間との仕切りから声がして、幸は驚きの余り腰を浮かせた。

頰を紅潮させて、結がきちんと座ってこちらを見ていた。

蔵に居るとばかり思っていたのだが、小西屋との話を聞かれてしまった、と悟る。咄嗟《とっさ》に土間を見れば、お竹が何とも悲愴《ひそう》な顔つきで項垂《うなだ》れていた。

「お初にお目にかかります。結と申します」

「おお、そうだ、あなたですよ、あなた」

恵比須講《えびすこう》の時に、一度だけ見た結のことを思い出したのだろう。小西屋は身体ごと結の方を向いて、

「忠兵衛さまは、あなたのことを白菊に喩《たと》えておられましたが、まさにその通り。お

まけに、十は若く見えますなぁ」

と、誉《ほ》めそやした。世辞とわかりつつも、結の頬はますます朱に染まっていく。

幸はすっと立ち上がり、客の視線から結を隠す位置に座り直した。

「音羽屋さんにお伝えくださいませ」

異論を差し挟む余地を与えぬよう、端的に、明瞭《めいりょう》に告げる。

「幾度、お話を伺っても、こちらの返答は少しも変わりません。これきり、妹のことはもうご放念くださいますように、と」

小西屋は「ううむ」と唸り声を洩らす。諦《あきら》めて帰ると思いきや、陥落不能な姉ではなく、その肩越し、結へと呼びかけた。

「勿体《もったい》ないことですよ、本当に。両替商の中で、越後屋と肩を並べるほどの大店の音羽屋。その主の後添いに、と望まれることなど滅多とない。望みうる限りの贅沢《ぜいたく》な暮らしが待っている、というのに」

「ええ加減にしとくれやす」

見かねて、佐助が小西屋の前へ回り、

「とうに店を開ける刻限を過ぎてますのや。あんさんも商人なら、商いの邪魔はせんといておくなはれ」

と、声を荒らげた。

若い支配人に叱責《しっせき》されたことで気分を害したのか、小西屋はむっとしながらも、

「小僧の遣いでもあるまいし、肝心《かんじん》の結さんご本人のお考えを聞かないうちは、引き下がるわけには参りませんよ」

と、抗《あらが》った。

姉さん、佐助どん、と結は小声で二人を呼ぶ。自身の口からきちんと話したいのだ、と察した幸たちは、やむなく引き下がった。

小西屋さま、と結は相手を呼んで、おずおずと口を開く。

「音羽屋の旦《だん》那さんは、ほんにお優しい、ええお方やと存じます。私は早うに父を亡くしてますから、あないなお方が父親やったら、どないに良かったか、と。それに、私にはもう、『このひと』と心に決めたひとが居ります。せやさかい、後添いのお話は、どうぞ堪忍しとくれやす」

結本人にここまで言われては、流石《さすが》の小西屋も、ぐうの音も出ない。

しおしおと萎《しお》れて引き上げる薬種商を、その場に居合わせた四人で表まで送った。その姿が師走の街に消えるのを認めた途端、何とも言えぬ疲労が主従を襲う。やれやれ、と思った時、店の奥から、

「相済みません、佐助どん」

と、支配人を呼ぶ手代の声がした。

帳面を片手にした賢輔が、土間伝いにこちらへ向かってくる。戸口に四人が揃《そろ》っているのを認めて、手代は少し怯《ひる》んだ。

「どなたか、お見えだしたか？」

蔵に居て、今の騒動に気づかなかったのだろう。

何でもない、ととりなして、佐助は、

「どないしたんや、賢輔」

と、問いかけた。

「帳面にある、この伊勢木綿、何処におますのやろか。ずっと探しているんだすが」

ああ、それなら、と佐助が先に立って、蔵へと向かう。

支配人と手代の背中を見送って、結が寂しそうに、聞こえてなかったんやねぇ、と洩らした。次の間に控えていた壮太と長次が、頃合いを見計って土間に現れる。

店の表には、こちらの様子を窺い、行きつ戻りつしているおかみさんたちが二人、いずれも、五鈴屋の店《たな》開けを待ちかねているのだ。

「ご寮さん、暖簾を出しまひょか」

少し湿った雰囲気を払うように、お竹が明るく言った。

型紙を彫るのは、紙と錐さえあれば何処でも出来る。だが、その紙も錐も特別なもので、繊細な心遣いがなければ、精巧な伊勢型紙に仕上げることは難しい。

賢輔の仕上げた図案を地紙に写し取り、梅松は背中を丸めて、よく研いだ錐で細かい孔を空けていく。六枚の地紙を重ねているため、少しでも手が滑れば、全《すべ》てが台無しになる。

力造宅の一番奥の部屋で、梅松は二六時中、型彫を続けていた。手前が少し低くなっている作業台は、お才の弟、和三郎が念入りに拵《こしら》えたものだ。

きっきっきっ、と地紙を突く錐の音、時折り、ふっ、と切れ端を吹く息、あとは極めて静かな仕事ぶりだった。しかし、その気迫たるや、迦楼羅炎《かるらえん》を背負う不動明王《ふどうみょうおう》の姿が梅松に重なって、誰も声を掛けることが出来なかった。

そっと襖《ふすま》を開けて中を覗く幸に、お才が低く囁《ささや》く。

「まるで取りつかれたみたいに、一日中ああですよ」

身体を壊さなきゃ良いんですが、と型付師《かたつけし》の女房は案じた。

黙々と作業に没頭する型彫師の背中に、幸は深く頭《こうべ》を垂れた。

幸を送りがてら表に出たお才は、切なそうに首を振った。

「梅松さん、型彫の道具と地紙以外、全部、白子に置いてきたそうですよ」

親の位牌《いはい》さえ置いてきた、と聞いて、幸は唇を真一文字に引き結ぶ。

株仲間となった型商は、絵符や駄賃帳に加え、通り切手も持たされて優遇されている。そのうちに、名字帯刀まで許されることになるのではないか。

伊勢型紙が型売りの手で日本中に広まるのは大切なことだと思う。しかし、その陰で型彫師が孤立させられ、追い詰められることがあってはならない。

小紋染めが、ただ一時の流行りで終わらなければ。のちの世までも引き継がれるものになれば。きっと、色々なことが良い方に変わる。そのためにも、今、出来ることをしよう。

梅松の作業場の方に向かって、幸はもう一度、深々と頭を下げた。


「五鈴屋さん、おめでとうございます」

「樽酒《たるざけ》、どちらに置かせて頂きましょうか」

師走十四日、紅白の布を掛けて、立派な樽酒が届けられた。不思議なことに、贈り主の名はない。その日、五鈴屋江戸店は、開店して丸三年を迎えていた。

「堪忍してくださいませ、先さまは、どうしても名を伏せたい、とのことでございました。けれど、中身は正真正銘、灘《なだ》の生一本《きいっぽん》、極上の祝い酒でございます」

そんな台詞とともに、菰《こも》を巻いた見事な樽が、店の表に飾られた。

「豪勢な樽酒だねぇ」

今年最後の帯結び指南に訪れたおかみさんたちが、目を丸くしている。

ほかにも、蔵前屋や近江屋などから、祝いの品が届けられた。年を重ねるにつれて、沢山のひとに祝ってもらえるのは、何とありがたいことだろうか。

開店一年の時に始めた鼻緒の試み、反物を買ったお客に、手作りの鼻緒を贈る、というものは、例年、とても評判が良い。今年は常盤《ときわ》色の鈴紋で揃えて、百対を用意した。いずれも、結とお竹、幸が夜なべして仕上げたものだ。丁度良い数だと踏んでいたのだが、瞬《また》く間に残り一対になってしまった。

「まぁ、嬉しいこと。残り福ですね」

「縁起の良いことだ」

満ち足りたように笑みを交わし合うのは、毎年、この日に夫婦連れで現れるお客だった。求めるのは、決まって子ども用の友禅染め、半反。夫婦連れ、というのも珍しいし、子ども用の友禅半反、というのも五鈴屋の主従の記憶に残り易かった。

店前現銀売《たなさきげんぎんう》りのため、お客の身許《みもと》は、相手が名乗れば別だが、それ以外に知ることはない。身に纏《まと》う上田紬《つむぎ》やちょっとした所作で、懐《ふところ》豊かな店主とその女房だろう、との予測はついた。

「今年もまた、良い買い物をさせてもらったよ。半反ばかりの買い物なのに、嫌な顔ひとつ見せない。そうした店は今時、貴重だ」

そう言って紙入れを懐にしまう夫の横で、

「こちらの小紋染め、とても良いと思うのだけれど、松葉や亀甲のほかは、私にはどうにも柄が可愛《かわい》らし過ぎて。小物や鼻緒ならまだしも、着物となると似合いそうもないから」

と、申し訳なさそうに言った。

その遣り取りに、五鈴屋の主従はそっと視線を交わす。やはり、読みは外れていない、と、幸は心強く思った。

第十二章　怒濤《どとう》

師走《しわす》、十七日。

五鈴屋は終日、商いを休むことにしていた。

江戸店《だな》を開いて三年の節目となった十四日に、常よりも多くのお客を迎えた。また、帯結び指南も重なったため、奉公人たちには大変な思いをさせた。皆に骨休めをしてもらうためだった。

壮太と長次には、昨日のうちに、少しばかり心づけを渡してあった。今朝、佐助たちに懐紙に包んだものを一人ずつ、手渡しする。

「お芝居《しばい》を観《み》るのも良いし、美味《おい》しい物でも食べて、一日、ゆっくり過ごしなさい」

「ありがとうさんでございます」

奉公人たちは皆、恐縮して押し頂いた。

「姉さん、今日はどないして過ごさはりますのん？」

「蔵前屋さんに伺うつもりです。先日、お祝いの品を頂いたのに、まだ、ご挨拶《あいさつ》が出来ていないの」

供は要りません、一人で充分ですから、と幸はさり気なく言い添えた。

商いが休みでも、今まではそれぞれ店の中で過ごすことが多かった。店主から外出を勧められて、皆、妙に落ち着かない。

躊躇《ためら》いがちに、結が、賢輔どん、と手代を呼んだ。

「一緒に年の市に行ってもらえへんかしら。私、ちゃんと見て回ったことがないの」

へぇ、と賢輔は柔らかに笑む。

「私も前を通るばっかりで。ほな、皆で一緒にどないだすやろ。佐助どん、お竹どんも、ご一緒しとくれやす」

手代に水を向けられて、佐助とお竹は居心地悪そうに、あらぬ方を向いた。

「申し訳ないけんど、私は一遍《いっぺん》、向島の方へ行ってみとおますのや」

「佐助どんは向島だすか、私は堺町の芝居小屋にでも行ってみようか、と」

ふたりの返答に、さいだすか、と賢輔は残念そうだ。

結は助けを求めるように、姉を見た。仕方のない子、と内心微笑《ほほえ》ましく思って、幸は「賢輔どん」と呼びかける。

「大変な人出だろうし、何かあっても困るから、結と一緒に行ってやって頂戴《ちょうだい》な」

店主に言われて、賢輔は「へぇ」と懇篤《こんとく》に応《こた》えた。

朝餉《あさげ》の片づけを終えたあと、結は奥座敷で身仕度に取りかかった。

娘らしい鴇《とき》色の綿入れに、落ち着いた白鼠《しろねず》の帯を合わせて、唇と目もとに紅を差す。

健やかで愛らしく、仄《ほの》かに慎ましい色香が漂うようだった。

「綺麗《きれい》よ、結」

髪のほつれを指先で整えてやり、楽しんでいらっしゃい、と手鏡の中の妹を覗《のぞ》いた。

「姉さん、おおきに」

応える妹に笑みはなく、瞳《ひとみ》の奥に恐れが見える。思い詰めた様子に、幸は妹がこの日、賢輔に想《おも》いを伝えるつもりなのを知った。一途《いちず》な気持ちが報われるのを祈って、妹を送りだす。姉に見守られて、妹は賢輔とともに年の市へと出かけて行った。

幸も手早く仕度を整えて、土間伝いに表へ出ようとしたが、店の間に佐助の姿を認めて、立ち止まる。

「佐助どん、どうかしたの？」

ああ、ご寮《りょん》さん、と支配人はばつが悪そうに幸を見た。

「干支《えと》の小紋染めを売る時のことを、あれこれ考えていたんだす」

佐助の示す紙には、「子《ね》」の文字の横に、何かが描《か》き添えてあった。

「賢輔どんと違うて、私は絵が下手だすよって……。それ、鼠《ねずみ》のつもりだす」

情けなさそうに、佐助は眉《まゆ》尻を下げる。

「干支の絵を描いた紙を、反物に添えて渡したらどないかと思うて。字ぃの読めんひとにも、ご自分の干支を小紋の中に見つけてもらえるように」

佐助の台詞《せりふ》に、母の房の顔が思い浮かぶ。

「そうね、それはとても良い考えだわ」

せっかくの休みなのに、支配人は商いの知恵を絞ることを止《や》めない。胸の中がとても温かかった。

「ご寮さん」

かたかたと下駄《げた》を鳴らして、お竹が土間を駆けてくる。

「蔵前屋さんまで、お供さしとくれやす」

お休みもろたかて、正直、何をしてええんか、わからへんのだす、とお竹は打ち明ける。

「何や、お竹どん、私らつくづく貧乏性だすなぁ」

「ほんまだすなぁ、佐助どん」

ふたりの遣《や》り取りを聞いて、幸は思わず肩を揺らして笑った。

御蔵前から駒形町へと続く一本道は、浅草を目指すひとで賑《にぎ》わっている。いずれも、年の市目当ての者が殆《ほと》んどなのだろう。「納めの観音《かんのん》」と呼ばれる、年内最後の観音さまのご縁日は明日だから、それよりはましだろうが、大層な人出だった。

「一体、誰《だれ》なのかしらねぇ」

「私は最初、もしや惣ぼんさんではないか、て思うたんだすが……」

蔵前屋に挨拶を済ませた帰り道、幸とお竹の専《もっぱ》らの話題は、樽酒《たるざけ》の贈り主のことだった。相当に値の張る品だけに、謝意を伝えられないことが、どうにも心残りだった。

惣次の名を口にしたあと、お竹は首を左右に振ってみせる。

「けど、惣ぼんさんなら、ちゃんと名乗りはりますやろ」

お竹の見解に、そうね、と幸は相槌《あいづち》を打った。

確かに、惣次ならば、決して名前を伏せたりせず、ちゃんと「井筒屋三代目」からだと伝わるようにするに違いなかった。

「あない豪勢な樽酒、ぽんと迷いなく贈れるひとは限られるように思うんだす。惣ぼんさんでないとすると、ひょっとして歌舞伎《かぶき》役者さんやないか、と」

菊次郎か富五郎か。

それは幸も考えないではなかったが、あの二人ならば、五鈴屋の店前を華やかにするために、贈り主の名を書き上げた札を添えることを選ぶのではないか、とも思う。

「あとは、考えたくないけれど、音羽屋さん、というのもあるかも知れない」

幸の意見に、「それは」と、言ったきり、お竹は口を噤《つぐ》んだ。

後添い話を結自身がきっぱり断ったことは、小西屋を通じて音羽屋の耳に届いているはずだった。最も厄介なのは、音羽屋が未《いま》だに結を諦《あきら》めず、五鈴屋と何らかの関《かか》わりを持とうとすることだ。自然、主従の表情は険《けわ》しくなる。

駒形町に差し掛かった時だ。ふたりの歩く先に、ひとの出入りの多い店があった。祝い事らしく、紋入りの黒羽織姿の男たちが入れ代わり、立ち代わりしている。酒が切れたのだろう、店の者が酒屋を勝手口へと先導して、樽酒を運び入れていた。

「あれは……」

菰《こも》を被《かぶ》った酒樽《さかだる》にも、それを運んでいる酒屋の奉公人にも、ふたりには確かに見覚えがあった。

表の看板に記された屋号は、「千代友屋」。

——良い奉公人を育てられましたね

声とともに、丁寧にお辞儀をしたひとの姿が鮮やかに蘇《よみがえ》る。

五鈴屋の七代目と小頭役《こがしらやく》は、樽酒の贈り主に思い至り、目立たぬように店に向かって、そっと頭を下げた。


年の市の熱気を纏《まと》って結と賢輔が戻ったのは、時の鐘が七つ、鳴り終わる（午後四時）前だった。

「姉さん、お竹どん、佐助どん、おおきに」

これ、お土産《みやげ》だす、と結は経木《きょうぎ》に包まれた物を差しだした。

「賢輔どんと一緒に、観音さまにお参りして、屋台見世《みせ》でお蕎麦《そば》食べて、羽子板見て……。今年も富五郎さんの羽子板が人気やったんよ」

ほんまに愉《たの》しかった、と結は顔をくしゃつかせて笑っている。

「ご寮さん、梅松さんのとこを覗《のぞ》きに行ってもよろしおますやろか」

同じ土産を買ったのだろう、賢輔がそれを届けがてら、梅松の様子を覗きたい、という。

「もちろんですよ、せっかくだから、ゆっくりしていらっしゃい」

梅松さんに宜《よろ》しくね、と送りだしたあと、経木を開いた。艶《つや》やかな餡《あん》を纏った団子がみっしりと並んでいる。

「美味しそうねぇ。早速、皆で頂きましょう」

「すぐにお茶を淹《い》れますよって」

台所へ行こうとするお竹を、結が呼び止める。

「お竹どん、私の分はええですよ。ちょっとひとに酔うたみたいやさかい、夕餉《ゆうげ》まで休みます」

結はそう断って、奥座敷へと向かった。

結は結局、そのまま布団に入って、夕餉にも起きてこなかった。賢輔も、梅松のところから、まだ戻らない。姉として思う所もあり、

「はしゃぎ過ぎて疲れたのか、眠ってしまったのよ。気にせず、食べましょうね」

と、佐助とお竹に言った。

ふたりとも、結の賢輔への気持ちを知っている。ひとに知られた恋心というのは、辛《つら》かろう。幸い、ふたりが素知らぬ顔をしてくれているのが、ありがたかった。

「今日は私も少し疲れたので、早めに休みます」

そう断って、奥座敷に引き上げる。

襖《ふすま》を開けて、結、と声をかけるも、返事はなかった。

風の強い夜だった。

がたがたと障子を鳴らして、寒風が唸《うな》り声を上げている。眠れないまま、幸は風の音を聞いていた。

姉さん、と結が小さく呼んだ。

なぁに、と幸が優しく応える。

「千代友屋のこいさん、予定を早めて、年内に祝言をあげはるんやて。この前、気になったよって、お店の傍《そば》まで行ったら、近所のひとがそない噂《うわさ》してはった」

今日が祝言だったとは知らないのだろう、結のか細い声が、小刻みに震えていた。

「賢輔どんに、私、お願いしたんよ。『おかみさんにして』て。けど、賢輔どん、『私は手代だすよって、所帯を持ったりできません』て。私、もう何も言えんかった」

九代目になるまで待つ、とは言えなかった。どうしても、言えなかった。

「もしも言うて、きっぱり断られるんが怖かった。それにね……」

結は寝返りを打って、姉に背を向ける。

「姉さん、賢輔どんは、口にはせんけど、好きなひとが居るんと違うんかしら」

そんなはずはない、と幸は思った。

賢輔のことを子どもの頃《ころ》からよく知っていたし、江戸へ出てからは、この小さな家でともに暮らしている。誰かとの出会いがあるなら、気づかないはずがなかった。

ただ、そう信じることで、結は賢輔を諦《あきら》めるつもりなのだろう、と思い至り、幸は敢《あ》えて何も言わなかった。

「姉さん、姉さん、私、辛い」

結は言って、夜着を頭から被《かぶ》った。激しい嗚咽《おえつ》が洩《も》れて、幸は妹の傍へと移る。姉の気配に、結は夜着を出て、その身に縋《すが》りついた。


翌日から、五鈴屋は常の通りに店を開け、大勢のお客を迎えた。

「今、私が着てるのんが、蝙蝠《こうもり》柄の小紋です。こちらの反物の色なら、帯の色をもっと濃いのにしたら、色映りもええですよ」

迷うお客に、結がさり気なく帯の提案をしている。その生き生きとした様子に、五鈴屋の主従は心底、ほっとする。

幸が案じるよりも、結はずっと大人だった。二十七なのだから、当たり前といえばその通りなのだが、何処《どこ》か危ういところのあった結が、何とか自分の力で立ち上がろうとしているのは心強かった。千代友屋の娘の一件も、結にとって、自身を深く考える契機になったのかも知れない。

また、賢輔も、結から想いを打ち明けられたあと、さぞかし気詰まりだっただろうが、見事に封じて、常と同じ態度を通している。その一事にも、幸は何より救われていた。

胸中はどうであれ、表向きの平生を保つことで、何時《いつ》しか心が乱れることは少なくなっていく。それに、ひとの縁というのは不思議なもので、解《ほど》けたと思っても、また巡り合って結ばれることもある。智蔵と幸がそうであったように。

結も賢輔も、どちらも幸せであるように。

ふたりの姿を目で追って、幸は静かに祈った。

今年の師走は大の月で、三十日まである。残る日を数えて、折る指がひとつ多いことに、誰もが少し息をついた。

「五鈴屋さん」

浅草寺の蓑《みの》市が終わった翌々日、早朝の霜柱を踏みしだいて、飛脚が戸口に立った。

「大坂からの文《ふみ》ですぜ」

すっかり顔馴染《かおなじ》みになった飛脚は、状箱から一通の文を取りだして、お竹に手渡した。鉄助からの文は「仕立て」と呼ばれる急ぎの便で届けられたものだった。

周助が無事に大坂へ着いたこと。天満組呉服仲間の承認を受けて、周助を五鈴屋の養子に迎える手続きに入ったこと。それに伴い、来年睦月《むつき》には、女名前から周助に跡目が移ること。五鈴屋に関する重要な事柄が、的確にまとめて記されていた。

座敷で読み終えて、元の通り折り畳んだ文を、幸はそっと胸に押し当てる。

来年、年が明ければ、なるべく早いうちに一度、大坂へ戻ろう。色々と詰めておくべきことも多く、また、奥向きのこと、孫六と治兵衛の様子なども見ておきたい。

ともかくも、女名前で七代目を通して、無事、八代目を迎えることが出来る。初代から続く商いを、次の世に繋《つな》いでいける幸せを、ありがたく思った。

「佐助どん」

支配人を呼んで文を渡す。受け取って一読し、佐助は大きく安堵《あんど》の息を吐《つ》いた。

「ご寮さん、おめでとうさんでございます」

平伏して寿《ことほ》ぐ支配人に、ありがとう、と幸は温かく応じた。

あとは、梅松の手による干支の型紙の完成が待たれるばかりだ。店開け前に、観音さまへお参りに行こうか、と考えていた時だった。

「朝早くにごめんなさいよ」

型付師《かたつけし》の女房が、風呂敷《ふろしき》包みを胸に抱えて、戸口から中を覗いている。

おオさん、と幸は破顔して土間へと急いだ。

「朝餉に間に合うように、と思って、悪戯《いたずら》したんですよ」

風呂敷包みを前へ持ち上げてみせて、お才はにこやかに言った。

その声が届いたのだろう、台所からお竹と結が顔を出す。辺りには、ご飯の炊《た》ける甘い匂《にお》いが漂い始めていた。

炊き立てのご飯、寒蜆《かんしじみ》の味噌汁《みそしる》、蕪《かぶ》の漬物、それに、お才から差し入れられた大根と油揚げの煮物。今朝の五鈴屋江戸店の朝餉は豪勢だった。

「しっかり食べてきたのに、五鈴屋さんで二度目の朝餉をご馳走《ちそう》になったとわかったら、亭主に『厚かましい』って怒られちまう」

お竹から熱い湯気の立つ味噌汁を受け取って、お才は恐縮している。

「お才さんと力造さん、ほんにええご夫婦だすなぁ」

羨《うらや》ましいおます、とお竹に冷やかされて、止《よ》しとくれよ、と珍しくお才は照れた。

「お姑《つか》さんがまだ元気だった頃は、色々ありましてねぇ。随分と気の強いひとだったし、私も若かったから。何度、出て行こうと考えたか知れやしない」

味噌汁を飲み終えて、型付師の女房はしんみりと打ち明ける。

「けれど、その度に留《とど》まらせてくれる思い出があるんですよ。他人から見たら、大したことないんですけどね」

　姑と若夫婦の三人で、紫草《むらさきぐさ》を求めて、武蔵野《むさしの》の方へ遠出した時のこと。姑とお才が、川の浅瀬で足を取られた。水の深さは、踝《くるぶし》より少し上。命がどうこう、という場面ではなかったものの、流れは早く、二人とも尻餅《しりもち》をついて立ち上がれない。

「うちのひとは、女房と母親なら、何よりもまず母親を大事にする孝行者なんです。けど、その時だけは、私を先に助け起こしたんですよ。多分、何も考えないで、咄嗟《とっさ》にそうしちまったんでしょうねぇ。私はそれが嬉《うれ》しかった。咄嗟に取った行いだからこそ、あのひとの私への気持ちが、透けて見えたように思ったんです」

　そのあとで夫婦揃《そろ》って、お姑さんからは散々、嫌みを言われましたけどねぇ、とお才はちろりと舌を出してみせる。

　若い日のお才の苦悩を垣間見たようで、五鈴屋の主従は、何とも切ない気持ちになった。皆の様子に気づいて、

「私ったら、何て話を。お耳汚しでごめんなさいよ」

と、お才は耳まで赤く染めて詫《わ》びた。

「お才さん、蜆のお汁、お代わりどないだす。そない言うたら、力造さんも蜆、お好きだしたなぁ」

さり気なく、お竹が話題を変えて、和やかな朝餉の刻《とき》が戻る。

わいわいと賑やかに朝餉を終えたあと、お才は顔つきを改めた。

「一番大事なことを伝えるのが、最後になってしまって」

型付師の女房は一同を順に見ると、口調を違《たが》えて厳《おごそ》かに続けた。

「梅松さんからの伝言です。例の型紙、『二十九日の夕方には仕上がるので、七代目と賢輔さんとで取りに来てほしい』とのことですよ」

溜息《ためいき》とも声ともつかないものが、皆の口から洩れる。

初めての図案、干支の漢字をかたどった難しい図案。それだけを手がけるとしても、ゆうにひと月はかかる、と思っていた。それを二十日足らずで仕上げるとは。寝食を忘れるほどに型彫に没頭した、梅松の精進を思う。

「いよいよ、いよいよなんだすなぁ」

佐助の声が大きく揺れていた。

「あれは、何時のことだったかねぇ、うちのひとと梅松さんとが話していて、お互いに驚いたことがありましてね」

幸に送られて広小路を歩いている時、お才が思い出したように言った。

「ほら、小紋染めが出回る前に、私、女将《おかみ》さんに話したことがありましたよね。日本橋の呉服商が、片《かた》っ端《ぱし》から染物師に声を掛けて引き抜こうとしているって」

「ええ、よく覚えています」

お才がその時、店の名を口にしなかったことも、幸の記憶に新しい。

「梅松さんが五鈴屋さんの型彫を任されてる、と知って、型商を使って囲い込みにかかったのが、その同じ店だったんですよ」

思わず、足が止まった。

同じく立ち止まったお才の、その眉間《みけん》に深く皺《しわ》が刻まれている。

「何でも、型商の株仲間がおかみに支払う冥加金《みょうがきん》を肩代わりするだの、梅松さんには工賃を十倍払うだの、甘い餌《えさ》を撒《ま》くだけ撒いたそうなんです。私、前は女将さんに店の名を伏せましたがね、幾らなんでも、と思って。もうご存じかも知れませんが、田所屋ってぇんですよ」

田所屋というのは、何処よりも先に五鈴屋の小紋染めを真似《まね》た品を派手に売りだした店だ。お大尽相手のはずが、手頃《てごろ》な小紋染め商いへと、転身を試みたのだろう。

「最初に随分と話題作りをしたお店ですよね。でも、そのあと、あまり目立ってはおられないように思います」

幸の台詞に、お才はこっくりと大きく頷《うなず》いた。

「内情は苦しいんじゃないか、って噂は、染物師の間では、何年も前からあったんですよ。何とかして、小紋染めで起死回生を図ろうと思ったんじゃないですかねぇ、莫大《ばくだい》な借金をして、麻疹禍《ましんか》で返すことも出来なくなり、とうとう店を形《かた》に取られちまったんです。田所屋って屋号も奉公人も変わってないし、表向き、店主もそのままですが、何時の間にか、商人貸しをした両替商の持ち物になってたんですよ」

田所屋に出入りしてる染物師に聞いた話なので、確かですよ、とお才は言う。

商人貸し、両替商、と繰り返して、幸は表情を強張《こわば》らせた。蛸《たこ》に似た風貌《ふうぼう》の男の姿が、眼前に蘇る。そう、あの男、世評では「好人物」とされる、あの男だ。

「お才さん、その両替商の名を教えて頂けませんか」

「音羽屋さんですよ、本両替町の。音羽屋の店主は婿養子で、昔、呉服商に奉公してたそうですから、呉服商いにも通じてるんじゃないですか」

目の前の五鈴屋店主の動揺に気づくことなく、お才は淡々と答えた。

思いもよらなかった、田所屋の屋台骨が実は音羽屋にすり替わっていたとは。五鈴屋が生業とする呉服商いが、音羽屋とそんな形で関《かか》わることになるとは。

――悪い奴《やつ》ほど、阿呆《あほ》な振りが上手《うま》いよって、気ぃつけなはれ惣次の台詞が耳の奥で繰り返される。
大丈夫、と幸はゆっくりと息を吸い、静かに吐きだした。
音羽屋との縁は、既に断ってある。もう結とも五鈴屋とも関わることはない。
急に黙り込んだ幸を気遣ってか、もうこの辺りで、とお才は見送りを辞した。
「女将さん、年の瀬ぎりぎりで申し訳ないですけど、二十九日、お待ちしてますよ」
そう言い残して、型付師の女房は、迎春の買い物で込み合う広小路に消えていった。

年末は気忙《きぜわ》しく、毎日が飛ぶように過ぎていくはずが、五鈴屋ではその日を迎えるまで、じりじりするほど刻が経《た》つのが遅かった。流石《さすが》に今から反物を買っても、新年までに着物に仕立てることも出来ない。客足も落ち着き、手の空いたのを利用して店の掃除も済ませた。神棚は特に入念に手入れをし、あとは型紙を迎え入れるばかりだった。

そうして迎えた、二十九日。
頭上には冬晴れの蒼天《そうてん》が広がっていた。この季節らしく時折り吹く強い風が、商家の長暖簾《ながのれん》をぱたぱたと鳴らし、土埃《つちぼこり》を舞い上げて吹き抜けていく。大掃除を終えたあとの店の中まで砂が入って難儀をする。

交代で昼餉《ひるげ》を取ったはずだが、すっぽりと記憶が抜けそうなほど、皆、気もそぞろだった。捨て鐘が三つ、続いて七つ。店の間で、浅草寺の時の鐘を数え終えた幸は、

「賢輔どん、仕度をなさい」

と、声をかけて、奥座敷へと移った。

力造の家へ伺うべく、身支度を整えていると、襖を開けて結が入ってきた。

「姉さん、私も一緒に連れていってもらえませんやろか」

結は畳にきちんと座ると、畳に手を置いた。

「賢輔どんが精魂込めて描いた図案が、どんな型になったんか、私も一緒に見届けたいと思います」

そのひと言に、妹は賢輔のことを諦めきれないのだ、と切ない気持ちになる。年の市から今日まで懸命に自らを律し、平気な振りを通した妹が、とてもいじらしい。良いですよ、と短く応えて、幸は同行を許した。

年の瀬になれば、広小路のあちこちで賑やかに餅つきが行われるが、今日はまるで見ない。二十九日ゆえに「苦をつく」「苦餅《くもち》」として避けられるがゆえだった。その分、悲愴《ひそう》な顔つきの商家の手代たちが、帳面片手に走り回っていた。

西空に夕映えの気配があった。

広小路から大川沿いへ。

それまで両側の町屋に守られていたはずが、すさまじい川風に晒《さら》される。振り売りの笊《ざる》が飛び、慈姑《くわい》が風に巻きあげられ、くるくると舞いながら飛んでいった。

小さな悲鳴を上げて、結が手を顔の前へ翳《かざ》した。油断すると、身体を持って行かれそうな強風だった。賢輔が風上へ、姉妹の前へと回り込む。

年寄りの青竹売りがよろめき、その拍子に手から離れた太い青竹が風に煽《あお》られ、矢の如《ごと》く、こちら目がけて飛んできた。姉妹の眼《め》には、恐ろしいほどゆっくりと青竹が迫ってくるように映った。

「危ない」

賢輔は叫んで、咄嗟《とっさ》に、結ではなく幸に覆いかぶさった。ふたりはもんどり打って地面に倒れる。太く長い青竹は、ふたりと結の間を抜け、地面を滑っていった。

「結、結、大丈夫」

幸は賢輔を押しやって、腰を抜かしている結のもとへと駆け寄った。

一瞬の出来事だったが、一歩間違えば惨事になるところだった。結は青ざめて尻餅《しりもち》をついたまま、呆然《ぼうぜん》と両の眼を見張っている。

「結、何処か怪我《けが》はしていない？」

「結さん、大丈夫だすか」

幸と賢輔は両側から結を覗き込み、手を貸して立たせた。

だが、膝《ひざ》に力が入らないらしく、へなへなと座り込んでしまう。結は姉と手代を交互に眺めて、暫《しばら》く虚脱《きよだつ》したような表情を見せていたが、何かを口の中で呟《つぶや》いた。幸には聞き取れなかった。

ともかくも怪我はなさそうだが、このままにしておけない。

「休んだ方が良い。結、力造さんのところで、少し横にならせてもらいましょう」

「それより、店へ帰った方がええと思います」

賢輔はそう言うと、結に背を向けて腰を落とした。

さぁ、負ぶさって、と命じられて、結はゆらりと身を傾ける。だが、足が萎《な》えて、思うに任せない。幸も手を貸し、何とか賢輔の背に結を乗せることが出来た。

「ご寮さんは、先に力造さんのところへ行っておくれやす。私は、結さんを店へ送り届けてから伺いますよって」

一緒に戻ろうか、とも思ったが、梅松たちが待っていることを考えて、幸は「では、結をお願い」と妹を賢輔に託した。

賢輔の背中に負ぶさった結は、両の腕を相手の胸の方へと回し、初めて、ぎゅっとしがみ付いた。幸は結の顔を覗き込む。丸い瞳は一杯に見開かれ、心配そうな姉の姿を映していた。

「そりゃあ災難でしたねぇ」

幸を迎えに出たお才が、粗方の事情を聞いて、気の毒がった。

「青竹ったって、下手すりゃあ命を落としますからね。でもまぁ、大事に至らなくて本当に良かった。一年の厄を払った、と思うことですよ」

お才が先に立って、梅松の仕事場へと幸を誘《いざな》う。襖を開けると、力造の広くて大きな背中が目に入った。

「七代目」

梅松が顔を上げて、幸を呼ぶ。げっそりとやつれ、二回り近く縮んだように見えた。型彫師の変貌に、幸は思わず息を詰める。

文字を使った、初めての図案。賢輔の手による、渾身《こんしん》の図案。それを型にすべく、型彫師がどれほど気を遣い、無理を重ねたか知れない。

力造が振り返った。その両の眼が真っ赤になっていた。

「五鈴屋さん、まぁ、見て下せぇまし」

少し場所を譲って、力造は文箱《ふばこ》を示す。塗りの文箱に納められているのは、茶色の型紙、型彫師が精魂傾けて彫り上げた六枚の型紙だった。

「手に取らせて頂いても、宜しいでしょうか」

幸が許しを請《こ》うと、梅松は深く頷いた。

室内はそろそろ薄暗くなり始めていた。お才が用意した行灯《あんどん》を、力造が手もとに引き寄せる。

幸は慎重に一枚を手に取り、行灯の明かりに翳した。無数の孔《あな》から通った光が温かで眩《まぶ》しい。

最初はただの孔にしか見えないのだが、じっと見つめていると、幸の干支の「巳《み》」があった。つい、口もとが綻《ほころ》ぶ。「子《ね》」も見つけた、「丑《うし》」はここ、母の干支の「寅《とら》」も、結の干支の「申《さる》」もあった。十二の文字が、ここだよ、ここに居るよ、お前の干支を見つけておくれ、と呼びかけてくる。

幸はふいに胸が一杯になる。

ぐっと唇を固く結んで、溢《あふ》れ出そうな感情に耐えた。

愛《いと》おしむ手つきで型紙を戻すと、五鈴屋七代目店主は、言葉は発せずに畳に手をつき、型彫師に向かって深く頭《こうべ》を垂れる。

型彫師もまた、無言のまま居住まいを正し、依頼主に丁寧な辞儀で応えた。

おオ、と型付師は、潤んだ声で女房を呼ぶ。

「お前、今日のことを、今の光景を、忘れんじゃねぇぞ。俺たちは、今、小紋染めの潮目が変わる場に立ち会ってるんだからな」

亭主の言葉に、型付師の女房は、双眸《そうぼう》に薄く涙を溜《た》めて頷いた。


夕方、あれほど激しく吹いていた風が、今はない。

底冷えのする五鈴屋の板の間に、結を除く主従が集まり、息を詰めて敷布に置かれたものを注視している。五つの行灯の明かりに照らされているのは、件《くだん》の伊勢型紙であった。

「手に取って御覧なさいな」

幸は慎重に一枚ずつ取り上げて、佐助とお竹に手渡す。力造のところで存分に眺めていたけれども、賢輔にも一枚、渡した。

裸火の方が見易《みやす》かろう、と手近な行灯の火袋《ひぶくろ》を持ち上げて、灯明皿《とうみょうざら》を取りだす。三人は思い思いに型紙を透かし、眺め、味わった。

「見つけた、見つけました、寅だす」

佐助が嬉《うれ》しそうに笑っている。

「私の干支の戌《いぬ》も、おました。ああ、ここにも」

珍しくお竹も声を弾《はず》ませた。

「やっぱり、最初に自分の干支を探してしまうのね」

梅松の目の前で、賢輔が「子」を探しだしたことを思い返して、幸は柔らかに笑った。

生まれて初めて「帆掛《ほか》け船《ぶね》」という伊勢型紙を見たのも、同じこの板の間だった。あれから二年、五鈴屋は、賢輔が図案を描き、江戸で彫られた伊勢型紙を得た。それを思うと、何とも感慨深い。

梅松と力造に無理を言って、彫り上げたばかりの型紙六枚、全《すべ》て一旦《いったん》、持ち帰らせてもらった。初めての鈴紋の型紙をそうしたのと同様に、この度の型紙も神棚に供えて、無事に完成した謝意と、これからの加護を願うつもりだった。

年明けから、すぐに力造の手で染めてもらう。最初の一反を、大坂へ持っていこうと思う。周助が八代目徳兵衛を継ぐ、そのお祝いにしようと考えていた。

「干支の絵ぇを刷り物にして、反物に添えまひょ。賢輔どん、頼みますで」

佐助が言えば、

「へぇ、描かせて頂きます」

と、賢輔が応えた。

愉しみだすなぁ、とお竹が目頭を指で押さえている。

「結も見たいと思うのだけれど、今は休ませたいから」

型紙を集めて、元通り、塗りの文箱に納めた。文箱は力造から借りてきたものだ。皆で店の間へ移ると、長身の佐助が幸から文箱を受け取って、慎重に神棚に供えた。

柏手《かしわで》を打って、主従は深々と礼をする。

この型紙を用いて、小紋染めを一時の流行《はや》りではなく、のちのちに伝わるものに出来ますように。男女問わずに求められ、末永く好まれますように。

一同、懸命に祈った。


「結」

もしも妹が眠っているなら起こさぬように、幸は微《かす》かな声で呼ぶ。

廊下の瓦灯《かとう》に照らされて、布団に横たわる結の寝姿が仄《ほの》かに浮かんで見えた。よく眠っているのだろう、返事はない。

賢輔に負ぶわれて戻ったあと、お竹が医者を呼んだが、格別怪我もなく、心配はな

いとのこと。よく眠れるように、と煎《せん》じ薬をもらい、お竹が煎じて飲ませてくれてい
た。夜着の上からそっと身体を撫《な》でて、
「結が楽しみにしていた干支の型紙を、受け取ってきましたよ。神棚に飾ったので、
明日、見て頂戴な」
と、優しく囁《ささや》いた。やはり返事はなかった。
着替えて、布団に横になった途端、安堵と疲れが幸を襲った。水の流れが深い谷底
に落ちるように、幸は眠りに陥った。
型紙のこと、妹のこと、あれこれと気掛かりが多く、師走に入ってから、眠りが浅
かったこともある。久々に、夢も見ないほど深い眠りだった。
異変が起きたのは、翌朝である。
ばたばたと畳を打つような音に、はっと目覚めた。隣りを見れば、結の敷き布団も
夜着も、きちんと畳まれていた。その姿も、部屋にはない。
何時の間に起きたのか、と幸は急いで布団を出る。ふと、枕《まくら》もとに紙が畳んで置か
れているのに気づいた。
何だろう、と開いてみれば、「かんにん」と四文字、書き綴《つづ》られている。掠《かす》れた筆
跡は、墨ではなく、紅を用いたものだった。

かんにんが「堪忍」と気づくまで、少しかかった。

何が「堪忍」なのか。妹は姉に、何の許しを請うているのか。

建物を揺らして、ばたばた、と家中を走り回る足音はまだ止まない。

一体、何事か、と幸は耳を欹《そばだ》てる。

「ない、ない、ない」

切羽詰まった、悲鳴のような声。あれは、支配人のものに違いない。

かつてない異変を感じ取った、その時。

「ご寮さん、大変だす」

血相を変えて、お竹が奥座敷に飛び込んできた。

「どうしたの」

店主に問われて、小頭役は声を絞りだす。

「型紙が、昨日、神棚に供えたはずの型紙が、文箱ごと在《あ》らへんのだす」

治兵衛のあきない講座

宝暦から令和の時代にお邪魔します。
治兵衛でおます。
皆さまからのお便りで身も心もぽかぽかだす。
さて、今回もお寄せ頂いたご質問に
お答えしまひょ。

一時限目　撞木《しゅもく》の不思議

反物を掛けるための道具「撞木」は、本当に「撞木杖」から生まれたものなのでしょうか?

治兵衛の回答

今も呉服屋さんの店先で見かける撞木。反物を縦に見ることが出来るため、仕立てた姿を思い描き易く、とても便利な道具です。けれども「撞木」というのは、本来は仏具の一種で、鐘などを叩くための丁字形の棒を指します。一体、何時《いつ》、誰が、反物を掛ける道具を考え、何故《なぜ》、その道具に「撞木」の名があてられたのかは不明です。「撞木杖」から思いついた、というのは、作者の推論に過ぎません。ただ、持ち手が丁字形の撞木杖を見ていると、あながち誤りでもないのでは、と思うのですが、如何《いかが》でしょうか。

二時限目　今に伝わる伊勢型紙

第七巻で登場した小紋染め、ことに伊勢型紙に興味が湧きました。詳しく知りたいです。

治兵衛の回答

もとは侍の裃《かみしも》に用いられていた小紋染めが、やがて町人のものとなり、今は「江戸小紋」の名で親しまれています。小紋染めに無くてはならないもの、それが伊勢型紙です。伊勢型紙は昭和五十八年に伝統的工芸品の指定を、また伊勢型紙技術保存会は平成五年に重要無形文化財保持団体の指定を、それぞれ受けています。白子には伊勢型紙資料館があり、そこで江戸時代の型紙や道具を実際に見ることが出来ます。また、近年、その芸術性が広く知られるようになり、美術館や博物館等で企画展が営まれることもあります。ファッションデザイナー、マリアノ・フォルチュニのコレクションの中にもあった伊勢型紙を、もっと多くのひとに知って頂きたいです。

三時限目　歌舞伎と流行

作中で歌舞伎役者が流行を生みだす逸話が幾つも登場しますが、実際はどうだったのでしょうか。

治兵衛の回答

歌舞伎は、およそ四百年に亘り人々に愛され続けている伝統芸能です。ことに江戸時代には熱狂的な支持を集めました。歌舞伎役者の纏《まと》う装束はひとびとの憧れの的で、色合いや文様、帯結び等々、さまざまな流行を生みだしました。古くは石畳として親しまれた紋様も、佐野川市松《さのがわいちまつ》が衣裳に用いたことで「市松模様」として一世を風靡《ふうび》したことは、第二巻で取り上げた通りです。また、帯の結び方においても、水木辰之助《みずきたつのすけ》が「水木結び」を、上村吉弥《うえむらきちや》が「吉弥結び」を、それぞれ流行《はや》らせています。憧れのひととお揃《そろ》いのものを身に着けたい、という心理は今も昔も変わらないのかも知れませんね。

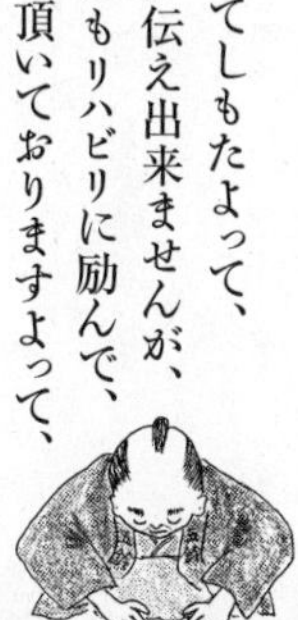

幸が江戸へ行ってしもたよって、なかなか近況をお伝え出来ませんが、親旦那さんともどもリハビリに励んで、達者に過ごさせて頂いておりますよって、安心しとくなはれ。
皆さまからのお便りは必ず、目を通させて頂き、その度に泣いたり笑ったり、慰められております。
引き続きご質問もお待ちしてますよって、宜しゅうお頼み申します。

お便りの宛先
〒102-0074　東京都千代田区九段南2-1-30
イタリア文化会館ビル5階
株式会社角川春樹事務所　書籍編集部
「あきない世傳　金と銀」係

本書は時代小説文庫（ハルキ文庫）の書き下ろし作品です。

時代小説文庫
た19-23

あきない世傳《せいでん》 金《きん》と銀《ぎん》㈧ 瀑布篇《ばくふへん》

著者 高田《たかだ》 郁《かおる》

2020年2月18日第一刷発行
2024年1月28日第五刷発行

発行者 角川春樹

発行所 株式会社 角川春樹事務所
〒102-0074 東京都千代田区九段南2-1-30 イタリア文化会館

電話 03(3263)5247[編集] 03(3263)5881[営業]

印刷・製本 中央精版印刷株式会社

フォーマット・デザイン＆シンボルマーク 芦澤泰偉

ISBN978-4-7584-4322-7 C0193

http://www.kadokawaharuki.co.jp/[営業]
fanmail@kadokawaharuki.co.jp[編集] ご意見・ご感想をお寄せください。